我国舆论监督类
电视深度报道研究

杨嘉嵋·著

上海政法学院学术文库

上海社会科学院出版社

《上海政法学院学术文库》
总　　序

　　中华民族具有悠久的学术文化传统,两千年前儒家经典《大学》即倡言"大学之道,在明明德,在亲民,在止于至善"。其意即涵蕴着彰扬学术、探索真理。而《中庸》论道:"博学之、慎思之、审问之、明辩之、笃行之。"则阐释了学术研究的治学精神以及达到真实无妄境界的必由之路。因此,从对世界历史进程的审视与洞察,社会发展、科学昌明、思想进步,从来离不开学术科研力量与成就的滋养与推动。

　　大学是国家与社会发展中一个不可或缺的重要力量,而科学研究的水平则又体现了大学的办学水平和综合实力,是一所现代大学重要的标志。因此,一个大学的学术气氛,不仅在很大程度上影响和引导着学校的科研状态,而且渗透和浸润着这个大学追求真理的精神信念。这正如英国教育思想家纽曼所言,大学是一切知识和科学、事实和原理、探索与发展、实验与思索的高级力量,它态度自由中立,传授普遍知识,描绘理智疆域,但决不屈服于任何一方。

　　大学的使命应是人才培养、科学研究和服务社会;高等教育发展的核心是学术和人才。因此,大学应成为理论创新、知识创新和科技创新的重要基地,在国家创新体系中应具有十分重要的地位和意义。上海政法学院是一所正在迅速兴起的大学,学院注重内涵建设和综合协调发展,现已有法学、政治学、社会学、经济学、管理学、语言学等学科专业。学院以"刻苦、求实、开拓、创新"为校训。这既是学校办学理念集中的体现,也是学术精神的象征。这一校训,不仅大力倡导复合型人才培养,注重充分发挥个性特色与自我价值实现，提供自由选择学习机会，努力使学子们于学业感悟中启迪思想、升华精神、与时俱进，而且积极提倡拓展学术创新空间，注重交叉学科、边缘学科的研究，致力对富有挑战性的哲学社会科学问题的思考与批评，探求科学与人文的交融与整合。《上海政法学院学术文库》正是在这一精神理念引领下出版问世的。

《上海政法学院学术文库》的出版，不仅是《上海政法学院教育事业"十一五"发展规划》的起跑点，而且是上海政法学院教师展示学术风采、呈现富有创造性思想成果的科学平台。古代大家云："一代文章万代稀，山川赖尔亦增辉"；"惟有文章烂日星，气凌山岳常峥嵘"。我相信《学术文库》的出版，不仅反映了上海政法学院的学术风格和特色，而且将体现上海政法学院教师的学术思想的精粹、气魄和境界。

法国著名史学家、巴黎高等社会科学院院长雅克·勒戈夫曾言，大学成员和知识分子应该在理性背后有对正义的激情，在科学背后有对真理的渴求，在批判背后有对更美好事物的憧憬。我相信《学术文库》将凝聚上政人的思想智慧，人们将从这里看到上政人奋发向上的激情和攀登思想高峰的胆识与艰辛，上政人的学术事业将从这里升华！

祝愿《上海政法学院学术文库》精神，薪火传承、代代相继！

金国华
（作者系上海政法学院院长）

目　　录

前　言

　　1936 年 11 月 2 日,全世界都在注视一件前所未有的事件:英国广播公司(BBC)在伦敦以北的亚历山大宫第一次播送电视新闻,使用的是贝尔德的机械电视系统,用的是 240 行扫描。这一天被视为世界电视事业的开端。电视新闻是电视传播的排头兵,是时代的忠实记录者和分析者、解释者。被称为"媒介极致"的电视集声音、画面、文字、色彩、光线及构图方式于一体,全方位刺激受众感官、同步报道正在发生的新闻事件。与其他媒介相比,电视新闻具有特殊的传播模式,比起单一、分裂的图片、文字、声音,电视新闻信息元素最为丰富。对于每一幅画面来说,既有主要图像信息,又有次要图像信息;既有必要图像信息,又有陪衬图像信息;对于每一个场信息(单位时间内同一空间里所汇集到信息称为场信息)来说,声音要素层次也更加多样——同期声、音乐、音响、噪声、静默等各种各样的声音信息。比起声音、文字等语言符号,电视的非语言符号信息量超过其他媒介——侵害公众权益的官员冷漠的脸容,要为自己讨个说法的平民悲愤的眼泪、帮助弱势群体维权的律师欣慰的笑容……正是由于上述物理特征,电视新闻传播的原生态、真实性、现场感、参与感、概括性才分外强烈,其社会公信力一直居所有媒介之首,虽然当代一些学者不遗余力地批评电视对人们思维方式、行为方式、人际关系等方面造成的负面影响(如著名的法兰克福学派),但人们在日常社会生活中接触最多、印象最深、最有信任感的仍是电视。

　　电视新闻种类中的深度报道更是被称为"皇冠上的明珠"。鉴于进入 21 世纪,动态新闻的获取手段越来越多样、独家新闻越来越少,信息已不再是媒体的稀缺资源,而信息的解读成了媒体竞争新的高地;鉴于经济全球化,中国国际地位的提高、影响力的增强及国际传媒竞争日趋激烈,世界越来越关注"中国因素"、"中国观点";鉴于党的十六大以来中央提出的许多新思想、新观念、新命题需要深度解读;鉴于随着改革的深入,许多新问题、新矛盾需要梳理……因而无论从时代需要还是媒体自身需要,电视深度报道都已成为媒体展示其专业功力及发挥舆论引导力、影响力不可或缺的重要报道方式。

目前,我国正处在一个逐步建立并完善社会主义市场经济体制、由传统社会向现代社会转型的时期。体制、政策、利益关系、生活方式、价值观念等社会生活各个方面都发生着前所未有的深刻变化。而我国社会的转型恰恰又是在对权力的监督尚不完善的情况下进行的,权力不当运作现象会影响到国家政治、经济和社会的稳定和发展。电视媒介的信息解读,为社会提供一个常态性和制度化的对话平台,为制度建设提供一个真实的公共领域信息智库,为公众提供一个解疑释惑、舒缓不安或愤怒情绪的排气阀、通气孔,使社会存在的诸多矛盾和冲突逐步得到解决。这正是舆论监督类电视深度报道存在的基点。

一、电视深度报道概论

(一)电视深度报道是什么

电视新闻在人们生活中占有非常重要的地位,而电视深度报道又在业界和学界获得了很高的赞誉。电视深度报道实践的发展,推动了相关学术问题的研究。在新闻学界,对于什么是电视深度报道已有不少的说法,比较有代表性的看法有:

(1)"电视深度报道是凭借声、画形象,对重大的新闻事件,对有影响的社会问题、社会现象作有背景介绍、有分析解释、归纳预测等深层次的报道。"①

（2）"电视深度报道是凭借声画形象，系统反映重大新闻事件和有影响力的社会问题、社会现象，通过对新闻背景的准确交代、事件因果关系的缜密探究、相关问题的恰当分析以揭示其实质、追踪和探索其发展趋向的一种报道方式，这种报道方式是把报道对象作为一个整体、一个过程来加以反映，并以此与那种'一事一报'、'一人一报'、'一时一报'的动态信息相区别。"②

（3）"电视深度报道就是：以电视媒介的手段，全面或系统地反映社会生活、重大新闻事件和社会问题，阐明、揭示其实质，透视、追踪和探索其发展趋向的报道方式。"③

以上三个定义都在一定程度上阐明了电视深度报道的特点和规律，既指明了电视深度报道与报纸、广播等媒介深度报道的区别，也论述了深度报道在报道的内容和方式上的独到之处。从以上三个定义中可以归纳出电视深度报道的三个特点：

首先，电视深度报道以电视这个特殊媒介作为传播载体，电视媒介的特殊传播形式——声、画、字是其表达新闻事实的综合手段。

其次，电视深度报道在选题方面关注涉及国计民生、全社会普遍关注（和应该普遍关注）的重要新闻事件和有影响力的社会问题、社会现象。

最后，电视深度报道的主体部分包括"新闻事实"、"背景介绍"、"原因分析"、"影响解释"、"定性评论"、"未来预测"等。其目

①　北京广播学院电视系学术委员会编著：《中国应用电视学》，北京师范大学出版社 1996 年版，第 181 页。

②　朱菁：《电视新闻学》，杭州大学出版社 1999 年版，第 93 页。

③　傅泽宇：《浅议电视新闻深度报道》，《中国广播电视学刊》1999 年第 12 期。

的在于阐明和揭示问题的实质,发掘事实背后的事实、原因背后的原因,或对未来的发展趋向作出科学预测。从学理上来说,电视深度报道实质上仍属新闻报道类别,但它在报道内容上强调对客观事实信息的解读——"为什么"、"怎么样"、"怎么办"等。

从电视深度报道的这些特点可以看出,电视深度报道是相对于动态客观报道的平面性、单一性、截断性而言的。换言之,电视深度报道的"深"就深在以对新闻事实的解释、分析、评论为核心,新闻事实粒子的原生状态为"散点"状分布,深度报道以社会系统整体运作的视角,把这些闪烁着亮光的散点通过逻辑结构编织起来,找到其之所以存在的原因,赋予其应有的意义——"为什么"和"意味着什么",具有立体、多面和完整的特点。

鉴于此,本书认为大致可以这样来描述电视深度报道的定义:电视深度报道是以电视媒介为传播载体(平台),以意义重大、影响深远,具有历时性和延展度,具有开掘和拓展潜力的核心新闻事实(新闻事件、新闻人物、新闻话题三大类)为中心,立体多维、多层次、多时空地系统呈现新闻事实的历史和现实背景、因果关系、辐射影响以及发展动态,以揭示其实质、追踪和探索其发展趋向的报道方式。

此外,本书拟用《焦点访谈》和《新闻调查》等著名栏目为研究对象考察电视深度报道。电视新闻随着社会发展而不断进步完善,社会对新闻信息的要求促使电视新闻从内容到形式、从思维到结构、从性质到功能都要根据不同的目标受众群来划分若干固定栏目,形成集中的(进而发展成忠诚的)电视新闻受众群。"电视新闻的扩展若没有一定数量的基础,则很难探求信息的质量的飞跃",新闻栏目有特定的系统化、固定化、综合性内涵界定,生动的风格和深沉的思辨能进一步提高新闻信息的质量。总之,栏目化是电视新闻发展的大趋势,研究深度报道应从具体栏目入手。节目与栏目本来是两个有区别的概念,但因我国现阶段电视深度报道栏目都是一期一个节目,在内容和形式上都清晰完整、独立成篇。因此,为叙述方便,本书拟将"节目"和"栏目"互通使用,特此说明。

值得注意的是,由于当前电视深度报道(特别是解析性报道)中的新闻述评成为整个报道中的亮点,用敬一丹的话来说就是"红烧头尾",因此在业界有把电视深度报道看作是评论节目的看法。

笔者认为这种看法模糊了深度报道和评论的界限。诚然,我国典型的深度报道《焦点访谈》、《新闻调查》节目最后都有主持人的评论,《焦点访谈》还常获中国新闻奖评论类大奖,但这并不意味着深度报道就是评论节目。评论与报道最重要的区别就在于其侧重点是对客观存在的事实进行是非善恶的评价,通常涉及对事件、问题的性质、价值等抽象概念的准确判断。

从我国学者现阶段对电视评论节目的分类来看,人们通常所说的评论节目指的是纯评论性节目,如《中央电视台论坛》,其基本特征为演播间主持人引导话题和嘉宾评说为主,适度穿插新闻短片。这类节目注重观点之间的逻辑推理和论证,以观点为主,以思辨立论。而电视深度报道则是解析性节目,为公众提供事实性信息、分析性信息和评论性信息的一种电视节目样式。虽然电视深度报道也有观点信息,但相比纯评论性节目,前者的根本特征在于用事实之间的逻辑构建展示事实之间的关系,特别是在调查性深度报道中这种情况尤为明显:记者和主持人往往不会提供旗帜鲜明的意见性信息,而是通过展示记者的调查过程,使受众对社会问题做出自己的分析解释。本书在后面章节就此特征有详细论述。

因此,电视深度报道是注重事实的新闻报道,其核心是探究、呈现事实的深层内涵。

(二)电视深度报道的类别

如果从媒介态度倾向来划分,可以分为舆论监督类电视深度报道、客观中性类电视深度报道、正面报道类深度电视报道等类别。

（1）舆论监督类电视深度报道是指主要对涉及公共权力的不当运作等有关公民权利的重大社会问题，进行公开监察和督促的电视深度报道。

所谓"不当运作"，不仅包括公共权力运作违反宪法和法律的行为，而且包括公务人员违反社会公德的行为，这主要是因为公务人员的个人品德直接影响到他们执行法律、服务于公共利益的优劣。如《焦点访谈》中的《乔装打扮的"原始股"》，《新闻调查》中的《天价住院费》等。

公开的监察与督促包括对于相关事实的呈现、分析解释、评论或就此提出改进的建议或预测。

（2）客观中性类电视深度报道主要围绕一些新出现的、有代表意义的、有时代特征的、引发社会多元争论的社会事件和问题，通过电视手段进行多侧面、多层次的立体报道。在这类报道中，记者和主持人采取客观报道方式，重在呈现、组合对事实的多元视角和深层内涵解读，使受众在各种事实和观点的碰撞交锋中得出自己的结论和感悟。如《新闻调查》中的《眼球丢失的背后》和《婚礼后的诉讼》等。

（3）正面报道类电视深度报道在建设社会主义和谐社会理论体系指导下，主要选取能表现时代精神、时代发展方向和主流价值观的新闻事件进行史诗式的报道。这类报道一般以时间的顺延为序，以板块作为报道形式，每一个板块之间有发人深省的过渡解说词串联起整个节目。如《焦点访谈》中的《喝彩香港》，《新闻调查》中的《青春的聚会，奋斗的记忆》等。

如果从媒介表述取向来划分，可以分为解析性电视深度报道、调查性电视深度报道、预测性电视深度报道三类。

（1）解析性（又叫述评式）电视深度报道是指围绕社会现实问

题,阐明事实因果关系、问题实质、影响作用和未来发展趋势的电视深度报道。是一种用理论和相关事实来解释或分析新闻事实的报道方式。报道倾向性明显,风格以犀利、睿智、辛辣为主。以《焦点访谈》为代表。

（2）调查性电视深度报道注重用记者走访调查的方式向观众抽丝剥茧地呈现事件真相,挖掘新闻事件内在的、隐藏的关系。客观性较强,风格以庄重、凝练为主。以《新闻调查》为代表。

（3）预测性电视深度报道是对已发生的事实预测其未来发展方向的电视深度报道。如中央电视台4套《今日关注》中对社会、国际热点问题未来走势的预测即属此类。

如果从媒介报道表现形式上划分,可分为整合深度报道和新闻专题深度报道。

整合深度报道（系列报道和连续报道的整合）。即追踪并将某一类新闻事实或新闻事实多个侧面整合在一起,使受众对这一类新闻事实的各个侧面有一个全面、透彻、立体的了解。如《跨越海峡的握手——宋楚瑜大陆行特别报道》。

新闻专题深度报道。即在一个相对固定的时空里,呈现一个新闻事实从发生、发展直到结果的过程,生动展示人物、事件,对事件的前因后果以及复杂背景和未来发展趋势的整合性报道。常有主持人的评议或记者本人的现场采访和深度挖掘。如《回望香港十周年,解密香港"不死精神"》等。

如果从报道内容上划分,电视深度报道还可细分为:

人物类深度报道（如《焦点访谈》2007年8月播出的《他把地球搬回家》）;时政类深度报道（如《焦点访谈》2007年4月播出的《十七大代表选举顺利进行》）;经济类深度报道（如《新闻调查》2007年4月播出的《上海某楼盘房价虚高内幕》）;科教类深度报道（如成都电视台《今晚8:00》2000年8月播出的6集系列报道《我要读书》）;

社会新闻类深度报道(如江苏电视台《大写真》2005 年 3 月播出的《自来水断流,症结何在》);军事类深度报道(如中央电视台《军事新闻》节目中的一些深度报道节目);法治类深度报道(如《新闻调查》2000 年 4 月播出的《婚礼后的诉讼》)等等。

在本书中,笔者选取的研究对象即是舆论监督类电视深度报道。

(三) 舆论监督类电视深度报道的定义及标准

舆论监督类电视深度报道的定义:主要指对涉及公共权力的不当运作和社会失范现象等有关公民权利的重大社会问题,以及对不适应社会生产力发展要求的体制和机制,进行公开监察和督促的电视深度报道。

电视新闻报道形式多样,千差万别。判断一则电视新闻是不是属于舆论监督类电视深度报道,应该有这样几条标准:

1. "求实"

报道内容是否指向全社会在特定时间段关注的集中话题,或被权力和利益有意遮蔽的内幕,或被无知和偏见掩盖的真相。舆论监督类深度报道的选题必须是热点、难点、新点、疑点,这是评价此类节目的首要标准。具体说来,涉及政府关心、群众关注的热点问题;涉及社会中普遍存在、难以解决的难点问题;新出现的、对社会发展具有重大意义的问题;涉及有重大疑点,值得调查和分析的重大事件;涉及社会中存在的不良现象和一些消极、不健康的因素,如震惊全国的南丹特大透水事件、山西"黑砖窑"事件等。

报道实行"实名制",对于事件的当事人、当事地进行具体的公开披露,而不再是泛泛而指某种现象、某个群体,使个体形象湮没于模糊的群体形象之中,不利于舆论监督的真正实施。

2. 具有一定的时间长度

有人认为,只要新闻有深度,一两分钟的新闻也是深度报道。深度报道和有深度的新闻不是一个概念。因为新闻深度报道"深"

的关键在于呈现事实的深度而不仅仅是思想和理论的深度。这就
需要有一定长度的时间来有效地呈现和铺展足够多的信息量,而
且诸多错综复杂、纠结繁绕的人物、事物之间的关系脉络,需要大
量的事实信息予以说明。许多电视深度报道节目,一般都把时间
长度划定在15—40分钟的范围内。

3.“求是”

用事实说话,对核心新闻事实做立体、多维、多层次、多时空的
呈现与解读,使之具有思辨色彩。

报道在具备新闻五要素(Who, Where, What, When, Why)
表层事实的同时,是否探究以下具体问题:

(1) 表层事实的背后还有什么深层事实? 这些事实是否对核
心事实起到补充、解释或阐明的作用?

(2) 直接原因背后的间接深层次原因是什么? 有无追索到体
制、文化或者个体及社会心理层面? 是否表现出新闻事实的景
深——历史纵深感? 时空的转换是否多元?

(3) 对新闻事实的剖析有无使用分析、判断、演绎、归纳或推理
等方法?

(4) 在证明报道论点时是否用直接事实或间接事实打造一个
相对完整的证据链,而不是凭空指责或赞许?

(5) 是否对新闻事件相关双方或多方都给予了公正的话语权
和表达权?

(6) 新闻报道体现出的实质是否是新闻事实与人及各种社会
关系交织而成的“复合体”? 是否具有思辨色彩?

4. 发挥电视优势,表现手法多样化

凡是得到专家和公众赞赏的优秀电视深度报道,无不具有非
常丰富的电视表现手法:鲜活生动的真实生活场景、理性中肯的点
评或同期声、让人遐思无限的空镜头画面、震撼心灵的背景音乐、
简洁流畅的图表表格、准确精辟的屏幕文字等等。电视媒体充分

运用自身的技术优势给予受众视觉、听觉上的全方位刺激，这是其他媒体传播方式难以比拟的。

只有具有全部或绝大部分上述特征的电视新闻报道，才能被称为舆论监督类电视深度报道。

二、舆论监督概述

1762 年，法国启蒙思想家卢梭在其著作《社会契约论》中，首次提到"公众"与"意见"的互动关系，用"民意"其法文单词为 Opinino publique，来表达人们对于社会性或公共性事务的看法。美国《大美百科全书》对舆论的解释专指"民意"："民意是指一群人对一个共同关切的议题所表达的意见，不受限于可以验证的证据。它通常代表某一种价值判断或偏好，或是对一个未来事件的结果所做的判断。私人的意见除非以某种方式表达出来，否则不能成为民意的一部分。个人关注的事物除非变成大众共同关注的事情，否则也不能成为民意。"①

在我国古代的经典著作里，"舆"先后指的是"车"、"造车之人"、"抬轿子的人"，是社会地位低下的民众，"舆论"指"普通百姓之间的议论和看法"。资产阶级民主理念和市民社会兴起后，古典的"普通百姓的看法"逐渐演变为现代意义上的"公众意见"。

卢梭认为舆论"既不是铭刻在大理石上，也不是铭刻在铜表上，而是铭刻在公民们的内心里。它形成了国家的真正宪法，它每天都在获得新的力量，当其他的法律衰老或消亡的时候，它可以保持一个民族的创造精神，而且可以不知不觉地以习惯的力量代替权威的力量。我说的就是风俗、习惯，而尤其是舆论"。②

依据《辞源》的条目解释，"舆论"就是"公众的言论"。舆论是

---

① ［法］卢梭：《社会契约论》，商务印书馆 1980 年版，第 135 页。
② 同上。

言论的集合形态,体现着社会公众的集体意识——通过人际传播、大众媒体传播的信息,社会大部分公众对特定时间段内的特定事件所持的价值判断。

在当今社会,舆论是指公众的议论、意见,但不是许多人单个意见的简单堆积和机械重叠,而是经过互动、消化,扬弃了个人意见的集合意见,它是通过媒介再现的集合意见。

什么是舆论监督?

中文的"监督"意指监察督促——指用定性或定量的方法考察个体或组织的言行,确定其是否符合既定规则、政策和法律;如果其言行确有违反有关标准之处,则提醒、督促、要求被监督对象、被监督对象背后的制度加以改正。

在我国社会转型时期,社会结构、社会利益群体分化迅速,层次繁多,各项制度尚处于探索阶段,亟须完善。在这种情况下,公共权力被不当运用的可能性仍然存在,舆论监督是揭露、阻止不当运作的最重要力量之一。

关于舆论监督,在定义上有不同的表述。有学者认为:"舆论监督是指通过社会情况信息和舆论信息之间的沟通与互动所形成的一种对社会运行中偏差行为的制衡与纠错的机制。"①也有学者认为:"舆论监督是指通过报刊、广播、电视等大众传播手段,对国家政务以及涉及公共利益的社会事务,对国家机关工作人员的违法犯罪和官僚主义行为以及不道德行为,形成舆论力量,促使国家机关对不当和错误的法律、政策和违法的行为进行纠正,对责任者予以惩罚处理。"②

舆论监督有广义和狭义之分。从广义讲,是指通过各种方式

---

① 孟小平:《揭示公共关系的奥妙——舆论学》,中国新闻出版社 1998 年版,第10 页。

② 罗豪才:《行政法学》,中国政法大学出版社 2002 年版,第 92 页。

传播众人议论、意见；从狭义上讲，是通过报刊、电视、广播等大众传媒方式来实现的。考虑到专业研究重点，本书选取"舆论监督"的狭义概念。

舆论监督的主体是参与和形成舆论并构成舆论压力的人和组织，指不特定的多数人、广大社会公众。由于现实生活中权利主体各种条件的限制，公民个体更希望将监督的权利主动委托或让渡给具有广泛影响力的新闻媒体，公民个体则成为舆论监督活动新闻素材的积极提供者。在现代社会，新闻媒体有专业的传播手段，可以及时获取信息，广泛传播到社会每一个角落；媒体有专业的传播人员，掌握着高效挖掘信息、切割信息、重组信息、传播信息的技巧；媒体有专业的摄录人员，可以同时同步记录正在发生的历史，使整个社会系统在最短时间内全方位感知事件真相。由于普通公民和其他社会组织缺乏上述技巧和便利，因此，多数舆论监督的任务落在了大众媒体身上。

舆论监督的客体主要是各级国家公共权力部门及其工作人员，也包括普通社会公众的不当、不法行为，但监督重点在前者。这里的公共权力部门除了立法、行政、司法机关之外，还包括由公共财政提供活动经费和支付其组成人员薪金的机构，如各党派、共青团、工会、妇联等团体。这些团体虽然没有宪法明文规定，但其经费是由公共财政支出，其活动与公共政策制定、执行有关，因此也属监督客体。① 舆论监督的客体还有享受公共权力部门待遇的其他人员——《刑法》第 93 条第 2 款规定："国有公司、企业、事业单位、人民团体中从事公务的人员和国家机关、国有公司、企业、事业单位委派到非国有公司、企业、事业单位、社会团体从事公务的人员，以及其他依照法律从事公务的人员，以国家工作人员论。"②

---

① 罗豪才：《行政法学》，中国政法大学出版社 2002 年版，第 92 页。
② 《刑法》，法律出版社 2005 年版，第 68 页。

　　舆论监督的内容不仅包括公共部门的抽象行为,还包括公共部门及其工作人员的具体行为。抽象行为指一切制定政治、经济、法律、社会等领域制度的行为。由于制定出来的制度具有普遍适用的效力,影响面极广,对公众生活影响极大(如个人所得税调整、就业政策出台等),如果出现错误,会给公众利益以及公众与行政、司法系统的关系带来不可估量的损失。公共政策、法律法规是国家制度中极为重要的一部分,其制定、修改、出台、执行的情况应当尽可能透明化,公众有权利、有必要了解制度的产生过程、运作过程、反馈过程。因此,上述过程成为舆论监督的重点。

　　工作人员的具体行为指对特定事项的单独决策,如一个禁止野蛮拆迁的通知、一个拨款帮助下岗职工再就业的文件、一个判定为盗窃罪的审判等等。在这些决策过程中,由于政党、立法、行政、司法、监督力量尚未到位的原因,常会出现有法不依、执法不严、违法不究、钱权交易、权力寻租、以权代法等破坏制度正常运行的行为。舆论监督的职责就是对这些决策过程进行严密核查,及时、准确地揭露问题,推动制度的进一步完善。

　　此外,舆论监督还包括上述工作人员违反社会公德的行为。有人认为公共部门工作人员只要不违反法律、纪律和政策,个人私生活可以屏蔽在舆论监督之外。事实上,由于人的行为方式具有统一性、连贯性,个人在日常社会生活中的行为方式与其在工作场合中的行为方式紧密相连。很难想象一个做事马虎、不求进取的人可以做好一份精细的预算报表;一个以敛财为人生目标的人可以把时间奉献给公共服务活动;一个对家人、朋友冷漠无情的人可以真心同情处于弱势状态的群体。因此,公务人员个人品行与其工作有着密切联系,舆论监督对其个人品行的揭露和曝光,正是及时阻止其进一步破坏公务工作的潜在威胁。

　　因此,舆论监督的定义应是:社会公众(这里尤其指新闻从业人员)在了解相关社会事务的基础上,通过一定的新闻媒体,行使法律赋予的权力,对涉及公共权力的不当运作等有关公民权利的重大社会问题所做的公开监察和督促。

　　在此意义上,本书中的"舆论监督"、"媒体监督"、"新闻监督"几个概念都指新闻媒介以公众代言人的身份,用专业知识和技巧察看公共权力部门及其工作人员言行,如有问题,予以揭露,督促其改正或给予惩罚。几个概念之间可互相换用。

　　因此,舆论监督类电视深度报道指,主要对涉及公共权力的不当运作等有关公民权利的重大社会问题,进行公开监察和督促的电视深度报道。

　　与其他五大监督相比,舆论监督有着鲜明的自身特色。

　　首先,舆论监督是公开进行的。其他五大监督都属于内部监督,运作过程不具公开性,其监督过程和效果在很大程度上不为社会公众所知晓。舆论监督的运作机制包括:公众(主要是大众传媒)揭露问题——引发公众舆论和公共权力部门重视——在现行制度中寻找解决问题的良策——改正现行制度中的错误、缺漏。由此可见,舆论监督整个运作过程都在公共领域注视之下,这对避免暗箱操作以及过多的不当权力干预起到了很好的推动作用。

　　其次,舆论监督属于外部监督。我国一共有六大监督,其他五大监督分别是党内监督、立法监督、司法监督、行政监督、民主监督。这些监督形式属于内部监督,具有封闭性,不可避免地存在着一些局限。如内部监督中监督者视角狭窄、长官意志的强行干预、监督者本身与被监督者的权位关系等等,往往会造成监督的缺失、淡化或者扭曲。舆论监督作为外部监督、异体监督,在利益和角色方面与被监督者存在一定距离,能有效地弥补内部监督的不足,及时曝光国家、社会肌体中的疾患,提出治愈的良方。

再次,舆论监督属于软性监督。与司法监督的刚性力度不同,舆论监督没有国家强制力作背景,只有作为社会公器的警示、提醒职责。对于批评对象,舆论监督只能用文字、画面、音响等手段暴露具体问题和具体问题背后的制度问题。至于解决问题、措施的落实,由相关部门考虑。这种软性监督虽然不能直接解决问题,但其影响力极为广泛,以"润物细无声"的方式改变社会公众的集体心态。

还有,舆论监督有时具有浓厚的情绪化色彩。无论是公众的监督还是新闻媒体的监督,由于缺乏严格的约束和专业化的技能,其监督过程、监督手段、监督结论有时会出现非理性状况。愤怒之情一旦激发起来,直觉和感情的判断往往会凌驾于理智与公正之上,情绪化言论的蔓延传染速度令人难以想象。更糟糕的是,一个问题曝光以后,借助匿名网络的力量,绝大多数公众可以发表任何错误、偏激的言论,公布他人与公共事务完全无关的个人隐私而无需负担任何责任,如现阶段网络出现的"铜须门事件"、"女白领姜岩事件"、"范跑跑事件"等"人肉搜索"现象,"一旦知道自己可以掩藏真实身份发表言论,人心里的恶意就会呈几何数膨胀"。即使被要求遵循职业道德的新闻媒体,也有可能在非专业化观念引导下、在权力和金钱的威逼利诱下,做出虚假、片面、扭曲的报道和评论。

最后,舆论监督是其他五大监督的监督者。中国共产党第十五次全国代表大会报告指出:"把党内监督、法律监督、群众监督结合起来,发挥舆论监督的作用。"如前所述,舆论监督的范围主要集中于公共权力部门,而五大监督的监督机构也是公共权力部门的一部分,也有不当运用公共权力的可能性。由于无时无处不在的广泛性和基于传播技术的及时性,舆论监督往往在其他内部监督之前发现问题、报道问题;在行政监督、司法监督的过程中,公众和新闻媒体(主要是新闻媒体)还会对内部监督的视角、力度、手法、速度、结论进行考察和督促。

三、中国共产党的舆论监督工作发展

新中国成立后,中国共产党成为国家的执政党,历任领导人的舆论监督思想直接引导着国家舆论监督状况的发生、发展。领导人富有革命智慧和前瞻力的思想是我国舆论监督最直接的推动力和催化剂。

（一）新中国建国初期的舆论监督工作

解放伊始,毛泽东迅速对在革命战争中发展起来的党的新闻事业进行调整与扩展,建立起一个以北京为中心、遍布全国各地的公营新闻事业网。毛泽东在多次重要场合的讲话和文件中,强调了报纸批评(舆论监督)的重要性、舆论监督的原则与策略,不仅进一步完善了他的舆论监督思想,而且为此后的舆论监督的宗旨、经验和方法定下了基调、设定了框架。1950 年 3 月 29 日至 4 月 16日,中央人民政府新闻总署主持召开了新中国成立后的第一次全国新闻工作会议,首次提出"改进报纸工作,加强与群众的联系"的问题。这次会议上,新闻总署署长胡乔木明确指出:改进报纸工作,主要有以下三个方面,联系实际、联系群众、批评与自我批评。中共中央发布的《关于在报纸刊物上开展批评与自我批评的决定》指出:"在报纸刊物上进行批评与自我批评,是为了巩固党与人民群众的联系,保障党和国家民主化,加速社会进步的必要方法。"①毛泽东认为,报纸批评对于新生的人民民主政权来说非常重要,是一种非常有效地监督政府权力运作和解决社会问题的力量,"在内部,压制自由,压制人民对党和政府的错误缺点的批评,压制学术

---

① 《关于在报纸刊物上开展批评与自我批评的决定》,新华社新闻研究所选编:《新闻工作文献选编》,新华出版社 1990 年版,第 255 页。

界的自由讨论,是犯罪的行为"。①

1954 年,毛泽东在和胡乔木谈话时对舆论监督原则作出重要论述:"报纸上的批评,要实行'开、好、管'的三字方针。"②此后,新闻总署颁布的《关于改进报纸工作的决定》和中共中央政治局通过的《中共中央关于改进报纸工作的决议》等一系列文件的发布进一步推动了舆论监督工作的改进。

"开,就是要开展批评。不开展批评,压制批评,是不对的。"③"好,就是开展得好。批评要正确,要对人民有利,不能乱批一阵。什么事应点名批评,什么事不应点名,要经过研究。"④"管,就是要把这件事管起来。这是根本的关键。中央,各级党委,凡是出版报纸的地方,都要把办报看成大事。"⑤

执行中央的决议,《人民日报》和各省、市委机关报新闻体制开始实行采编合一制,改设国内政治、工商、农村、文教、文艺、国际新闻、理论、群众工作等部、组,并实行编委会领导下的总编辑负责制。改进编辑方针,贴近群众、贴近社会,在党委领导下,积极展开富有建设性的批评与自我批评。《人民日报》先后发表了《开展批评与自我批评》、《坚决反对命令主义》、《克服以功臣自居的骄傲自满情绪》、《动员全党同坏人坏事做斗争》等社论,有力地推动了旗帜鲜明、效果显著的舆论监督工作。"三反"、"五反"期间及此后很长一个时期,各报集中揭发和批评了一批重大典型案件:轰动全国的刘青山、张子善贪污公款被判死刑的案件给公务人员敲响了警

---

① 毛泽东:《为编辑〈关于胡风反革命集团的材料〉一书写的按语》,《毛泽东选集》第 5 卷,人民出版社 1977 年版,第 158 页。

② 毛泽东:《报纸上的批评要实行"开、好、管"的三字方针》,《毛泽东新闻工作文选》,新华出版社 1983 年版,第 177 页。

③ 同上。

④ 同上。

⑤ 同上。

钟;揭露资本家"五毒"行为有力地惩治了无良奸商的不法行为,有力地开展了舆论监督工作。

在毛泽东思想的指引下,这一时期的舆论监督工作注重策略,形成独具特色的监督方法。批评报道在显露锋芒的同时,讲究分寸、留有余地。在对王水盛思想、雷玉思想、梁鸿寿思想进行讨论和对抚顺龙凤矿瓦斯爆炸、火车互撞、轮船沉没等事件进行批评报道时,各报言辞犀利、观点鲜明,但又都有适当的克制,坚持用理性的事实和观点传播信息。

但这一段时期,由于社会经济、文化水平低,社会主义建设经验不足,教条学习苏联,封建残余思想影响等因素,舆论监督工作出现了一些误区。如过分强调新闻的阶级斗争作用,忽视新闻真实性和客观性,没能真正发挥舆论监督的正面作用。

(二)改革开放初期的舆论监督工作

十年"文革"期间,舆论监督的功能被扭曲、被利用,反面作用大于正面作用。粉碎"四人帮"、召开党的十一届三中全会之后,通过深刻反思,改革开放初期的舆论监督工作出现了可喜的变化。

作为改革开放的总设计师,邓小平早年即担任《赤光》编务,被称为"油印博士",他在指导新闻工作中发表了大量关于舆论监督的论述。邓小平常常强调舆论监督工作在国家建设过程中的重要作用:"开展批评与自我批评……就可以医治自满和麻痹。报纸最有力量的批评与自我批评。……现在敢说话的人太少,要鼓励说话。对有些与事实不符的批评,必要时也要提醒和说明。"①1978年,邓小平在《解放思想,实事求是,团结一致向前看》中指出:"我们要创造民主的条件,要重申'三

---

① 邓小平:《在西南区新闻工作会议上的报告》,《邓小平文选》第1卷,人民出版社1994年版,第270页。

不主义'：不抓辫子，不扣帽子，不打棍子。在党内和人民内部的政治生活中，只能采取民主手段，不能采取压制、打击的手段。宪法和党章规定的公民权利、党员权利、党委委员的权利，必须坚决保障，任何人不得侵犯。"①"群众提了些意见应该允许，即使有个别心怀不满的人，想利用民主闹一点事，也没什么可怕。要处理得当，要相信绝大多数群众有判断是非的能力。一个革命的政党，就怕听不到人民的声音，最可怕的是鸦雀无声。"②

1981 年 1 月 29 日，党中央发布《中共中央关于当前报刊新闻广播宣传方针的决定》中再次重申，各级党委要善于运用报刊开展批评，推动工作。"舆论监督"作为一个正式的概念，最早出现在 1987 年中国共产党的十三大报告："要通过各种现代化的新闻和宣传工具，增加对政务和党务活动的报道，发挥舆论监督的作用，支持群众批评工作中的缺点错误，反对官僚主义，同各种不正之风作斗争。"③在这段时间，新华社报道了昔阳县"西水东调"工程存在的问题。第一次揭露了"先进典型"的真相，加快了全国进一步思想解放的步伐。

邓小平还特别强调了舆论监督并非为批评而批评、为曝光而曝光，其目的是提出建设性的警示和提醒："党报党刊一定要无条件地宣传党的主张，对党的工作中的缺点和错误，党员当然有权利进行批评，但是这种批评……要合乎党的原则，遵守党的决定。"④即舆论监督的原则必须遵循党章、党内纪律，不能

---

① 邓小平：《解放思想，实事求是，团结一致向前看》，《邓小平文选》第 1 卷，第 273 页。

② 同上。

③ 《中国工会十三大报告辅导读本》，人民出版社 1988 年版，第 12 页。

④ 邓小平：《目前的形势和任务》，《邓小平文选》第 2 卷，人民出版社 1994 年版，第 272 页。

在"批评与自我批评"的幌子下,不顾监督程序、事实真相、事发原因等因素,一味上纲上线、夸张渲染。"办好报纸有三个条件:结合实际、联系群众、批评与自我批评。这三条离开了领导也搞不好,报纸就没有力量,容易变成'有闻必录'。所以办好报纸的前提在领导……在什么范围讨论,用什么形式讨论,要合乎党的原则,遵守党的决定。否则,如果人人自行其是,不在行动上执行中央的方针政策和决定,党就要涣散,就不可能统一,不可能有战斗力。"①这一时期的舆论监督工作,如前所述的"西水东调工程"报道、"渤海2号钻井船翻沉事故"报道,以及后来的大兴安岭火灾(《红色的警告》、《黑色的咏叹》和《绿色的悲哀》)、上海甲型肝炎流行,铁路、民航、航运等重大事故报道中,新闻媒体均遵循相关法律法规、党章党纪、新闻政策和领导指示,按照既定程序及时开展新闻报道工作,在采访、写稿、编辑、播出等环节中未出现一例侵犯当事人合法权益的事件,报道策划、报道基调、报道结构和遣词用句合乎新闻规律、合乎新闻政策、合乎职业道德。

在邓小平思想引导下,舆论监督工作处处注重方法,坚持建设性立场,收到了良好的效果。新闻媒体在对公共部门人员言行和道德品质水准存在的问题,进行如实报道的同时,注意"惩前毖后、治病救人"的方针,除非特别严重的问题,一般错误点到即止,对问题的定性和批评采用理性、克制的态度;报道还用统摄性思维、发散性思维对物价改革、国有企业改革、农村改革、劳动人事制度等重大方针政策问题进行分析、阐释,帮助公众了解政策精髓、督促相关公务人员照章办事,及时克服工作中的缺点和错误;前所未有地直播全国人大、全国政协、党的全国代表大会、各种记者招待会实况等,进一步加强了政府与公众的

---

① 邓小平:《目前的形势和任务》,《邓小平文选》第2卷,人民出版社1994年版,第272页。

深度沟通。

　　这一时期的舆论监督工作总体发展态势良好,但个别媒体和记者在舆论监督工作中有倾向于偏激的态度和言行,把暴露出来的问题看得过于严重,为某些别有用心的人制造"全盘西化"提供了借口。另外,进行舆论监督的媒体数量较少,基本局限于报刊,而且舆论监督还未能成为常态性工作。

　　(三)中国社会转型时期的舆论监督工作

　　20世纪90年代开始,中国社会面临前所未有的转型:从计划经济转入社会主义市场经济、从高度集中的板块利益转入多元化利益、从人治转入法治等,社会问题头绪纷繁、社会关系盘根错节,舆论监督工作进入一个更复杂的阶段。1992年党的十四大报告、1996年党的《关于加强社会主义精神文明建设若干问题的决议》、1997年党的十五大报告均出现"舆论监督"的概念。1990年以后,舆论监督的概念被写入中国的法规(例如《报纸管理暂行规定》第七条)。1993年以后,这个概念被写入中国的法律(例如《中华人民共和国消费者权益保护法》第六条、《中华人民共和国价格法》第三十八条)。针对上述新情况和总结多年舆论监督工作经验教训,江泽民提出了极具时代特征的舆论监督思想。

　　1989年11月8日,江泽民在全国新闻工作研讨班上发表了题为《关于党的新闻工作的几个问题》的重要讲话:"任何自由从来都不是抽象的而是具体的,不是绝对的而是相对的。在任何一个国家中,都不存在绝对的、毫无限制的'新闻自由'。""西方国家标榜的'新闻自由',实质就是资产阶级的新闻自由,是为维护资产阶级利益和资本主义制度服务的⋯⋯对于试图改变资本主义制度的新闻活动,法律从来没有放弃过惩罚。"①在谈到我国的新闻自由时,

----

　　①　江泽民:《关于党的新闻工作的几个问题》,《新闻工作文献选编》,新华出版社1990年版,第190页。

他认为："在我国，广大人民群众享有依法运用新闻工具充分发表意见、表达自己意志的权利和自由，享有对国家和社会事务进行舆论监督的权利和自由。""在社会主义制度下，新闻不再是私有者的事业，而是党的事业、人民的事业。""为了维护人民的根本利益，对于一切企图改变社会主义制度的违法新闻活动，不但不能给予新闻自由，而且要依法制裁……国际敌对势力和国内顽固坚持自由化立场的人，把'新闻自由'作为'和平演变'的一个重要手段，在这个问题上，特别是我们的新闻工作者，必须有清楚的认识、保持高度警觉，毫不留情地揭穿他们的骗局。"①

江泽民准确地指出，从事新闻工作的同志，"必须讲政治，必须具有良好的政治素质，具有很强的政治鉴别力和政治敏锐性，必须树立高度的政治责任感。每个同志都要自觉地在思想上、政治上与党中央保持一致，在任何复杂多变的形势面前，都要保持清醒的头脑。这是坚持正确的办报方向，始终保持正确的舆论导向的关键所在"。② 江泽民在视察《人民日报》报社时清楚地指出："新闻舆论单位一定要把坚定正确的政治方向放在一切工作的首位，坚持正确的舆论导向"，并希望新闻单位要"旗帜鲜明地坚持党性原则"。③ 1994 年 1 月，江泽民在全国宣传工作会议上发表讲话，提出舆论引导的基本任务："以科学的理论武装人，以正确的舆论引导人，以高尚的精神塑造人，以优秀的作品鼓舞人，不断培养和造就一代又一代有理想、有道德、有文化、有纪律的社会主义新人，在建设有中国特色社会主义的伟大事业中发挥有力的思想保证和舆论支持作用。"④

---

① 转引自刘建明：《当代新闻学原理》，清华大学出版社 2005 年版，第 102 页。
② 见于《人民日报》1996 年 1 月 22 日。
③ 《江泽民文选》第 1 卷，人民出版社 2006 年 8 月第 1 版，第 565 页。
④ 江泽民：《在全国宣传工作会议上的讲话》，见《新闻工作者必读》，文汇出版社 2001 年版，第 61 页。

　　关于坚持正确舆论导向的五条标准,江泽民指出:"坚持正确的舆论导向,就是要造成有利于进一步改革开放,建立社会主义市场经济体制,发展社会生产力的舆论;有利于加强社会主义精神文明建设和民主法制建设的舆论;有利于鼓舞和激励人们为国家富强、人民幸福和社会进步而艰苦创业、开拓创新的舆论;有利于人们分清是非,坚持真善美,抵制假恶丑的舆论;有利于国家统一、民族团结、人民心情舒畅、社会政治稳定的舆论。"①一言以蔽之,舆论监督要真正发挥其正面作用,就是要为改革开放和现代化建设、为落实科学发展观和构建社会主义和谐社会提供强有力的思想保证和舆论支持。

　　关于正面报道,江泽民高瞻远瞩地指出:"社会生活有光明面,也有阴暗面。阴暗面的情况、性质也各不相同。对于企图颠覆我们社会主义共和国、推翻共产党领导的带有阶级斗争性质的问题,必须旗帜鲜明地予以揭露,目的是打击敌对势力;对于人民内部的缺点错误,也应进行揭露和批评,但这种揭露和批评是'恨铁不成钢',目的是以同志式的态度帮助克服缺点,纠正错误。"②江泽民还认为,舆论监督的方法是揭露社会肌体上存在的大大小小的问题,但其最终目的是为了维护国家和社会的稳定:"舆论监督应着眼于帮助党和政府改进工作,解决实际问题,增强人民团结,维护社会稳定。"

　　在第三代领导人的指引下,这一时期的舆论监督工作进一步发展。舆论监督媒体和栏目数量有较大幅度增长,其中最著名、最为公众所关注和称道的电视栏目是《焦点访谈》、《新闻调查》。《焦点访谈》和《新闻调查》在 90 年代初和 90 年代中期成立,到 2002年,已经进入发展、调整时期。在此期间,两栏目播出了一批脍炙

---

①　《十四大以来重要文献选编》上册,人民出版社 1996 年 2 月第 1 版,第 654 页。
②　参见童兵:《马克思新闻经典教程》,复旦大学出版社 2002 年版,第 249 页。

人口、广受好评的节目,如《"罚"要依法》、《眼球丢失的背后》、《铲苗种烟违法伤农》、《河道建起商品房》、《婚礼后的诉讼》等。这些节目从一件或几件日常生活小事出发,探讨其发生的多元化原因,辐射的各种影响以及事件背后的制度漏洞和错误等。由于节目坚持实名制、坚持用事实说话、坚持犀利中肯的评论,其影响力迅速遍及全国,引起公共部门高层领导和社会公众的关注。1998 年国务院办公厅查处 6 起严重违反国家粮食流通政策的案件,其中 4 件是由《焦点访谈》曝光的。凡被栏目曝光的事件,基本都能得到及时、满意的解决,极大地推动了舆论监督工作的发展,也激发了社会公众对舆论监督的热情和支持。

除了报纸开设常态性批评报道专栏之外,全国省级电视台基本上都开设了专门的舆论监督栏目。舆论监督坚持用正确的舆论引导人;实行正确的、有建设性作用的新闻批评和舆论监督;坚持新闻报道的真实性、客观性、公正性原则,力求从总体上、本质上以及发展趋势上把握事物的本来面目和事物之间错综复杂的关系;坚持各类新闻媒体的报道改革,力求既满足社会公众的新闻信息需求,又实现民主政府的正确舆论导向等等。这些新闻实践不但是对舆论监督思想的丰富和发展,也为舆论监督工作注入了新鲜内容,舆论监督工作的作用更加重要和明显。

(四)十六大以来的舆论监督工作

十六大在中国共产党历史上有着重大意义,新一届中央领导开始走上历史舞台,中国社会在共产党领导下开始进入全面建设小康社会的新的历史阶段。新一届中央领导集体大力宣传立党为公、执政为民的宗旨观念,着力营造权为民所用、情为民所系、利为民所谋、言为民所建的良好氛围。会议新闻一向是我国新闻报道的重头戏,但由于种种原因,多数会议新闻都是"只见讲话不见人情",公众希望有生动鲜活的会议新闻。2003 年 3 月,中共中央政治局会议讨论通过了《关于进一步改进会议和领导同志活动新闻报道的意见》,文件指出:"中央领导同志的常规性活动,一般不做报道;除了具有全局性的重大会议外,会议报道不应把中央领导同志是否出席作为报道与否和报道规格的惟一标准,不应完全依照职务安排报纸版面和电视时段。《意见》要求地方党报关于地方领导的报道规格,不得简单比照中央领导,因为中央领导同志担负着国务活动的任务。"①

　　这一时期的舆论监督工作非常突出的亮点就在于新一届中央领导集体切实从制度建设上来确保舆论监督工作的及时、顺利、高效开展。2003年4月,"非典"突然肆虐神州大地,迅速蔓延开来。鉴于有关部门面临重大公共卫生事件时瞒报、迟报、谎报、不报,导致病毒未能及时遏制,在经济、心理、政治上造成严重后果。党和政府高度重视信息公开问题,2003年4月17日,中共中央政治局常委召开专门会议,要求各地党政机关"要准确掌握疫情,如实报告并定期向社会公布,不得缓报、瞒报"。② 此后,中共中央制定颁布了《关于进一步改进国内重大突发事件报道的意见》和《关于进一步加强和改进舆论监督工作的意见》,阐述了当前舆论监督工作的重点,要求各级党委和政府支持新闻媒体开展舆论监督工作等。这些文件的出台为舆论监督工作扫清了障碍、增进了动力。而在强调发挥舆论监督工作作用的同时,中央领导集体也明确表示要坚持党管媒体的原则,胡锦涛指出:"党管宣传、党管意识形态,是我们党在长期实践中形成的重要原则和制度,是坚持党的领导的一个重要方面,必须始终牢牢坚持,任何时候都不能动摇。"③这样一方面发动推力"放开"舆论监督工作,使其发挥正面作用;一方面

---

　　① 参见陈力丹:《论中央电视台〈新闻联播〉30年来的渐进变化》,中国新闻传播学评论网站:http://cjr.zjol.com.cn/05cjr/system/2008/12/05/015050530_01.shtml。

　　② 《政治局常委会:果断措施控制蔓延　不得瞒报疫情》,中国新闻网:http://health.sohu.com/38/93/harticle17339338.shtml。

　　③ 参见《胡锦涛在全国宣传思想工作会议上发表重要讲话》。

发动拉力"约束"舆论监督工作,使其在法律、政策、道德范围内运作,逐步走向成熟。

纵观我党舆论监督工作历程,显而易见的是:只有坚持马列主义、毛泽东思想、邓小平理论和"三个代表"重要思想,新闻事业才能更好地发挥舆论宣传和舆论监督作用,为建设社会主义和谐社会做出积极的贡献。

舆论监督还必须始终坚持实事求是的原则,"准确把握社会生活的本质和趋势,真实反映人民群众的愿望和要求,使我们的报道经得起历史、实践和群众的检验,增强舆论监督生命力、公信力、影响力"。[1] 舆论监督应该逐步走向法治化,注重方法、注重效果、走向建设性舆论监督,这样才能真正发挥这个"双刃剑"的正面威力。

近年来我国舆论监督工作保持良好发展势头,虽然存在一些问题,但还具有很大的提升空间。在舆论监督工作中,电视深度报道扮演着越来越重要的角色,成为舆论监督的主力军。

四、我国舆论监督类电视深度报道的发展历程

每一种新生事物都不是孤立存在的,它都是身后那个波澜壮阔的时代背景里的各种力量相互作用的产物。电视舆论监督报道(调查性报道)的出现源于西方,尤其是美国电视新闻业的发展。

美国电视业始发于20世纪30年代,发展和成熟期是在二次世界大战结束之后。行业中占主导地位的是老牌三大广播电视网——全国广播公司(NBC,1926年成立)、美国广播公司(ABC,1945年成立)和哥伦比亚广播公司(CBS,1927年成立)。值得一提的是,1980年成立的CNN(Cable News Network)异军突起,通过卫星向有线电视网和卫星电视用户提供全天候的新闻节目。CNN国际新闻网是全球最先进的新闻组织,全球超过210个国家及地

---

① 《李长春同志视察中央电视台》,新华社北京2004年4月16日电。

区均转播 CNN 的新闻。在里根被刺事件和海湾战争中 CNN 都实现了独家报道，风头一时无二。但近年来，在代表保守派观点的福克斯（FOX）以及与新崛起的代表左翼观点的微软全国有线广播电视公司（MSNBC）的夹击下，它在黄金时段的收视率不断下滑。

从深度报道的角度看，最有影响和代表性的栏目都属于三大电视网，如《60 分钟》、《20/20》、《夜线》等，这几个栏目的调查性报道是受众获悉、解读重大事件的首选。

在美国新闻史上，调查性报道（报纸杂志）起自 20 世纪初的"黑幕揭发运动"。19 世纪末 20 世纪初，南北战争后的美国，工业革命在带来巨大物质财富的同时，也带来了无数社会问题。最严重的是政界和企业界的腐败和弊端。腐败已成了时代的通病。在此关键时刻，美国新闻界开始的"扒粪"（muckraking）运动却有力地制止了腐败的蔓延滋生，促进了美国社会的改良。

"黑幕揭发运动"以《麦克卢尔》杂志 1902 年底发表的三篇重要文章为起点，这三篇文章的主要内容是：塔贝尔小姐揭露洛克菲勒和美孚石油公司的不正当竞争手段；斯蒂芬斯揭露市级政府和州级政府的腐败行为；贝克揭露劳工问题——童工和黑人的经济地位不合法。之后，《柯里尔》杂志在 1905 年和 1906 年再掀黑幕揭发运动的狂潮，突出地表现在它对美国专卖药制造业的造假行为、对罐头食品厂在食品中掺假和操作不卫生的行为作了深刻的揭露，在美国社会产生了巨大的影响。由于这些报道，美国新闻史把 1900 年后的十多年时间称为"黑幕揭发时代"。到了 19 世纪 60 年代，由于民权盛行、越战问题和社会精神信仰危机等问题的冲突日益激烈，调查性报道开始风行美国，最典型的就是《华盛顿邮报》关于"水门事件"的报道，它使美国的调查性报道进入一个新的阶段。

电视调查性报道出现之后，"一批在社会上有影响、有丰富新闻工作经验的资深记者担任主持人，他们在屏幕上对新闻事态的分析、解释、预测，为电视深度报道开辟了广阔的前景"。① 1968年，CBS推出《60分钟》，它是美国历史最悠久、收视率最高的十个节目之一。这是一档典型的深度报道，以揭露公共权力部门侵犯公民权益和诸多社会问题为主要内容。《60分钟》主要采用进攻性的采访技巧和提问方式。它的风格被人们称为"伏击式新闻（Ambush Journalism）"。1981年7月，节目主持人麦克·华莱士到中国访问，向中国同行介绍，《60分钟》的成功经验是"精心选择主题，讲究报道方法，认真挑选记者，选择最佳时机"。②

1999年，《60分钟》创下了1 423家电视台同时在黄金时段转播其节目的纪录，是获美国电视最高奖"艾美奖"最多的节目之一，也是美国电视史上唯一连续30年保持收视率第一的电视节目。此后，美国各大电视网开办的著名调查性栏目有：《48小时》（CBS）、《20/20》（ABC）、《今晚》（NBC）、《夜线》（ABC）、《日界线》（NBC）等。《60分钟》等节目的成功使它们成为各国舆论监督类电视深度报道的参照样板、模仿对象，在世界掀起了调查性深度节目的风潮。

党的十一届三中全会以后，我国电视新闻报道进行了持续的改革。

第一个10年，即20世纪80年代，电视新闻改革重点是做强做足信息类节目。80年代以前，连作为国家电视台的中央电视台也每天只播出一次新闻节目，即《新闻联播》。这段时期，电视新闻信息量少、覆盖面窄、时效性差的状况无法满足日益开放的社会的信息需要。经过调整，电视新闻信息在节目量、报道面和报道时效上基本满足了政府部门和社会公众的需要，也使"新闻立台"这一宗

---

① 叶子：《电视新闻学》，北京广播学院出版社2003年版，第152页。
② 马元和：《国外广播电视见闻及国际交往》，国际文化出版公司1998年6月版，第88页。

旨得到了比较充分的体现。

随着改革开放的继续进行和深入，中央一系列新的战略理论、战略命题的提出，国内国际各种矛盾的交织以及社会主义市场经济体制建设的亟待完善，电视新闻改革已经克服了新闻数量的简单增长、节目形态的盲目更换的不足，在国际电视新闻（尤其是深度报道）风格的影响下，结合 ENG 等先进电视新闻制作技术，电视转入新闻内容的优化和提升，即加强新闻报道的思想观念的解读和舆论引导，这是对电视深度报道提出的时代要求。

（一）起步初期（1980—1993 年）

1980 年 7 月，《观察与思考》栏目成立，这是我国第一个真正意义上的电视深度报道栏目，栏目定位于："通过对具有普遍意义或群众关心的事件、问题或人物进行调查、介绍、分析和研究，说明某种道理，引起观众思考，起到影响和引导舆论的作用。"①从 1988 年到 1994 年，每周播出一次，每次 15 至 20 分钟。《观察与思考》初期将出镜采访记者与节目主持人合二为一，既在事发现场与当事人交流沟通，又在演播室正襟危坐严肃点评，给人耳目一新的感觉。一年后，现场记者与演播室主持人角色开始分开。主持人是节目的代表和主编，负责整个节目的构思、走向、框架与制作；而采访记者则是主持人的助手，他担当着节目制作的其中一个方面，负责实地采集新闻素材，调查新闻事实的来龙去脉，与采访对象直接交流。也就是说，主持人把握着节目的宏观与全局问题，而记者则主要负责节目的微观和局部问题。

《观察与思考》以其严谨、深刻和具有权威性在全国拥有无数忠实观众。《北京居民为何吃菜难》等是当时社会关注度较高的节

---

① 　中央电视台研究室主编：《中央电视台年鉴（1994 年卷）》，人民出版社 1995 年版，第 41 页。

目。1988年改名为《观察思考》之后，节目强调"熔新闻性、社会性、评论性于一炉"，以更积极的姿态关注热点、难点和焦点问题。《物价大震荡》、《"包干到户"以后》、《对一起热水器事故的调查》、《冯大兴的下场》、《从一家工厂停产想到的》等节目在社会上引起了强烈反响，更多的人开始关注进行舆论监督的电视节目。节目在进行舆论监督的同时，强调要注意把握分寸，从大局着眼，批评报道要在领导机关的支持下进行；指出批评和揭露不是目的，目的是为了改进工作和对各种不良现象产生警示作用；规定对于一时把握不好的批评报道要缓发或做低调处理。

如果从现在的业务水平和认识层次来看，《观察与思考》的节目或许仍显得粗糙和稚嫩，但在改革开放不久的80年代初期，这些舆论监督类电视深度报道能够从报纸和电影新闻模式中摆脱出来，基本上按照电视新闻的程式和规律进行操作，并达到较高的报道水平，确属难能可贵。

（二）发展时期（1994年以后）

1992年邓小平南方讲话给处于关键时期的改革注入了新的活力，带来了改革开放以来的又一次思想解放的热潮。1992年10月，党的十四大报告中指出"重视传媒的舆论监督，逐步完善舆论监督体制"，①表明中央领导层在加强舆论监督方面达成了共识。"在1993年中宣部提出的宣传工作要点里，明确提出了贯彻中央领导同志意见的要求。中央电视台由此获得了一个以舆论监督为主要特色的新节目的合法性。"②1993年5月，根据中央领导关于"新闻媒体要注意抓热点，引导舆论"的意见，中央电视台开播《东

---

① 《加快改革开放和现代化建设步伐　夺取有中国特色的社会主义事业的更大胜利》，《人民日报》1992年10月13日。

② 袁正明、梁建增：《用事实说话——中国电视焦点节目透视》，上海人民出版社2000年版，第3页。

方时空》,其中的《焦点时刻》栏目在进行舆论引导和舆论监督方面
进行了大胆的尝试,为《焦点访谈》的开播积累了宝贵经验。

　　伴随改革的日益深入,社会结构、社会问题变得日益错综复
杂,《观察与思考》是周播栏目,宽松时可满足观众需求,"稍紧一
点,就要挨板子,致使节目难以为继"。① 而且,原先较为单一、静态
的信息传递渠道和简单粗浅的报道方式已经无法适应新形势的需
要。1992 年 10 月,党的十四大报告中指出:"重视传媒的舆论监
督,逐步完善舆论监督体制。"②1993 年中宣部明确提出贯彻中央
领导意见的要求。中央电视台由此开始筹建新的深度报道栏目。

　　1.《焦点访谈》的出现

　　1994 年 4 月 1 日,中央电视台《焦点访谈》(以下称《焦点》)栏
目正式开播。定位于"时事追踪报道,新闻背景分析,社会热点透
视,大众话题评说",侧重于监督公共权力部门不当行为和社会问
题。《焦点》属解析类电视深度报道,主持人在节目末尾通常会做
出对新闻事件或人物的评论,辛辣、犀利、立场鲜明是节目的主要
特征。《焦点》极大地带动了全国其他"焦点类"栏目的开办,推动
了我国电视深度报道事业发展,它的出现与成功,成为我国此类报
道进入发展阶段的一个标志。

　　从成立到 1999 年期间,《焦点》选题多数着眼于社会关注度很
高的公共部门权力运作状况(此类题材占了近 40%),出现了一批
广受好评的"焦点"节目,如《"罚"要依法》、《逃不掉的罪责》、《揭秘
高考替考》等。

　　《焦点》在采访、编辑、主持人等栏目要素中也多有新颖独特
之处。

---

　　①　梁建增:《〈焦点访谈〉红皮书》,文艺出版社 2002 年版,第 202 页。
　　②　袁正明、梁建增:《用事实说话——中国电视焦点节目透视》,上海人民出版社
2000 年版,第 3 页。

在采访阶段,记者在无法得到正面回答的情况下善于设计和提出问题,成功获取信息。1994年在《收购季节访棉区》里,记者调查湖北襄阳非法收购棉花现象时,工厂职工纷纷躲避。记者故意轻描淡写地问:"你们是来干嘛的?"职工都回答:"来玩的。"近百个身上沾满棉花的人,大白天拥堵在肮脏的厂区的画面和记者的提问结合起来,该厂非法收购棉花的事实昭然若揭。记者的提问直指要害,令对方无法掩盖。

摄像画面清晰稳定、图像流畅生动;节目信息真实、量大、全面、清晰度高。据统计,《焦点》以揭示原因、背景和影响为主,其次是追踪事件演变过程和未来预测。信息立体周密、层次清晰,在展示事实信息的同时,促使受众思考事件背后的制度问题,真正做到了"成为思想媒体"。

节目最突出的特色是"用事实说话"来构建内容的逻辑结构,强化事实论证和细节描写。通常是观点先行,然后是事实为观点立论。"深度在事实之中"是节目制作的宗旨,除其选题都是鲜活事实之外,调查、论证过程全由事实说话——画面、同期声、字幕是最有力的论据。在《逃不掉的罪责》中,张金柱是否是故意伤害苏磊是案件定性的关键,记者展示了两个可作为直接证据的画面:汽车挡风玻璃被撞碎、汽车门上有苏磊父亲拍打的血手印;记者采访的两个现场目击证人也证明张金柱事出故意。在这些触目惊心的事实面前,记者无需多言解说,事实自己就能"说话"——张金柱故意伤害他人且情节特别恶劣。

节目评论鲜明、公正、客观、冷静。记者调查部分通常只有新闻事实及对原因、影响的剖析,对事件进行价值判断的任务放在了主持人的结尾评点里。

让人耳目一新的是,《焦点》的主持人与公众熟悉的播音员有了重大区别,几乎都具有鲜明的个人标识,白岩松、敬一丹以前均为干练沉稳、目光敏锐、口才犀利的记者,是栏目的要素之一。他们集编、导、主持于一身,很快成为观众喜爱的电视明星。①

《焦点》开播后多次揭露权力滥用的恶果——跟踪运城水利渗灌工程弄虚作假、暗访国道收费者野蛮执法等等,得到高层和公众的一致认可。栏目曾获三任总理赠言,朱镕基总理更是表示:"我不仅喜欢《焦点访谈》,更喜欢焦点访谈现象。"在公众领域,"有问题找焦青天"已经成为民间流行话语。

2.《新闻调查》开播

在我国社会转型时期,社会日益关注深度报道,一个 13 分钟的栏目容量难以及时关照我国错综复杂、千头万绪的热点事件,13 分钟对于挖掘复杂事件盘根错节的关系来说也相对较短;除了解析性深度报道,还应该开播调查性深度报道。

在上述情况下,1996 年 5 月 17 日,时长 45 分钟的《新闻调查》(以下称《调查》)正式开播。栏目定位:"容量更大,更有深度,更为客观、系统、权威。"

放弃主题性调查和新闻主战场事件性调查后,《新闻调查》提出"探寻事实真相"的口号——调查由媒体独立完成,以记者调查为主要方式,突出对新闻事件背后内幕的调查。《调查》属调查类深度报道,并不是拉长了的《焦点》,栏目有自身独到的特色。

节目形式不同于《焦点》"演播室抛出观点"、"记者论证"、"演播室评论"的三段式。首先,演播室记者(即主持人)提出悬念,其次采取讲故事的手法将内容分成四五个小板块,每个板块之间用"片花(隔断)"串联起来,最后,记者在现场做简短评论。

节目叙事逻辑不同于《焦点》的"观点先行、记者论证"的述评方式,而是在一个迷雾重重的悬疑问题引导下,如《派出所里的坠楼事件》,以记者调查的方式一层层地呈现事件真相。与调查法平

① 参见王晴川:《电视深度报道》,复旦大学 1999 年博士学位论文第 21 页,藏于国家图书馆。

行的深度报道方法有分析、评论、总结、归纳等,《焦点》常用蒙太奇和特技手法,《调查》主要采用的却是因果式线性调查法——强调记者在调查过程中必须有新的独家发现,揭示未曾揭示的事实真相。

《调查》总体感觉更贴近现场,是货真价实的"现场报道",摄像镜头始终关注新闻现场,从头到尾都在做"侦探"的工作。

报道立场和情感倾向上,《调查》与《焦点》鲜明、辛辣的风格不同,比较冷峻、客观,其节目立场蕴含在其叙事艺术上;《调查》主要传播事实信息,《焦点》着重传播意见信息。

《焦点》和《调查》分别是电视深度报道中的主、客观报道两个类型的典型代表,在国内分别拥有一大批模仿者与拥护者。如上海的《新闻透视》、河北的《新闻广角》、成都的《时事 20 分》等,都受到受众的关注和好评。

五、研究的缘起

舆论监督类电视深度报道在电视深度报道中的地位如何呢?为什么要把目光锁定在这一类别的电视深度报道上呢?

以《焦点访谈》为例,在郭镇之、赵丽芳对焦点访谈舆论监督节目的比例有一个详细的统计:以 1994 年到 1999 年的样本分析,1998 年的比例最高,全年舆论监督节目的比例达到了 33.3%,其次为 1996 年的 20.5%,1994 年(9 个月的节目)的 16.2%,1995 年和 1997 年的 14.4%。[1] 据不完全统计,截至 2002 年 8 月 20 日,《焦点访谈》已经播出的 3 000 多期节目中,属于正面报道的大概有 2 150 期,占到了全部节目的 71%,舆论监督类节目的比例不到 30%。[2] 据中南民族大学学者陈明对 2005 年 1—9 月《焦点访谈》

---

① 　郭镇之、赵丽芳主编:《聚焦〈焦点访谈〉》,清华大学出版社 2004 年版,第 319 页。

② 　梁建增:《〈焦点访谈〉红皮书》,第 6 页。

的节目资料进行的统计和分析,具体数据如下:①

节目类型	节目条数	所占比例
舆论监督	81	29.7%
中性、正面报道	192	70.3%
总　　计	273	100%

从上述数据可以看到,《焦点访谈》节目从创办以来,在 10 多年的时间里,舆论监督节目的比例最高也是仅仅超过了整个节目比例的三成多,大多数时候比例都在 30% 的比例以下,有的年份的比例甚至仅有 14.4%,剩下的绝大部分节目是中性、正面报道。

"虽然批评监督类报道的比例一直控制在一定的限度内……这类节目是《焦点访谈》栏目中影响最大的'特色'产品",②也是电视深度报道中最受观众关注和欢迎的部分。"舆论监督、群众喉舌、政府镜鉴、改革尖兵",1998 年朱镕基总理给《焦点访谈》栏目题写的这四句赠言,代表了政府与公众对此类报道的期望与赞誉。《焦点访谈》和《新闻调查》两个栏目开办并取得成功,大大带动了我国电视深度报道事业的发展。它们的出现与成功,成为我国舆论监督类电视深度报道进入成熟阶段的标志。

虽然舆论监督类电视深度报道的数量比例在深度报道里不是最高的,但其受到的关注和对国家、社会乃至新闻事业的影响却少有报道形式能与之并肩。

新闻媒介的生存发展植根于一定的社会生态环境,而社会生态环境(包括政治、经济体制、文化传统等)决定了媒介的体制、运

---

① 陈明:《改进〈焦点访谈〉的舆论引导艺术》,来源于传播学论坛,http://www.chuanboxue.net/list.asp? Unid=1254。

② 袁正明、梁建增:《用事实说话——中国电视焦点节目透视》,第 164 页。

行模式、发达程度和发展方向。新闻媒介作为社会的信息子系统必须适应社会环境的需要。不论主动或被动、自觉或不自觉,社会环境的变革必然带来媒介的革新或变化。

自1978年党的十一届三中全会至今,30余年来中国的新闻改革精彩纷呈,新意迭出。我国新闻事业走过了一条"洒满阳光又艰辛曲折、充满较量又蕴涵着希冀的改革之路"①,而舆论监督类电视深度报道(也有学者称为"焦点现象")的出现,正是这条改革之路上必然出现的亮丽风景。

目前,我国正处在一个逐步建立并完善社会主义市场经济体制、由传统社会向现代社会转型的时期。体制、政策、利益关系、生活方式、价值观念等社会生活各个方面都发生着前所未有的深刻变化。而我国社会的转型恰恰又是在对权力的监督尚不完善的情况下进行的。权力不当运作现象会影响到国家政治、经济和社会的稳定和发展。

有学者认为,20世纪90年代后期,随着社会形态和受众接受心理的变化,人们开始不满足主题先行式的模式,要求媒介不是用思想而是用事实解读生活现状。于是,纪实类体裁、调查性报道应运而生。"用事实说话"成为新闻报道最为推崇的准则,尤其是电子媒介凭借其优势,更加"原汁原味"地忠实记录事物的原貌,以人本的视角关注民生。这种变化,可以说从根本上改变了新闻的社会功能——新闻由典型回到常态,由宣传走向报道。舆论监督类电视深度报道的出现正是这种变化的最深刻的体现。

舆论监督类电视深度报道面向全社会的公开性,使许多被极力掩盖的不法行为得以曝光,真相大白于天下。此举实质上完善了中国新闻媒体公开公正介入社会事务的一种新秩序,开

---

① 孙家正:《努力办好新闻评论性节目,提高舆论引导水平》,《电视新闻文集》,北京出版社1998年版,第34页。

始了一种让公众公开了解社会真相的新秩序。这个新秩序让我们的社会具有更完善的自我修复机制，让公民的知情权得到了高度的重视，它昭示着中国社会主义民主与法治建设的巨大进步。①

"实名制"的实行使具有中国特色的舆论监督名副其实，不再是隔靴搔痒。焦点类栏目诞生之前，可以说，中国的舆论监督主要是由报纸等平面媒体来完成的。这些媒体本身存在着一定的弱点，具体表现在对一些事件和人的报道上往往采用的是以群体形象的方式进行，当事人淡化在群体形象中，导致监督力量减弱。实名制的运用，使舆论监督在聚焦新闻热点，披露事实真相，反映公众意愿中更加具象直接，形成或锐利泼辣或大气凝重的鲜明风格。

对于舆论监督的兴起与发展，胡锦涛在多次讲话中表示："要进一步加强各项监督制度建设，把党内监督、专门机关监督、群众监督和舆论监督紧密结合起来，保证把人民赋予的权力真正用来为人民谋利益。"②这个观点和思想也充分体现在十六大之后中央全会的几个重要决议以及《建立健全教育、制度、监督并重惩治和预防腐败体系实施纲要》中，并把舆论监督列为反对腐败、提高党的执政能力和建设社会主义和谐社会的重要手段。

六、关于我国舆论监督类电视深度报道的既有研究回顾

随着中国社会转型期及电视深度报道的发展，电视深度报道的地位日渐提升。学术界关于深度报道的研究也越来越多。但是，由于长期以来"电视是浮躁的媒介，不适合做深度报道"的固有

---

① 参见胡黎明：《"焦点现象"研究》，新华出版社 2004 年版，第 7 页。
② 胡锦涛：《关于进一步加强和改进舆论监督工作的意见》，人民出版社 2005 年版，第 7 页。

观念仍有一定市场,报纸仍然被视为是深度报道的重要舞台,所以,关于深度报道的著作或论文也大多以报纸为研究对象。当然,其中很多研究对电视深度报道也有很大的借鉴作用。鉴于舆论监督类电视深度报道的作用日益凸显,因此,近年来业界和学界关于舆论监督类电视深度报道的研究已越来越多,涉猎面也越来越广。大致包括以下几个方面。

(一)对舆论监督类电视深度报道的多学科视角审视

关于这方面的研究成果有:中央电视台副总编辑孙玉胜所著《十年——从改变电视语态开始》,2003年出版。作者以亲临中国新闻改革第一线、中国舆论监督类电视深度报道催生者的身份回顾了《焦点访谈》等栏目的诞生背景和过程。在上述著作中,以前视的眼光在理论和业务层面详细阐述了舆论监督类电视深度报道的各个维度,强调深度报道中的"深"指的是对事实的占有;定位舆论监督节目的功能作用在于通过对事实的深度关注,能够及时向社会提出一个强烈的、有效的警示信号,形成舆论的力量,而后舆论力量与行政、法律相结合,良好地作用于社会;舆论生态平衡概念的提出和突发事件中"快反与引导"的准则都为我国舆论监督类电视深度报道的全面发展提供了战略参考。中国传媒大学罗哲宇于2004年出版的《广播电视深度报道》,是一本关于电视深度报道的专著。它既有理论上的阐释,又重视实践操作,用大量的报道实例来说明问题。它从中国转型社会的实际需要来分析当代广播电视深度报道的功能、报道方针、主题提炼原则、选材特点、类型结构等问题,以一章内容对舆论监督类电视深度报道进行了比较全面而生动的阐述。另外,还有一些学术论文对电视深度报道做了相对完整的分析。如复旦大学王晴川博士的论文《电视深度报道》也对电视深度报道做了比较全面的审视。它阐述了美国和中国电视深度报道产生发展的历史与背景,分析了电视深度报道出现在人类视野中的各种社会条件,其中,对舆论监督类电视深度报道栏目

《焦点访谈》和《新闻调查》的时代背景、定位、节目文本、缺陷不足、
未来走向等维度进行了深刻的剖析与评论,对电视深度报道的选
题、策划、准备、采访、写稿、编辑、播出等环节进行详细论述,探讨
了电视深度报道存在的问题及产生的根源。行文流畅、用词讲究、
分析深刻到位,同样是一部优秀的研究作品。南京大学学者杜骏
飞的《深度报道原理》、湖北学者欧阳明的《深度报道写作原理》、复
旦学者陆晔的《当代广播电视概论》、中国传媒大学学者叶凤英的
《现代电视新闻学》、《电视新闻节目研究》等著作把深度报道的深
刻理性与当代中国新闻业的广泛实践相结合,从历史新闻学和应
用新闻学的视角对深度报道进行了全面的透视,同时也涉及新闻
的价值观、方法论、人类学、媒介形态批评、新闻思维、新媒体发展
等众多课题。不仅在新闻理论上提供了一系列有益于调整目光的
创见,而且为业界的运作提供了非常有用的实务指导。

　　新闻出版署原副署长王强华的《新闻舆论监督理论与实践》、
中国广播电视出版社出版的《新闻舆论监督/新闻与传播理论丛
书》,从报纸、电视等传统新闻媒介角度对舆论监督的特质、功能、
运作和不足等维度进行了阐述,讨论了舆论引导、舆论监督以及舆
论监督的法律保护和限制问题。此外,还从公共领域的理念出发
讨论中国当代公共领域的诸多问题。从多学科视角(政治学、心理
学、社会学和意识形态理论)透视舆论监督。反响较大的还有中国
青年政治学院展江主编的《中国社会转型的守望者——新世纪新
闻舆论监督的语境与实践》,集纳了来自新闻学、传播学、法学界的
中外学人的 30 多篇文章。其中既有王强华、魏永征、孙旭培、郭镇
之、陈力丹、徐迅、焦国标、王军、郭卫华等专家的佳篇,一批年轻博
士、硕士研究生的最新研究成果,还有英美多名学者关于舆论监督
报道的理论与实践的相关文章。除导言外,全书共分"成败利
钝——一个泱泱大国世纪之交的共识"、"良性互动——舆论监督
与依法治国国策"和"他山之石——盎格鲁撒克逊国家的先行先

鉴"三编。该书围绕舆论监督这个学术性、实践性与社会敏感性兼具的当代问题,探讨了在新世纪大力发展社会主义民主和法治、推进经济市场化的现实情境下,包括电视在内的新闻媒介为建设公共领域担当中国社会转型守望者角色的举足轻重的意义。

（二）对舆论监督类电视深度报道的局部分析

1. 基本理论研究

指对舆论监督类电视深度报道相对理论化的研究,如着眼点在于其内涵性质、功能特点、表现形式、节目类型等维度。大多数论文的研究视角是电视深度报道,在详细探讨时会谈到舆论监督类型的电视深度报道,例如《声屏世界》2007 年第 5 期中的《浅论电视深度报道的主客观表达》、《新闻实践》2005 年 3 月号中的《电视深度报道的魅力成因》、《中国广播电视学刊》2007 年第 3 期中的《电视新闻深度报道的互文性》、《新闻传播》2006 年第 4 期中的《电视深度报道的客观性》、《电视研究》2004 年第 11 期中的《深透性：电视新闻深度报道的品质追求》、《青年记者》2004 年第 2 期中的《电视新闻深度报道的制约因素》、喻国明的《深度报道：一种结构化的新闻操作方式》、复旦大学博士刘海贝的《深度报道与记者主体意识的觉醒》等等。也有一些高校研究生撰写的毕业论文专门探讨了舆论监督类电视深度报道：《我国调查性报道的现状与趋势》、《试论"焦点访谈"监督类节目》等等。

理论是由一系列前设和术语构造的逻辑体系,特定领域的理论有其特定的概念、范畴和研究范式。只有在相同的概念、视角和范式下,理论才能够对话。这些主要是针对电视深度报道本体的研究文章对电视深度报道本体的认识基本上保持一致,没有明显的分歧。如深度报道的内涵基本都采用美国哥伦比亚大学新闻学院门彻尔提出的"三个层面"的报道概念。对于大致类型也都有一种共识：解析性报道、调查性报道、预测性报道等等。

2. 制作和传播过程中的具体实务技巧研究

一类是关于具体实务操作的研究，如电视深度报道如何策划，如何选题，如何调查采访乃至具体的传播技巧如隐喻等表现手法的运用等，例如《采写编》2005 年第 1 期《浅析电视舆论监督栏目的制作》、《新闻爱好者》2006 年第 8 期《电视新闻深度报道的操作方法》、《中国广播电视学刊》2005 年第 2 期《电视舆论监督的策划》等。这些文章从实际着眼，对深度报道的新闻实务运作有直接的指导意义。在这些文章中，讨论电视深度报道的"好看"成为重点，比如戏剧元素的开掘、悬念的设置、细节的安排、电视语言的穿插等等，而对于"报道体现的意义、价值"则缺乏深刻的思考和详尽的论述。

另一类是关于深度报道思维方式的分析研究，包括逆向思维、多向思维、宏观思维，深度报道应如何把握深度，如何选择视角进行聚焦等等，比如《新闻知识》2004 年第 3 期的《深度报道思维方式探析》、《新闻实践》2005 年第 6 期的《触摸"思维"——谈电视深度报道》。这些文章重在进行一种思想方法上的指导，有的认为电视深度报道其实就是用电视的手段把新闻制作者的思维具象化的过程，成了与前者相反的另一种偏颇。

3. 对国外电视深度报道的介绍及与我国电视深度报道的比较研究

王晴川的《美国电视深度报道节目特色分析》、许宁的《对美国〈60 分钟〉节目长盛不衰的思考》、史兴庆和郑磊合写的《美国电视新闻深度报道的发展历程》、张志安的《中美深度报道的差异》等论文，大都以《60 分钟》为模本，从其发展历史、新闻理念、制作步骤、内容张力、吸引力、制作技巧等方面审视我国电视深度报道在舆论监督某些方面呈现出来的简单与浅显。

这些论文虽然没有专门提出将国外的调查性报道、"揭丑"报道与我国舆论监督类电视深度报道做逐一比较，但实际上在双方如何处理国家、社会问题报道方面做了综合比较研究，对于全面了解中外舆论监督类电视深度报道状况具有直接的借鉴意义。

4. 对现状的反思和对发展趋势的展望研究

这方面的论文涵盖范围较广,包括对当前电视深度报道在舆论监督中存在的问题和误区的解析,包括技巧和思维的提升,还包括深度报道生存和发展的宏观环境审视等等。比如《视听界》1999年第 5 期的《电视舆论监督的几点思考》、《新闻大学》1999 年第 4 期的《对电视"舆论监督热"的几点思考》、《采写编》2003 年 3 月的《深度报道的发展及其误区》等。在"误区"这一部分,文章大多集中在报道的新闻业务层面,如节目的情节构成、悬念、细节、铺垫、高潮等技术性问题探讨,关注如何制作"吸引人的"、"好看的"深度报道。对提升发展趋势的展望大多集中在电视深度报道节目本身,如在节目形态、节目内容、表现方式、电视艺术等方面不少文章都有深刻精辟的论述。

(三)对舆论监督类电视深度报道的个案研究

这方面的研究有多部著作。比较典型的是针对中央电视台的几档优秀舆论监督类电视深度报道栏目《焦点访谈》、《新闻调查》的研究,如《〈焦点访谈〉红皮书》、《调查〈新闻调查〉》等,从栏目的创办到发展壮大,栏目的理念和具体操作,甚至具体到对某一期经典个案的全方位透视。除此之外,也有关于各地方电视台比较优秀的舆论监督报道栏目的解析,如对 SMG(上海文广集团)深度报道栏目《新闻透视》的解读、研究上海电视台深度报道栏目《1/7》的《电视新闻直击:中国调查报道》、《报道如何深入》等等。关于电视深度报道的个案研究,除了著作之外,也有一些学术文章,是对某一舆论监督类电视深度报道栏目的某一个方面(如运行机制、内容吸引度、报道技巧等)进行分析研究。总的看法是我们离国际公认的舆论监督类电视深度报道还有不小的距离。有些著作或文章除了论述我国的电视深度报道节目在新闻理念、制作手法上与国际上的差异外,还着重谈到了中国缺少真正的新闻主持人(新闻主播），缺少真正的新闻评论员。呼吁建立科学合理、人性化的培养机制来选拔、培养、提升我们自己的新闻节目主持人，打造富有权威感、信赖感的"中国的丹·拉瑟"。

（四）需要补充的研究

从以上分析可以看出，关于舆论监督类电视深度报道的研究已有一定规模，且涉及范围较广，内容丰富多样，无论是对电视工作者还是对学界都有很好的借鉴指导意义。但与此同时，关于舆论监督类电视深度报道的研究在现阶段还存在一些问题和不足之处。

首先，关于专门的舆论监督类电视深度报道的著作有待丰富。

许多关于新闻的学术著作中都会涉及电视深度报道，但仅作为其中的一个章节或一个知识点，因此一般都不太深入。学术期刊中的论文、某些著作也多是以报纸的深度报道为研究对象，或者笼统地把报纸、广播、电视和网络的"深度报道"视为一体，专门以电视深度报道为研究对象的专著很少。就笔者的搜索结果来看，除了前面提到的罗哲宇的《广播电视深度报道》，在国家图书馆亦只查到几本名为《企业电视深度报道》、《电视深度报道论》、《电视深度报道》等著作，上述书籍成书时间大多是 20 世纪 90 年代中期。关于舆论监督类电视深度报道的著作数量更少，大多数涉及此内容的著作偏于形象化，不算严格意义上的学术著作，而是一种普及性的读物。这些著作大多介绍栏目的创办和发展的过程，加上某些比较深刻有趣的故事，这有利于读者对所介绍的栏目产生更深刻的认识，增强对栏目的了解，但是，由于学术性不是很强，所以还并不能对电视工作者或者爱好者产生直接的指导意义。而个案研究的论文也存在由于篇幅或精力的限制造成的文章研究不深入的问题。

显然，在新世纪新时期，舆论监督类电视深度报道的理念、空间的阐释需要更多、更新的时代气息。

其次,系统性研究尚待深入。

在研究舆论监督类电视深度报道的论文中,通常比较笼统地阐述电视深度报道与社会的关系,宏观性有余,具象性和应用性不足。这些研究多是"规范的"而非"实证的",是对"理想模式"的希望和要求,而不是对两者现实关系的描述和分析。

几乎没有论文对此类报道的社会价值作出合理的证明和界定。对于舆论监督类电视深度报道的守望者、警示者角色,通常只从职业伦理出发探讨,没有把重心放在推进制度完善、促进社会公正这个最直接有效、最核心的价值取向角度上,也没有论述其价值在政治、经济、司法、社会等领域实现的具体方式。

在阐述舆论监督类电视深度报道目前存在的问题中,绝大多数论文阐述的是报道在业务范围内的技术性错误,很少从价值判断失误的误区角度详尽剖析和追根溯源,如深度报道疏离舆论焦点等。

新中国成立以来的舆论监督工作状况发展与宗旨,缺乏一个系统精细的梳理和阐释。

多数研究把视角分别单独放在电视深度报道和舆论监督两个领域之内,对两者结合之后的新传播方式与新传播效果研究不足。在论述报道误区的论文中,大多采用单线条方式,即用抽象笼统的职业伦理或者纯粹操作技巧来衡量,没有同时采用双线条方式——从社会价值和新闻传播理论标准衡量。

对我国舆论监督类电视深度报道改革的空间与动力论述较少。实际上,现行政治、经济、司法制度和理念提供了很多显性或隐性的空间、动力举措。

在探讨舆论监督类电视深度报道全面提升方面,新闻理论创新程度有待提高,如少有论文探讨电视媒体在现行体制下的相对主体性问题等。这些问题都值得当代中国新闻传播学者深思。

本书运用新闻学、传播学、政治学、法学等学科知识和理论,对我国舆论监督类电视深度报道在政治、司法和社会领域的价值实现进行学理层面的探讨；对我国舆论监督类电视深度报道新闻实践中走入的误区做了量化的分析和原因解释；本书还梳理和探讨了我国现阶段的国家、社会状况，为舆论监督类电视深度报道进一步提升而提供的政治、法律、文化等领域的动力和发展空间；最后以新闻理论和记者综合素质两个向度探讨了如何提升我国舆论监督类电视深度报道。这在一定程度上解释了一些电视深度报道的新闻传播现象，丰富了已有的新闻传播理论。因此，本书是对已有研究的突破和学理拓展，可以丰富新闻传播理论，促进新闻学、传播学的学科建设，力求为学者们今后进行有关研究提供一个参照。

本书对舆论监督类电视深度报道的研究能帮助人们正确认识此类电视深度报道的本质和功能，了解其容易走入的误区和提升的方式、途径，有助于新闻管理部门和新闻实践部门正确把握其传播规律，更好地规范和引导舆论监督类电视深度报道，使其既能充分发挥舆论监督的威力，又能在政策、法律、道德疆界中谨慎行走，促进社会主义和谐社会建设。本书围绕我国舆论监督类电视深度报道的价值、误区和提升进行研究，不仅希望有助于为深度报道的制作者们提供理论和实践参考，为我国电视新闻事业创新提供战略考量依据，而且希望有助于电视在践行其社会责任、社会功能及构建和谐社会的使命中做得更加理性和出色。处于转型时期的中国存在着各种社会问题和矛盾，无论是掌握公共权力的高层、希望生活更加富裕美好的公众还是对中国持观望态度的国外人士都急切需要从电视深度报道中获取大量解惑释虑的资讯，需要公共政策的制定者能清楚了解公众的真实生活状态，从而更加理性地进行国家社会管理。

舆论监督类电视深度报道为我们提出的问题涉及与政治、司法、文化领域的互动，社会进步与发展以及报道自身的提升等方方面面。因此，对这一现象进行深入的探讨，对促进中国新闻事业的发展有着重要的理论和现实意义。

七、关于本书的一些研究说明

本书研究对象是舆论监督类电视深度报道,包括有一定深度和长度的解析性电视深度报道,新闻性、纪实性的调查性电视深度报道。

在现有文献中,有关舆论监督类电视深度报道的社会价值定位、容易进入的误区及报道如何整体提升的研究要么存在盲区,要么还不够深入。这是本书研究的重点和创新点。研究方法采用理论和实践相结合,静态分析和动态分析相结合,定性和定量相结合,描述与评论相结合。

第一章　我国舆论监督类电视 深度报道的社会价值

　　哲学上对于现象的研究,最著名的口号就是"面向事实本身",即寻求造就它们的意义与根据。① 对于我国来说,走过十几年历程的舆论监督类电视深度报道既是电视媒体发挥自身优势、与其他媒体竞争的产物,也是适应高速发展中的国家和时代需要的产物。它运用自身独特的传播优势,以社会现实为背景,用政治学、经济学、社会学等原理透视社会现象,紧扣时代脉搏,关注国计民生、个体生存与发展状态,维护和促进社会公正、推动社会制度建设和社会进步,从而体现出舆论监督类报道的价值。

第一节　我国舆论监督类电视 深度报道的社会价值

一、社会价值概念的界定

　　由于哲学学者李德顺在其《价值论》中说,所谓价值"是指客体的存在、作用以及它们的变化对一定主体需要及其发展的某种适合、接近或一致"。② 简而言之,价值,就是以一种事物作为主体、另一种事物作为参照系的相互判断,是两种事物之间的比较、联系和

---

① 陈嘉映:《海德格尔哲学概论》,三联书店 1995 年版,第 50 页。

② 李德顺:《价值论》,中国人民大学出版社 2007 年版,第 102 页。

影响。价值以满足主体需要、体现主体尺度为实质内容。比如,通常我们认为水很珍贵、价值很高,这是从世界上所有生物的生长都需要水这样一个事实作为判断的标准的。但水一旦离开了生物的生长,其实无价值可言。也即是说,价值是人们对事物的认识、态度、观念、信仰和偏好,是人的主观思想对客观事物的认识态度。从哲学上来说,是主体需求与客体属性之间的关系,即"A事物对B事物有价值"的过程。① 因此研究价值就应该考虑主体与客体的关系。

本书的研究对象是我国舆论监督类电视深度报道,研究类型属于应用型研究,论文关注此类新闻报道的视角以应用层面的研究为侧重点。舆论监督类电视深度报道的价值是传播对象对报道传播过程的认识、态度、偏好和行为的反映,在经济学上也称为效用,效用价值论认为,效用性是价值的根本所在。从哲学上来看舆论监督报道的价值,是舆论监督报道的传播对象的需求和报道传播过程某些属性的关系。没有舆论监督报道(缺少客体),自然不存在报道的价值;离开了传播对象(缺少主体),也不存在舆论监督报道的基础。

因此,研究舆论监督类电视深度报道的价值,必须把报道和它的传播对象联系起来,这也是本书定位我国舆论监督类电视深度报道价值时一个重要的理论出发点。由于电视深度报道属于大众媒介传播,其传播对象范围是整个社会。

因此,本书所说的电视深度报道的社会价值,是指电视深度报道本身所具有的满足一定社会的共同需要的功能。社会价值是一种普遍价值,是社会作为主体同客体之间发生的关系,是以整个社会的利益和需要为尺度来衡量的一定现象或行为的价值。

---

① 参见黄忠敬:《教育决策科学性的标准》,载于《教育理论与实践》2000年第2期。

二、我国舆论监督类电视深度报道社会价值定位

研究舆论监督报道的社会价值，实际上就是研究舆论监督报道的社会作用和社会意义。

任何一种社会现象的存在都有其一定的合理性。社会经济现象之所以有价值，因为它为大众提供了社会物质资料，使人们得以生存；社会法律现象之所以有价值，因为它为大众提供了生活和生产必须的安定环境和社会秩序，使人们的安全得到切实保障。社会之所以需要新闻传播，就是因为新闻传播对于社会来说具有某种价值，否则新闻传播就会被社会所抛弃。那么，具体而言，我国舆论监督类电视深度报道的社会价值应该定位在何处？

为舆论监督类电视深度报道价值定位需要回答的是：整个报道活动究竟是围绕何种意图来安排和展开的？个体和群体、整个社会、民族和国家在舆论监督报道活动中究竟得到什么？

虽然舆论监督报道活动会包含若干阶段和环节，但是，无论在哪个阶段和环节，人们都会围绕上述问题反复地展开论辩和思考，不断地寻求合理的答案。我们先来看看当代中国和谐社会的构建需要什么样的本质和基石。

（一）维护和促进社会公正：社会主义和谐社会建设的本质和基石

1. 全球化背景下的社会公正问题

20 世纪 70 年代以来，科学技术特别是以信息技术和生物技术为代表的高新技术的飞速发展，在提高社会生产力、创造了巨大物质财富的同时，也极大地改变了人类交往方式，改变了整个世界的面貌。以市场经济为基础、以现代科技为支撑的经济一体化、交往全球化，打破了以往地域界限的束缚，使整个世界变成了一个"地球村"，各民族各地区已经"息息相关"地连接在一起，人类社会发展进入到一个崭新的时代。

在这个全球化时代,资源配置不再受到时空阻隔。国与国之间、地区与地区之间的经济、政治、文化交往日益频繁,环境问题、污染问题、贫困问题、人口问题等都成了"全球性问题",需要各国人民加强团结合作,共同应对挑战。科技和生产力的发展不仅在物质方面极大地提高了人们的生活质量,也极大地提高了人类社会的文明程度,包括广泛实行社会民主、国民受教育权利、发展的权利、享受自然资源和洁净环境的基本权利等等,为人的发展提供了重要基础。

但同时也要看到,现代科技和经济全球化发展所创造的巨大物质财富,并没有使世界各国人民普遍受益,贫富差距在世界范围内继续扩大。贫者愈贫,富者愈富,世界发展中的不平衡更趋严重。

这种状况如果不加以扭转和改变,从长远看,将成为制约包括发达国家在内的世界经济持续发展的根本因素。体现人类智慧和创造精神的先进科技,应该用于促进全球持久和平、共同繁荣、普遍发展,造福所有国家和人民。①

所以,如何解决当今世界科技知识的使用和分配,以及自然资源的占有、使用的不平等问题;如何使科技高速发展带来的巨大财富让各国人民公平地享有;如何确保全球化成为服务于所有人民的积极力量;如何建立一个公正合理的国际政治经济新秩序,体现世界范围的社会公正,这是一个全球化时代的难题,也是世界各国共同的责任。

2. 社会公正的基本内涵

(1) 社会公正的概念。

自人类有文明史以来,社会公正就是一个"无处不在的问题",

---

① 参见江泽民:《在联合国千年首脑会议上的讲话》,载于《光明日报》2000 年 9 月 7 日。

是人类探索不息的"戈尔地雅斯难结"。[①] 这是一个既十分现实又十分抽象的问题。现实的一面表现在我们时刻都能感受到各种社会资源的分配现状;抽象的一面,指古往今来不同的思想家、政治家、法学家、伦理家都提出过自己的公正理论和原则,但人类社会却似乎永远在为"公正"迷惑。也正是这种具体而又抽象的特性,使公正成为一个令人困惑而又引人注目的难题,吸引着无数人去探索、去破解。

那么,什么是社会公正?

"公正"与"正义"同义,其相对应的英文单词均为 justice。公正这一概念据考证起码在公元前 30 世纪古埃及就已经出现,古埃及的公正神具有比国王还高的威望,它是意志和智慧的化身。古希腊政治家梭伦最早在公众概念中引入了"给一个人以其应得"的含义,将公正与"应得"联系起来,使公正成为一个有明确社会意义的概念。"给每个人以其应得"的公正思想在西方思想中产生了长久而深远的影响。亚里士多德对社会公正从多个方面做了比较详细的诠释,最后将公正明确为:"公正就是比例,不公正就是违反比例,出现了多和少。"他的定义揭示了社会成员利益分配既有差异又各有所得。

在资本主义发展的不同阶段,众多思想家或从"自然权利观"或从"功利公正观"角度出发,引出他们的公正思想。如卢梭定义公正为人民主权,社会契约,公意(人民的共同意志和公共利益)永远代表公正。休谟认为利己是公正的根源,公正是一种关于财产所有权的法则。在洛克看来,公正就是服从建立在自然法基础上的国家法律。狄德罗、霍布斯也将公正定义为遵守法律。穆勒则认为,公正问题归根到底是个人权利问题,而个人权利的基础是最

---

① 根据希腊神话,古代弗里加王戈尔地雅斯系一绳结,能解此结者可为亚细亚之王。后用作比喻长久的难题。

大多数人的最大幸福和功利原则。只有以公共利益为行为的动力和目标，才能使个人的利益和全体的利益一致。①

在我国，历史上各家各派也都提出过自己的公正社会理想，把公正摆在极其重要的位置。对孔子而言，公正就是"仁义"、"爱人"和"己所不欲，勿施于人"。孟子认为公正是"民心所向"。荀子定义公正是"明分止纷"。墨家认为"有义则生，无义则死……"。在我国古代典籍中，"公正"通常从道德角度出发，被赋予了不偏私、不偏袒、正直的涵义。

由上述公正的概念演变及公正的经典定义可以归纳出：社会公正的本质含义是"均衡与合理，即在处理人与人之间各种关系时，遵循不偏不倚的原则，给有关的每个社会成员以均衡的条件、平等的机会、适当的利益，从而实现权利与义务的最佳统一。"②

从主体角度划分，公正可以分为个人公正、社会公正、国际公正。这三者是相互关联、互相影响的。其中，社会公正具有决定性意义。

（2）社会公正的根本问题。

从本质上看，社会公正的根本问题是利益的合理分配。马克思主义认为，人的需要的发展及生产和交往关系的发展构成了人类社会的历史。人类社会的历史是由人的利益需要发展及生产的交换关系的发展构成和推动的。马克思把人的全面而自由的发展作为社会发展的最高目标，即社会发展的目的最终是满足人的各种利益需要。由此可以说，利益是人类一切活动的动因，人类一切活动都能从利益中得到说明和解释。与人类需求和利益相比，利

① 朱苏力：《社会主义法治理念与资本主义法治理念的比较》，来源于新华网：www. news. xinhuanet. com。

② ［美］戴维·米勒：《社会正义原则》，应奇译，江苏人民出版社 2001 年版，第74 页。

益(资源)永远是有限的,这种有限促使人们思索如何在社会成员或群体之间合理分配利益(资源)。"需要一系列原则来指导在各种不同的决定利益分配的社会安排之间进行选择,达到一种有关恰当的分配份额的契约。这些所需要的原则就是社会公正的原则,它们提供一种在社会基本制度中分配权利和义务的办法。"①

由以上的分析我们可以看出,社会公正从根本上说是人们对利益分配合理的要求。社会对利益的合理分配或合理的社会利益关系结构是社会公正的根本问题。具体说来,社会公正就是社会的政治利益、经济利益和其他利益在全体社会成员之间合理而平等的分配,它意味着权利、规则的平等,收入分配的合理,机会的均等。

3. 维护和促进社会公正:建设社会主义和谐社会的本质和基石

社会公正是建设社会主义和谐社会的本质和基石。社会公正是人类社会具有永恒价值的基本理念和维系社会秩序的行为准则,是衡量社会进步的重要尺度。社会公正是社会主义的本质要求,是建设社会主义和谐社会的深厚基础。社会主义之所以最终要消灭经济上的剥削和政治上的压迫,归根结底就是为了消除社会的不平等和不公正,使全体人民在政治、经济、文化诸多方面享有同等的权利,从而实现人的全面发展。社会公正是现代社会基本制度设计与安排的基本依据,是建立公正合理的社会阶层结构的基本准则,也是制定社会政策的基本依据。②

2004 年,《中共中央关于加强党的执政能力建设的决定》把社会公正放到了一个突出的位置。《决定》提出,要"注重社会公平",

---

① ［美］罗尔斯:《正义论》,何怀宏译,中国社会科学出版社 1997 年版,第 45 页。
② 邓剑锋:《实现社会公正是中国共产党人的奋斗目标》,载于《风范》2007 年第 2 期。

"促进社会公平和正义"。

胡锦涛用了分量很重的话来说明社会公正的重要性:"维护和实现社会公平和正义,涉及最广大人民的根本利益,是我们党坚持立党为公、执政为民的必然要求,也是我国社会主义制度的本质要求。"①

党的十六届六中全会公报提出"社会公平正义是社会和谐的基本条件"的论断,表明我们党已将维护"社会公正"作为全党在坚持"立党为公,执政为民"这一执政理念时所必须完成的一项重大任务确立下来。

2007年10月,党的十七大报告在提出实现全面建设小康社会奋斗目标的新要求时,将"扩大社会主义民主,更好保障人民权益和社会公平正义"作为五项新要求之一,成为引人注目的一大亮点。

随着我国经济社会的快速发展和改革开放的不断推进,社会公众对社会主义民主有了新的更高的期待。十七大报告紧扣社会脉搏,顺应人民政治参与积极性不断提高的新情况,将"扩大社会主义民主,更好保障人民权益和社会公平正义"作为全面建设小康社会的新的更高要求之一,使全面建设小康社会的宏伟目标更加丰富、更加完备。

外电以《胡锦涛十七大报告重点由经济发展转为和谐发展》为题报道说,"中共中央总书记、国家主席胡锦涛在中国共产党第十七次全国代表大会上的工作报告中,着重强调了以社会公正公平、缩小贫富差距及环保为中心的和谐发展。此次的报告与以往有着极大不同,胡锦涛强调的'科学发展观'是指以人为本,从注重经济发展数量的增加转向重视'生活质量'及'公平公正',旨在实现'和

---

① 胡锦涛:《在省部级主要领导干部提高构建社会主义和谐社会能力专题研讨班上的讲话》,《人民日报》2005年6月27日。

谐社会'的政策理念"。①

努力维护和促进社会公正,不但可以减少、消除现有的社会不和谐现象,而且还可以有效地"防患于未然",从源头上减少社会不和谐现象的数量,减弱社会不和谐现象的强度。维护和促进社会公正,对于整个中国社会的发展来说,具有至关重要的意义,是建设社会主义和谐社会的本质和基石。

首先,马克思、恩格斯认为,公正是人类社会的崇高境界,是社会主义和共产主义的首要价值之所在。"真正的自由和真正的平等只有在共产主义制度下才可能实现,而这样的制度是正义所要求的。"②不仅如此,马克思、恩格斯还将公正作为现实的奋斗目标。他们认为,社会发展的宗旨是为了人。在他们看来,人人共享、普遍受益的社会公正就是社会发展的终极目标。

邓小平认为,社会主义的本质是"解放生产力、发展生产力,消灭剥削、消除两极分化,最终实现共同富裕"。③ 在这个关于社会主义本质的表述中,可以看出:它包括了社会公正的事后原则和调剂原则。"消灭剥削,消除两极分化,最终达到共同富裕"既指明了在这个过程中要坚持的按劳分配的分配原则,又强调要通过事后的调剂最终实现社会成员普遍享受社会发展所带来的成果。因此,从"经济效益"上来说,要求一部分人通过合法经营、诚实劳动先富起来,体现社会公正的机会均等原则。但从"共同富裕"来看,必须先富带动后富,使先富带动后富,体现社会公正的调剂原则。社会主义的本质从各个方面体现了社会公正原则。④

---

① 《海外媒体及华人高度关注十七大:感受巨人的脉动》,千龙网新闻中心:http://news. qianlong. com/28874/2007/10/17/3522@4111696. htm。

② 《马克思恩格斯全集》第1卷,人民出版社1956年版,第305页。

③ 《邓小平文选》第3卷,人民出版社1993版,第373页。

④ 王成元:《邓小平社会主义本质论与和谐论》,来源于人民网:www. theory. people. com. cn。

其次，只有维护和促进社会公正，才能合理设计和安排现代社会的基本制度。一个社会的正常运转有赖于系统化、常态化的规则体系的存在，而一个社会中最为重要的规则体系就是制度。社会基本制度的公正作为社会公正的首要内容，它的公正与否对其他具体制度有着决定性的意义。如果制度设计有失公正，再美好、再科学的动机和愿望，其实际效果都会事与愿违：不仅不能推进社会的发展，还可能造成社会群体、阶层之间的对立乃至仇视，社会动荡随时可能发生。制度既是规范人们行为的"标尺"，也是促进公平正义理念形成的"助推器"，更是社会公正进步成果的"结晶体"。以公正的制度促进社会和谐建设，正变得十分紧迫和关键。

再次，要充分、持续地激发社会活力，必须实现社会公正。就社会活力的激发而言，公正的机会规则和按照贡献进行分配的规则具有不可替代的作用。一方面，机会公正的规则要求摒弃先赋性的因素（如特权、身份、等级）等不公正因素的影响，保证每一位社会成员能够有一个平等竞争的环境，能够得到公正的对待，并通过自身的努力最大限度发挥自己的能力。另一方面，在参与财富等社会资源分配时，遵循按照贡献进行分配的公正规则，就能够消除平均主义的影响，使社会成员得到自己所应得到的资源。

最后，社会公正是社会主义市场经济体制的首要价值要求。党的十四大明确宣告，我国经济体制改革的目标是建立社会主义市场经济体制。社会主义市场经济体制必然把社会公正作为首要的要求。所谓市场经济体制，其实质就是通过价值规律作用来提高资源配置的效率。资源的优化配置有赖于各种资源的自由流通，资源的自由流通又以利润率的平均化为前提，而利润率的平均化正是权利公正下公平竞争的结果。没有公正，就没有公平竞争。效率源于竞争，竞争要有规则，规则必须公正。

同时，市场经济作为经济运行机制要求公正。价值规律能够发挥重大作用的基本前提就是等价交换。交易的双方是在自愿的基础上进行交易,交易双方必须是平等和公正的。另外,市场经济的竞争机制也内在地要求社会公正。市场经济是通过竞争来实现社会资源的优化配置,竞争是市场经济的基本特征,也是其活力所在。而要使竞争有效地展开就必然要求各经济活动主体在市场竞争中处于平等地位,遵循同等的规则。这是市场经济中人的市场行为和经济活动的最基本的原则。[①]

4. 现阶段我国还存在许多亟待解决的社会不公正现象

20 世纪后 20 年的中国社会,被《第三次浪潮》的作者阿尔温·托夫勒形象地比喻为"一个曾被压得太紧的巨大弹簧一下子被松开了"。选择了建设具有中国特色社会主义道路的中国人民焕发了热情,解放了被压抑的能量和创造力,进行着一场伟大而深刻的"第二次革命"——改革开放和社会主义现代化建设。"这场革命,对我们这个国家和民族来说,无论从深度和广度,还是从艰巨性和复杂性而言,都绝不亚于中国民主革命的那场第一次革命。"[②]

改革开放后,我国综合国力显著增强,人民生活总体达到了小康水平,经济总量连上几个大的标志性台阶。国内生产总值由 1978 年的 3 645 亿元迅速跃升至 2007 年的 249 530 亿元。2002—2006 年进入高速增长期,平均每年上升 2 万亿元,2004 年已经站在人均 GDP 超过 1 000 美元的新台阶上,向更高一级发展形态迈进。2006 年超过 20 万亿元。在此基础上,2007 年一年又增加3.76万亿元。

然而,改革的过程就是利益重新调整的过程,就是社会资源重新分配的过程。在此过程中,原有的平衡被打破,种种复杂的利益

① 任中平、乔晓毅:《维护社会公正　构建和谐社会》,载于《社会主义和谐社会建设的思考与探索》,四川人民出版社 2005 年版,第 121 页。

② 刘吉文:《交锋——当代中国三次思想解放实录·序言》,今日中国出版社1998 年版。

矛盾日益明显,利益主体出现了多元化、复杂化的趋势。在利益分化和重组的过程中,由于我国历史自然条件、转轨时期旧有体制与新建体制的磨合冲突原因,各种利益的分配未能完全在政策、法律、道德等范围内进行合理分配,由此导致的后果就是社会不公正现象显露出来,引发出的社会矛盾和冲突,销蚀着改革中释放出来的社会活力,导致整个社会活动效率的损耗,制约着整个社会的发展进步。

社会公正从根本上来说,是社会成员对生活于其中的社会公正与否的价值判断。① 因此,社会公众对我国现阶段公正与否及公正程度的认知和判断是我国社会公正问题现状的一个重要显示。2005 年 1 月"转型期中国社会公平问题研究"课题组的调查显示:在"我们目前的社会公平状况"问题回答中,被调查者认为目前的社会很不公平者占 50%;认为不太公平和很不公平者合计达到90%;认为基本公平的有 7%,只有 1% 的被调查者认为是非常公平的。② 调查结果表明,当前社会多数人对社会公正没有持满意态度。

关于比较突出的利益分配不合理的社会不公正现象,根据中国社会科学院 2004 年公开发表的《社会蓝皮书:中国社会形势分析与预测》系列中对一般居民、党政干部、国家中层公务员等阶层的调查发现,中国社会发展和稳定的主要问题集中在五大问题上:腐败、国有企业、收入差距、下岗失业、农民负担等不公正现象。主要可以归纳为以下三方面:

经济公正问题:

收入分配是社会利益分配的直接体现与集中体现,与社会公

① 胡黎明:《"焦点现象"研究》,第 123 页。
② 孙立平:《失衡:断裂社会的运作逻辑》,社会科学文献出版社 2005 年版,第64 页。

众的生产生活的关系最为密切,是社会经济肌体的神经末梢。在
社会主义社会里,存在着一定的差距是合理的。

但是,这种差距不宜过大,不宜超过一定的"度",而且它应该
是以广大社会成员能够普遍享受社会发展的成果为前提条件的。
基尼系数是当前世界公认的衡量收入差距的指标体系,国际上通
常把 0.4 作为收入差距的"警戒线",而一旦基尼系数超过了 0.6,
表明该国家就有发生动乱的潜在危险,因此又有人称 0.6 为"动
乱线"。按照南开大学经济研究所的调查,如果将非法收入和非
正常收入包括在内,则 1994—1999 年全国基尼系数已经超过
0.5。另外根据中国人民大学和香港科技大学 2004 年的联合调查
结果显示,中国内地的基尼系数更高,已达到 0.53 或 0.54
左右。[1]

政治利益关系公正问题:

我国不仅仅存在老弱病残这样的生理层面的弱势群体成员,
而且出现了社会的一些主要群体如青壮年劳力——工人、农民阶
层呈现出弱势化趋向。

以工人、农民为主的弱势化成员的人数在增加,一部分工人和
农民的基本权益(生存权、劳动权)难以得到切实有效的维护。主
要表现在近年来我国煤矿事故死亡人数超过世界其他产煤国家煤
矿事故死亡总数。[2] 介于农民和工人之间的"农民工"在就业、居
住、劳动保护和社会保障以及子女就学方面的权益不时受到侵害。
中国社科院的调查证明,企业为打工者购买社会保险的比例甚低,
与农民工签订劳动合同的不到 5%,大部分企业都没有为工人提供

---

① 苗树彬等:《寻找经济转轨与社会公平统一的发展道路——中改院"经济转轨
与社会公平改革形势分析会"综述》,《光明日报》2004 年 8 月 7 日。

② 徐琛:《社会公正与初级阶段的社会主义》,中国人民大学 2006 年博士论文,第
185 页。

应该提供的社会保障。① 20 世纪 90 年代以来,拖欠农民工工资问题在很长一段时间没能得到解决——据全国总工会数据,2004 年初,全国进城做工的农民工被拖欠的工资估计在 1 000 亿元左右。②

腐败现象仍然比较严重:③

腐败是我国改革开放以来利益格局变动过程中关注程度最高的话题之一。现阶段我国腐败现象表现在:一是腐败现象的行业化、领域化倾向。一些具有行政管理权和垄断经营权的部门和行业成为腐败的高发区域——如掌握土地审批、建设项目审批、招商引资审批、资金贷款审批等行政审批权的部门;掌握水、电、气、油等公用事业经营的垄断企业等。二是许多腐败现象披上了"改革"的合法外衣,在"改革不合理的规章制度"的名义下进行腐败行为,④如国企改革中国有资产的流失。三是腐败现象的广泛化。自1997—2003 年 6 年间,贪污、贿赂、挪用公款百万元以上的大案5 541 件,涉嫌犯罪的县处级以上干部 12 830 人,国企管理人员84 395 人。⑤ 腐败现象在一定程度上存在着泛化的倾向。

从上面的阐述我们可以看出:社会利益没有得到合理分配,社会公正最根本的问题没有得到解决。上述现阶段社会不公问题的危害性不可小视。它不仅会削弱我们党执政基础,还会影响社会的稳定及良性运行、延缓我国的现代化进程、动摇社会公众的社会主义信念。要建立社会主义和谐社会,就必须积极消除这些不公

---

① 中国社会科学院"农村外出务工女性"课题组:《农民流动与性别》,中原农民出版社 2000 年版,第 40 页。

② 齐中熙:《全国被拖欠的农民工工资在千亿元左右》,新华网 www. xinhuanet. com. 2003 年 11 月 24 日。

③ 胡锦涛:《高举中国特色社会主义伟大旗帜　为夺取全面建设小康社会新胜利而奋斗》,人民出版社 2007 年版,第 5 页。

④ 徐琛:《社会公正与初级阶段的社会主义》,中国人民大学 2006 年博士论文,第190 页。

⑤ 《最高人民检察院工作报告》,《人民日报》2003 年 3 月 23 日。

正现象。作为社会主义和谐社会的本质和基石,社会公正问题已经成为我国现阶段面临的最需要关注的问题之一。陆学艺、郑杭生、何清涟等学者的调查研究认为:"我国现阶段需要关注的主要挑战不再是增长速度,而是确保增长的可持续性和公平性。"①

(二)维护和促进社会公正:当前我国舆论监督类电视深度报道的价值所在

1. 舆论监督报道负有社会守望责任,价值定位应该与当前社会时势相契合

在现代社会这艘巨大的海轮上,监视影响航行的诸多因素中是否存在潜在危机,以便及时地加以处理,无疑十分重要。现代社会更需要忠诚的守望者,守望者的责任也就更为重大。

那么,现代社会中谁是社会的守望者呢? 传播学家施拉姆认为,每个人在自己的大脑中都有一张社会地图,人们用这张地图来寻找发展的方向。为了保证地图的正确性,人们用社会雷达来监测环境,不断地修正社会地图,新闻传媒就是人类所利用的最重要的雷达,是现代社会的守望者。②

约瑟夫·普利策说得好:"倘若一个国家是一条航行在大海上的船,新闻记者就是船头的瞭望者,他要在一望无际的海面上观察一切,审视海上的不测风云和浅滩暗礁,及时发出警报。"进入现代社会,人们对社会信息的获取、整理、提炼、解释的需求越来越大,对传媒的要求也越来越高。新闻传媒是社会机制运作的"耳目喉舌",为机制运作提供必要的信息。如果新闻媒体失灵,整个社会

---

① 孙聚成:《新闻传播与国家发展理论研究》,中国人民大学2005年博士论文,第24页。

② 张弘:《精英化:大众媒体的传播错位》,来源于人民网:www. media. people. com. cn。

将陷入盲目、迷惘之中。

（1）新闻传媒是社会的守望者，是由其本质特征所决定的。

美国传播学家拉斯韦尔在其著名论文《传播在社会中的结构与功能》中提出，大众传播四大功能的第一项便是监视环境，守望社会。传播学家们把监视环境、守望社会的功能列为传播的首要功能，有其充分的理论和实践理由。

新闻传媒是现代社会必不可少的信息生产者和提供者，在满足社会普遍性的信息需求方面起着一种公共服务的作用。同时，大众传媒又是某些"稀有"公共传播资源（例如广播电视使用的电波频率）的受托使用者。作为公共财产使用人的大众传媒不是个人私产，理应为社会公众的利益服务，为全社会的成员而忠诚守望，责无旁贷。

（2）新闻传媒是社会的守望者，是由传媒主体的权利特征决定的。

在新闻自由理论的嬗变中，积极自由主义新闻理论主张新闻自由不仅是一种消极自由，更是一种积极自由——以服务公共利益为职责。新闻自由是媒介主体的一个重要特征，也是媒介作为社会最重要的信息系统的基本权利基础。新闻自由的权利是公民言论自由的逻辑延伸，也即是说，传媒享有的是新闻自由的代理权。因此，媒介主体的这一特征决定了媒介不能滥用新闻自由的权利，它只有在为国家和社会执行监测守望功能时才能保有这个权利。

社会责任论的兴起进一步确立了媒介对公共利益所负的职责。19世纪政党报刊的谩骂与攻击和便士报刊的粗俗与煽情导致的新闻界信任危机，新闻界开始检审自身，并提出媒介为公共利益服务的观念。1947年，美国哈钦斯新闻自由委员会在一份题为《一个自由而负责任的新闻界》的调查报告中首倡社会责任理论。报告指出："媒介的新闻自由并不是无边界、无限制的，应该倡导一种可问责性的积极自由,认为新闻界必须满足公共的需求,接受公共标准并为之而努力。"①委员会呼吁新闻界应负起对良知和公共福祉的社会责任。20世纪50年代,美国大众传播学者彼得森在其"社会责任传播理论"中认为,新闻自由与媒体责任同时存在,媒介在宪法的保障下享有特殊的权利,相应的,它必须承担社会责任。媒介应承担起作为信息和讨论的共同载体的责任,将自身的价值定位、未来发展与国家、社会的发展方向紧紧结合起来。

(3)新闻媒介作为特殊社会力量的特有优势决定了它必然能够为"构建社会主义和谐社会"发挥巨大的作用。

众所周知,新闻媒介是一种特殊的社会力量和精神生产资料,具有其他社会力量和精神生产资料所不具备的独特优势,主要表现在:一是覆盖面广。其触角可遍及各个地理空间范围。二是渗透性强。无论是政治、经济、文化还是其他社会生活领域都可成为它影响的对象。三是传播速度快。可以对社会生活进行同步反映,即时干预。四是按一定周期连续出版或播出,具有严格的周期性,即马克思所说的"每日干预运动"的"周期律"。五是面向社会公开刊播,具有最广泛的社会公开性。

这些优势使新闻媒介对社会生活各个领域具有其他任何社会力量所无法比拟的最大影响力。在促进和谐社会建设这一伟大工程方面,新闻媒介大有可为。

作为社会运作中最重要的信息子系统,新闻传媒是现代社会结构的重要组成部分,已经深深地嵌入社会之中。从社会学意义上来讲,在社会的繁衍过程中,新闻传播是社会结构有机连接和能量交换的一个平台。在媒介社会化和社会媒介化的情境下,新闻传播是社会的守望者,是社会价值、规范和社会共识形成的重要推

---

① 《一个自由而负责任的新闻界》,中国人民大学出版社2004年版,第2页。

进器，是社会利益表达、协调和社会监督、引导的重要工具。①

　　以上论述已经清楚地阐释了新闻传播在构建和谐社会中，新闻传媒有责任、有义务、有能力为社会守望，及时满足社会需求，具有重要作用。保障公众的利益以促进社会的发展，正是新闻传播根本的社会价值所在。离开这一基本理念，新闻传播就毫无社会价值可言。

　　当前，我国构建社会主义和谐社会的战略，是在社会深刻变动的背景下展开的。我国构建社会主义和谐社会的本质和基石——维护和促进社会公正，是目前社会最为强烈的需求之一。

　　既然这艘巨轮已经确定了航行的目标，那么，守望者的目光必须和航行的方向保持一致，才能及时准确地为航船报告前行中的障碍和危险。作为有责任、有义务、有能力为社会守望的社会信息系统，我国的新闻传媒在社会结构、社会的制度安排、社会的运行机制的创新和重构的过程中，应该有积极回应、支持和服务，通过维护和促进社会公正，促使和帮助掌握公共权力者在负面状态还处于生发阶段、只要付出较低成本就能纠偏复正时，采取强有力的措施排除、纠正或修补不公正现象，尽快实现公众应得的社会公正，实现新闻传播和社会之间良性的互洽性。

　　综上所述，作为新闻传播的一个重要部分，当前我国舆论监督报道的价值定位即应该着眼于维护和促进社会公正，更加勤勉认真地履行其守望功能。我国正处于社会转型的关键时期，制度的不健全和社会信息系统的不完善已经给国家的发展造成了较大阻碍。《中国共产党党内监督条例（试行）》的公布，把舆论监督放在重要、突出的位置，就是进一步强化了舆论监督报道的社会守望功能。

----

　　①　詹绪武：《构建和谐社会与新闻传播舆论监督的基本路径》，载于《新闻传播》2007 年第 10 期。

2. 舆论监督是维护和促进社会公正的最强劲的力量之一

(1) 现代社会的不公正很大程度上源于公共权力的无边界膨胀。

从社会学角度来看,社会由不同的人类群体按照一定的原则、秩序和价值尺度构成,不同的群体在社会中所得到的权力、地位、利益和义务通常会有显著的差异。从某种程度上说,社会的不公、不平总是绝对的,而社会的公正平等则总是相对的。

在现代社会,不公正现象产生的原因在很大程度上来源于制度的缺陷,即权力的无边界膨胀。

任何社会的存在,都需要一定的秩序和制度。对于以高度的人类理性作为出发点的现代社会来说,制度就是维系社会秩序的纲纪,是人们实践和交往活动的产物,是为了更好地进行社会交往活动所必需的规范和规矩。社会越是发展,其分工就越是细密,合作和交往也越是必要和重要,也越是需要用制度来规范整合具有离散性质的各种活动,形成合理的社会秩序。

在现代社会,制度中的权力运作是制度发挥社会作用的最直接和最有效的方式。"制度中的权力几乎都是处于监督和制约之下的有限权力,但权力自身具有扩张性,倾向于突破它最初所受的限定。而这种无限膨胀必然会导致社会更大更深刻的不公正现象发生。"[1]

公共权力是以国家强制力为后盾的一种强大权力,直接影响国家经济、政治、文化和社会的发展,影响公民合法权利的实现。一旦公共权力的运作超出了合理合法的范畴,其借助制度力量对社会倾注的影响力将破坏甚至毁掉公众的合法权益,阻碍社会健康正常运转。

(2) 舆论监督对于公共权力的制约具有独特的重要作用。

---

[1] 王梅芳:《舆论监督与社会正义》,武汉大学出版社 2006 年版,第 171 页。

　　舆论监督作为一种社会发展的制衡力量,具有独特的重要作用。在社会信息系统里,舆论监督是维护和促进社会公正的最强劲的力量之一。"如果说社会公正是在理想和精神的意义上引导人类社会向善向美,那么舆论监督就是在现实的层面规导和匡正社会的非公正与不和谐。"①舆论监督报道的基本作用相当于警铃。其目的不在于为揭露而揭露,而是通过示警与对策建议,督促政策制定者以公正为标准、以广大人民利益为立足点进行合理合法的社会资源分配。这种警示如果没能及时或正确发出,社会肌体出现的问题将因无干预而趋向恶化。

　　我国《宪法》规定:"人民依据法律规定,通过各种途径和形式,管理国家事务,管理经济文化事业,管理社会事务。"在此基础上,《宪法》第35条和第45条又进一步明确规定:"中华人民共和国公民有言论、出版、集会、结社、游行、示威的自由","公民对于任何国家机关和国家工作人员享有提出批评建议的权利。"②这表明,我国以根本大法的形式,明确规定了人民参与国家政治、经济、文化、社会生活管理的权利和行使民主监督的权利,这是舆论监督的最根本的法律依据。

　　1848年,马克思和恩格斯在创办《新莱茵报》时,将报刊的监督权提到报刊首要职责的地位。马克思指出:报刊不仅有权利而且有义务严密地监督人民代表们的活动。舆论监督是代表人民通过对公共事务的评价和批评,从而实施对国家公共权力的监督,对社会公共事务的管理。因此,舆论监督是党和人民赋予大众传媒的一项神圣的权利和义务,是大众传媒义不容辞的社会责任。

　　舆论监督是通过现代大众传媒传播公共信息,反映公众意见,揭露批评公共权力机关及其公职人员的违法犯罪行为,评判公共

---

①　王梅芳:《舆论监督与社会正义》,第27页。
②　《宪法和宪法修正案辅导读本》,中国法制出版社2004年版,第11页。

权力行使者的行为及其公共决策,从而形成对公共权力制约的一种有效监督形式。舆论来源于民意,又强化扩大后在公众中广泛传播,使舆论监督成为全社会的监督。它通过直接、公开、迅速、及时地反映被监督者的行为反映社会的民心所向和公正的价值。公众持续性的广泛参与,有助于形成强大的社会舆论,"众口铄金,积毁销骨",舆论的压力对被监督者构成强大的精神压力和心理制约力量。

随着改革开放和市场经济体制的逐步确立,社会经济成分、组织形式、就业方式、利益关系和分配方式日益多样化,社会阶级、阶层结构也正在发生着新的变化,这一切不可避免地与旧有体制发生摩擦和碰撞,由于政治、经济等重要制度的建设还有待完善,公共权力的约束和理性运作方面还没有达到理想状态,公共权力的不当运作现象比较普遍,导致了一些社会不稳定、不和谐因素的产生。前面提到的我国现阶段出现的诸多不公正现象的根源即是源于此。

在这种情况下,舆论监督因其对权力监督的有效性而上升为社会公共意志的代表,在所有的监督手段中,成为监督公共权力、维护和促进社会公正相对最为强劲的力量之一,具有独特的重要作用:第一,新闻传播对公共权力进行监督的威力容易实现最大化;第二,介入事件便捷并有预防作用;第三,社会经济成本最为低廉;第四,建立"社会公正共识"最有效的途径之一;第五,可以发挥我国舆论监督的传统优势。[①]

3. 舆论监督与电视深度报道相结合能更有力地维护和促进社会公正

在舆论监督报道形式中,与电视深度报道相结合的舆论监督,相比其他媒介报道形式来说,传播影响力和权威感有着独特的

---

① 王梅芳:《舆论监督与社会正义》,武汉大学出版社 2006 年版,第 113 页。

优势。

（1）传播内容的真实性。

要对社会不公正现象进行监察和督促，"用事实说话"是最有力的方式。所有的调查访谈都围绕某一"事实"进行，层层展现事实、剖析事实，用事实说话，对事件进行认真调查，深入追踪，对新闻资源蕴涵的深层背景深挖细掘。真实性是电视深度报道的重要特性之一。电视深度报道的对象是现实生活中的真实人物、事件和社会情景，它采取的主要手段是"新闻事件再现"。这里所谓"再现"，不是指用演员扮演故事情节以"重现"已不复存在的生活片断，而是指采用纪实主义的手法，真实地记录社会现实，在电视屏幕上复现生活的具体过程和真实情状，展现生活的原有形态，它能明确地告诉观众：生活就是这样。

华中科技大学学者屠忠俊曾套用美国心理学家吉尔福特的"智力三维结构模型"分析过电视在承载和传播信息内容方面相对于报纸、广播的巨大优势。他指出，吉尔福特在其智力三维结构模型中把传播媒介承载交流的信息内容分为5种：视觉（V：visual）、听觉（A：auditory）、符号（S：symbolic）、语义（M：semantic）和行为（B：behavioral）。

一般来讲，媒介承载交流的信息种类越多，表明该媒介的信息传播能力越强。印刷媒介承载交流的信息内容境界可表达为"S+V''"；广播媒介承载交流的信息内容境界可表达为"M+A"。与前两者相比，电视是一种综合性媒介，它兼容了前两种媒介的所有信息内容，其承载交流信息内容的境界可表达为 V'+A+S+M+B（V'表示电视的视觉信息仍存在局限性但较报纸的 V''已有明显进步）。屠忠俊认为，"从信息内容的维度来看，电视媒介已经几乎是传播媒介的极致，它所能承载与交流的信息已覆盖了吉尔福特智力结构中的全部信息内容种类。在第四传播媒介因特网出现之前，除了实现电视图像的立体化以外，人们几乎看不出电视这种综合媒介还有什么'突破境界'"。①

（2）传播形式的艺术性及受众的参与性。

优秀的电视深度报道不满足于只在屏幕上描摹生活的表象，还善于从生活的表象中揭示出本质与现象、必然与偶然的辩证关系，从中提炼出富有哲理意味的深邃的思想意蕴。要达到这一境界，其表现力的强弱至关重要。被称为第九艺术的电视，从文学、绘画、雕塑等艺术门类中汲取营养，从而在真实的基础上，形成了相较于其他媒介传播方式（单纯的文字、声音）更为强大的艺术表现力和感染力。

优秀的电视深度报道是以事实为全部建材构筑起来的精美大厦。浅白无华、条理清晰的文学叙事是深度报道解说词的主要写法，文学的音律美、节奏美是解说词写作的重要标准，好的解说词平仄适中、生动中肯，读来抑扬顿挫、朗朗上口；绘画的构图方法尤其是对三维空间焦点透视方法已是电视记者考虑构图的重要准则，通过机位调动、景别的转换来调整构图，突出立体效果，增加真实感和美感；舞蹈的造型美、人体美的理念对于深度报道捕捉一个真实而生动的动作和表情大有裨益；雕塑着重表现人的意志和力量，以形体动作的静止来表现内在力量的动感——电视新闻的定格手法即源于此：一个人的动作在动感中突然停止成了"电视雕塑"，画面的感染力陡然增强；受到舞台限制的戏剧为了增加表现力常常使用暗场、拉幕、换布景等各种方法来表现时空转换，这就为电视通过切换镜头来表现时空转换提供了基础。

音乐最主要的功能是通过节奏对解说和画面产生影响。人类感官感知运动节奏最明显、最具美感的是来自音乐——解说中的词组、意群、段落，画面组接中的景别配合，无不具有乐谱中的小节

---

① 屠忠俊：《网络多媒体传播——媒介进化史上新的里程碑》，《新闻大学》1999年春季号。

感。有专家提出，对画面的处理方法，是加以"弹奏"。"深度报道以快节奏为特点，解说与画面简短，词组与镜头组的律动比较一致且有重复，给人一种快而不乱的节奏感。当然，音乐本身加在报道里起到烘托、转场、强化气氛的作用，使新闻声情并茂，音画并举，增强报道的表现力度；在电视报道中，构图、色彩、光线、节奏等美感要素就像建筑美一样讲究序列组合；电影与电视是姐妹艺术，电影的蒙太奇作为特殊的表现手段和形式，作为一种独特的思维方式，在完全写实的电视深度报道中可以得到充分应用。"①

　　舆论监督虽然多是呈现和解读现实社会生活中不公正、不和谐的人物和事实，容易令人产生郁闷、气愤的情绪，但优秀的电视深度报道会运用画面、声音、字幕等电视手段从视觉、听觉上营造或大方、或庄严、或厚重、或锐利、或温情的氛围，使受众在获取信息的同时，也能完成一段审美，获得心理满足。

　　施拉姆在《传播学概论》中指出："传播行为是整个人类的行为。"电视深度报道具有的强大的艺术感染力既能吸引观众的注意，还可以实现观众的参与性。这一"参与性"包含两个层次：其一是传播者引导受传者参与信息的接受；其二是受众真正参与新闻事件的报道之中。即一方面，传播者运用视听结合、具有艺术感染力的电视深度报道方式，将新闻内容与受众切身利益联系起来，缩短与受众的心理距离，引发观众的参与感，引导他们更好地读解讯息，从而增强传播效果。如在《中国加入世贸组织第一年》里，记者就谈到了汽车市场由于在入世承诺过程中争取了一个过渡期，因此没有遭到一定的冲击。是年，国产汽车有 30 多款新车上市，第二年还将有 30 多款新车上市。我国政府在入世第一年出台了《中华人民共和国反倾销条例》和《中华人民共和国保障措施条例》，这

---

① 王甫：《视觉传播优势与电视新闻的崛起》，中国人民大学 1995 年博士论文，第28—29 页。

些法律法规都是意在保护国内企业。当我国企业在受到外来的产品不正当竞争时，要学会运用法律保护自己的合法权益。节目播出后，收到全国各地观众大量信件、电话和来访，其中很多观众针对我国企业现代化理念提出富有民间智慧的建议和意见。

另一方面，电视深度报道的传播者（记者或主持人）在调查和报道新闻事件时，广泛吸引群众参与分析和评论，使受众也作为见证人、当事人或者某一观点的持有者参与报道之中，这样做不仅可以密切传受关系，而且可以提高舆论监督报道的可信性和说服力。《焦点访谈》栏目的宗旨："时事追踪报道，新闻背景分析，社会热点透视，大众话题评说"，既体现了这一电视深度报道节目的题材、内容和形式，也包含了追求受众的参与性。①

（3）叙事方式的思辨性与深刻性。

舆论监督类电视深度报道之所以"深"，其一是因为它具有思辨性。这种思辨性又往往缘于电视深度报道可以发表评论，评论相对于客观信息来说属于理念信息。评论的展开和理念信息的传播主要靠深度报道的介质之一——语言。语言之所以成为思维工具，是因为语言能将人们赖以思维的视觉意象固定、提纯。比如在电视新闻中，语言被陈述出来时，画面同时出现，但即使没有画面，我们的脑海中也会随语言思维出现与其相关的视觉意象。这样正形成了电视新闻声画兼备的易受性。

而电视深度报道对其中评论的视觉化处理，往往又能使观众在比较轻松愉悦的状态下领悟到事与理的思辨深度。因此，除了语言，深度报道越来越重视形体语言的运用——讲话人的表情、神态等等，电视记者或主播通过现场采访和依托现场进行评论、诠释

---

①　于中伟：《新闻宣传中的受众心理分析》，来源于人民网：www.media.people.com.cn。

来加强视觉化处理。①

例如,中央电视台王利芬采访世界粮食首脑会议时,针对美国在会上宣扬中国威胁论的情况,向美国代表问道:"作为研究粮食问题的专家,有没有看过中国最近出版的关于粮食问题的白皮书?"美国代表答:"没有看过。"王利芬马上评论道:"没有完全占有材料的结论是不是有说服力的结论呢?"在报道的结尾,王利芬站在大会主题宣传画面前(画上是一把饭勺)说:"中国愿意和其他国家共同实现联合国农业会议罗马宣言的承诺:人人都有饭吃,这样,每个人面前的饭勺都是满的。"

充分利用现场采访来对评论进行视觉化处理,效果甚佳。相对其他媒体,电视深度报道还能充分运用主观画面(指素材中经过传播者的选择、编辑,对电视深度报道所要传播的理念起正面作用的画面),说其主观是因为这些画面经过了把关人的选择和不改变事实要素的技术加工,并非不真实画面的代名词。让画面起论证作用,将评论处理为画外音,以画面来诠释理念、佐证理念。重复产生强度,指向同一理念的主观画面依次切换,往往能对画外音中的理念性话语起到非凡的论证作用。由于多种电视表达方式的烘托,深度报道延伸了"形象化评论"的内涵,开拓了评论和深度报道的新领域。②

除了思辨性,电视深度报道"深"的另一方面即是用各种事实来呈现新闻事件的深刻性。很多社会问题都是错综复杂的(涉及政策的把握、法规的理解、被采访者基于各自角度所做出的有争议的见解等),表面的东西往往掩盖着深层的内涵。电视深度报道通

① 汪振城:《视觉思维中的意象及其功能——鲁道夫·阿恩海姆视觉思维理论解读》,载于《学术论坛》2008年第4期。

② 陈阳:《符号学方法在大众传播中的应用》,来源于中华传媒网:www. academic. mediachina. net。

常通过记者细致入微的现场采访,直接接触事件的当事人,经过对不同访谈内容的理性分析、逻辑推断,对采访内容不断地肯定与否定的循环往复后得出正确的结论,并从结论中引申出落点,再经过对素材的筛选、编辑等,最后完成整个片子的制作。

电视深度报道在思辨性和深刻性上的优势为舆论监督报道深刻揭示事物的本质提供了良好的条件。

(4) 传播效果的公信力和有效性。

霍尔认为,"媒介如果成功地将其对世界的表征变为一种公认的对现实的定义,媒介就成功地控制了阅听人,获得了一种强有力的社会权力"。① 众所周知,当今媒体越来越成为监督社会及公共权力的一种强大力量。正确的监督来自新闻报道的真实性,即公信力。除去一般公信力,电视深度报道相对于其他媒介的报道形式来说具有更深的可信度,这是由人们认识事物的习惯所决定的。试想,甲向丙简单地陈述了一件事情,而乙向丙陈述得更为详细生动,而且有丰富的、逻辑联系无懈可击的可视画面和可听声音(在法学术语上可称为直接证据),丙会更相信谁呢? 也许谁都不相信,但一定会对乙的陈述和看到的一切印象更深,信任度更大。

优秀的电视深度报道依靠其纪实的画面、同期声和深刻的思辨性赢得了众多受众的青睐。敬一丹在《声音》一书中曾提到,有的观众给她写信,后面只署"信任你的人"。这种信任不仅是对她个人的,也是对中央电视台、对《焦点访谈》栏目的。观众的信任和支持,是《焦点访谈》栏目最大财富之一。《焦点访谈》在中央电视台国际网上征集十周年纪念反馈意见,仅仅两天,就已收到全国各地反馈 500 余条,其中有褒扬栏目的、有表示支持的、有反映问题

---

① 转引自张磊:《电视文本中的权力关系与社会观念》,北京广播学院 2002 年硕士学位论文,第 59 页。

的。山西临汾部分观众甚至提出要在纪念日那天专程来京送锦旗表示谢意。多年来,《焦点访谈》栏目每天都会接到观众热线电话500个左右,收到短信500余条,电子邮件1 000封左右,观众来信来函300余封。"①

　　对于以监察和督促社会不公正现象为使命的舆论监督报道来说,还有什么比在受众中获得强大的公信力和权威感更重要、更为之自豪的事呢?

　　综上所述,作为社会最重要的公共信息系统,我国舆论监督类电视深度报道,在社会责任方面,应该满足当前我国社会面临的主要需求——维护和促进社会公正。作为舆论监督报道,我国舆论监督类电视深度报道是维护和促进社会公正的最强劲的力量之一;作为以电视深度报道为传播形式的舆论监督报道,拥有其他传播形式难以比拟的优势。因此,无论是从社会责任还是从优势能力方面进行定位,我国舆论监督类电视深度报道的(社会)价值都在于维护和促进社会公正。

第二节　我国舆论监督类电视
深度报道价值的实现

　　若要选择一个词来概括当代我国社会全貌的话,用"大时代"最为贴切。在这个波澜壮阔、发展迅速的"信息大时代"系统里,大众媒介是承担着信息流通的最重要的子系统,对社会的健康运作来说至关重要。那么,舆论监督类电视深度报道维护和促进社会公正应该体现在哪些方面呢?

　　本书从媒介主体的角度出发,探究我国舆论监督类电视深度

---

① 来源于中央电视台国际:http://www.cctv.com/program/jdft/20040326/101269.shtml,2004年3月26日。

报道在政治、司法和社会领域中社会价值的实现方式。

一、在政治领域：推动形成科学合理公正的公共政策

社会公正的载体是制度。

现代意义上的社会公正是在自由、平等等理论依据的基础之上，强调"利益的合理分配"、强调"给每个人他所应得"。对于一个社会来说，公正具有重大的意义。但同时必须看到的是，社会公正毕竟只是社会安排的一种基本价值理念、一种基本的规则，它需要通过一定的载体方能在现实社会当中体现出来。

按罗尔斯的说法，社会公正指的是社会基本结构的合理，主要社会制度安排的公正。具体表现为一定社会的制度以及相应的法律、法规、章程、惯例等等的合理性。其关注的问题是社会体系是否合乎人性的要求，其旨趣在于变革、构建社会合作体系，为人的幸福生活提供条件和保障，即讨论的核心是怎样建构一个美好的社会。

作为规范人们的权利和义务、价值创造和价值享受的分配方式，制度是实现社会公正的必然诉求。就政治层面而言，公正必须通过公共政策体系才能够具体地得以体现。正是从这个意义上讲，公共政策是公正在公共领域的具体化，社会公正在很大程度上是通过公共政策来实现的。"如果我们真正关心社会正义，我们就要把它的原则应用到个别地或者整体地产生贯串整个社会的分配后果的亚国家制度上去。"①

国家制度以公共政策的形式直接作用于社会资源的分配。

如前所述，我国社会目前出现的不公正现象主要来源于制度中权力的无边界膨胀和权力的滥用。从我国建设和谐社会的大背景角度出发，我国的社会公正在制度上的具体指向包括合理的收

---

① ［美］戴维·米勒：《社会正义原则》，第103页。

入分配制度、司法制度、社会保障制度、协调的社会阶层关系等等。在现代社会,他们都是以公共政策的形式直接影响社会资源在社会公众中的分配。要实现社会资源的合理分配必须注重对公共政策中的权力运行的监察和督促,必须注重对权力的约束。权力运行体制是一个系统的、多层次的、复杂的体系,既包括各机构之间权力的宏观划分,也包括权力运行各阶段的微观设置。①

作为社会最重要的信息系统,舆论监督报道不是公共政策的直接制定者,它是公共政策运行系统中的"外脑",是政策制定系统的参谋和智囊团。集思广益,运用科学方法和深入论证,为决策提供信息、咨询服务,提高政策的科学化、合理化,是这个系统应发挥的重要作用。

在本书里,"公共政策"一词指的是"政治系统的产出,通常以条例、规章、法律、法令、法庭裁决、行政决议以及其他形式出现"。②

根据政治学意义上政治系统的"输入、转换、输出、反馈"模式,我国舆论监督类电视深度报道主要通过为政府设置公共政策议题、推动政策形成、影响和评估政策、监督政府公务人员行为和权力关系等维度维护和促进政治领域的社会公正。

（一）为政府设置公共政策议题及推动政策形成

舆论监督类电视深度报道通过及时、准确反映社会生活中有关公共权力运作和社会问题的信息,为政府提供决策依据。

一个民主高效的政府必须建立一个持续而有效的信息收集体系——收集上下级政府机关状况、收集社情民意、收集专家学者意见、收集国际最前沿咨询信息。政府公共政策的信息渠道主要有

---

① 严文君:《设国家预防腐败局　变机构反腐为全民倡廉》,来源于新华网:www. xinhuanet. com。

② ［美］E. R. 克鲁斯克、B. M. 杰克逊:《公共政策词典》,唐理斌译,上海远东出版社 1992 年版,第 253 页。

内部外部之分。由于组织结构的弊端，内部渠道容易出现信息不畅、信息失真、信息延迟等问题；而在外部渠道中，舆论监督类电视深度报道信息面广、渠道多、时效快，反映的信息多为政府管理工作和社会运行中出现的问题和值得关注的热点现象等等，从而为政府进行决策提供具参考价值的信息。

1. 提供真实、准确、平衡、及时、快捷的社会热点和警示信息

在舆论监督类电视深度报道中，坚持真实、准确、平衡、及时、快捷的原则，不仅有助于实现舆论监督报道的客观和公正，也有助于媒介为政府决策层提供亟须的信息支持。决策者面对舆论监督报道提供的大量真实信息、背景材料和所做的深刻解读，能从中综合研判出事件的本质和问题的根源，有助于减少政府工作的失误。

通过及时提供真相，舆论监督类电视深度报道在推动公共政策议题设立和形成政策过程中，有时甚至能够发挥关键性的作用——因为它所提供的事实真相可能是决策机构通过常规的政府机构渠道难以了解到的，权威度高、影响力大的舆论监督类电视深度报道在一定程度上担当了打破信息封锁和揭穿谎言的角色。施拉姆也曾有过形象比喻：新闻媒介是社会的雷达，社会犹如一个有机的生物体，必须时刻监视周围的环境以及时反映可能危害社会的危险倾向，为决策层制定公共政策发挥警示功能。

舆论监督类电视深度报道对舆论的引导不再是仅仅以灌输式的宣传为主要传播方式，而是同时着眼于公众关心、舆论关注的热点、焦点问题。近几年，舆论监督类电视深度报道对惩治腐败、住房制度改革、医疗制度改革、金融体制改革、粮食体制改革、国有企业改革以及下岗工人再就业等问题的报道，都充分体现了热点引导的贴近性原则，将受众对切身利益的关注作为选题的方向，深受观众好评和赞誉。出现了一批诸如《铁路面临大改革》、《上海某楼盘房价虚高内幕》、《进入行政大厅的乱收费》、《进驻艾滋村》、《奶粉夺命事件》、《医保疑团》、《连锁危机》等的舆论监督报道名作。

　　《焦点访谈》播出《粮食"满仓"的真相》的第二天,全国粮食流通体制改革工作座谈会在北京举行。会议开始前,与会人员共同观看了此节目录像。在会上,时任总理朱镕基说:"我说南陵县的副县长骗了我,他还不承认。我感谢安徽粮食系统给我提供了这么一个说假话的反面教材。"①座谈会上,朱镕基还坚定地表示,按保护价敞开收购农民余粮的政策,是"三项政策"的关键环节。我国有 13 亿多人口,9 亿农民,保持粮食生产和流通的稳定至关重要。安徽省省委书记在观看完节目后认真反省道:"问题发生在下面,根子还是在上面。上面好大喜功、作风飘浮,下面就弄虚作假,胡编乱造,以致产生干部出数字、数字出干部的怪现象。进行党性党风教育,就得从我们自身做起。"②《公粮何以入私仓》还直接促成了粮食流通体制改革措施的出台。而林业部出台的中国全面封山育林,不再砍伐一棵林木的重大举措,重要警示信息就是来源于《焦点访谈》的一期节目——《盗伐危及大动脉》。③

　　当前社会中,公众利益的公共表达机制还不够健全,而舆论监督报道对社会深层事件的关注,对事件进行真实准确、及时快捷、带有警示性质的表达方式,为问题的揭露和促进政府相关部门对问题的解决、公共政策的制定提供了良好资讯。

　　2. 提高公众意愿表达的广度、力度和深度,形成对权力监督的巨大舆论效力

　　在民主制度下,政治参与的前提是要求参与者接受和拥有关于政治运作的必要信息,获得越多此类信息的人,即在心理、精神

---

　　①　袁正明:《聚焦焦点访谈》,中国大百科全书出版社 1999 年版,第 375 页。
　　②　同上。
　　③　孙玉胜:《我们一同走过 1997》,《焦点访谈——从理念到运作》,学习出版社 1998 年版,第 153 页。

上、行为上介入更多的人,就越有可能参与政治议题的运作。反之,则可能对政治、社会现象无动于衷,不会参与议题表达和政策形成。

首先,相对于其他媒介,舆论监督深度报道传播的广泛性和影响力扩大了政治、社会议题参与的主体。电视深度报道引发国家政府高层、学术界、社会普通大众的强烈关注,使有意愿进行政治、社会表达的人数大量增加。

其次,舆论监督类电视深度报道还拓展了公众意愿表达的内容范围。在没有丰富生动画面的动态报道中,普通受众即使阅读收听了新闻信息,他脑中的"事件地图"仍然属于单线、平面、单时空层次,且信息零散,容易被遗忘。

但电视深度报道在特定时间就某一核心事件提供给公众的全方位、立体信息可以使受众脑中形成动态版的"清明上河图"。而且各行业的受众在接收同一深度报道时会从个人、自身行业角度出发发现深度报道没有呈现出来的重要问题。如在《注射隆胸》中,大部分观众把关注点放在医疗机构和政府相关部门的行为上,但有几位学者则将女性隆胸背后的性别意识、社会文化、社会心理、国际现状等作为深度报道的话题。[1]

最后,舆论监督类电视深度报道还能提高受众表达意愿的方式和水平。众所周知,电视媒介在当今大众文化生长发展中的重要地位,它集主流文化、大众文化和精英文化于一身,电视的影响力和号召力令任何人不得小视——诸多电视新闻节目话语早已位列每年度流行语排行榜前三甲,如"和谐社会"、"他不是一个人"、"冥王星降级"等。在电视深度报道节目里受众在进入记者、编导营造的新闻事件氛围中的同时也在不知不觉认同、赞赏甚至模仿

---

① 参见孙聚成:《新闻传播与国家发展理论研究》,中国人民大学 2005 年博士论文,第 73 页。

着节目中人物的语言和举止。

　　据笔者走访得知,观众对舆论监督类电视深度报道中印象非常深、赞誉度较高的有《透视运城渗灌工程》中出镜记者王利芬在渗灌工程现场爬上假灌溉地、拔出假管道时表现的泼辣利落,她采访当事人的从容、平静和机智,她在镜头面前的质朴大方;有《与神话较量的人》中刘姝威淡定的话语:"我不认为我是个英雄,所谓英雄,除了具备常人不具备的勇气和毅力外,最重要的是无所畏惧,即明知山有虎,偏向虎山行。我做不到这些";有张润栓朴实简洁的三个"没有";有易中天理直气壮的宣称"我马上到退休的年龄了,别人退休爱打打麻将,我爱上上电视,这犯了哪家王法"……普通人在电视媒介上风格各异的成功表达,为没机会通过电视媒介表达的公众起到了示范、启发和激酶作用。

　　舆论监督使公众对权力的监察和督促的效力增强,使公共政策的权力体制设计更加合理,使公共政策的形成过程从狭小的政治精英圈子扩大为社会化的关注和广泛的参与,从而使权力运作更加透明化、合理化。

　　(二)监督政府公共政策的执行及决策执行者行为

　　政治学家早就说过:绝对的权力导致绝对的腐败。我国几千年来皇权高度集中、等级分明、没有民主自由传统,加之我国在转轨时期面临着制度有待修正、权力约束机制建设尚不完善,这些都为政府权力膨胀和不当运作提供了生长的土壤。政府及其工作人员占有、控制、调配、使用着社会公共资源,在缺乏有效约束的情况下容易产生不当使用公共权力的行为,损害公众的利益、伤害公众的感情。

　　还有,由于在贯彻实施新政策规则过程中,各级地方政府和企业往往根据自身的目标和条件"修正"上级的制度安排,并使之更适合自己实现利益最大化原则。"修正"手段主要有:层层截留、曲解规则、断章取义、改头换面等。① "由于信息不对称,不确定性、地方差异等因素的影响,权力中心(中央)的意愿制度供给与下级的制度创新的需求可能并不一致,因此,下级往往会对新政策规则做出符合其自身利益的理解,以机会主义的态度实施新规则。加上中央限于财力因素,往往把新政策安排的实施成本转移给地方,地方将根据实施成本的大小对新政策安排做出局部调整。"②

因此,公共政策的执行是一把"双刃剑",既可能带来决策者所期望的正面效果,也可能带来他们所不愿看到的负面效果;既有容易被察觉到的显性效果,也有不易意识觉察到的潜在影响。

武汉大学丁煌教授认为,"提高政策执行效率的关键在于完善监督机制",③但是正如浙江省纪委副书记马光明所言,单靠纪委自身的力量进行监督总是有限的,媒体更贴近群众,在监督方面具有不可替代的作用。政府要治理政策实施中的种种不法行为,首要条件是必须掌握大量真实的信息,了解随时发生的各种性质的事态,但这光靠内部的下属机构来了解和呈报是不够的。在政治、行政系统内部监督还没有起到更好的效果时,大众媒介,尤其是舆论监督类电视深度报道这类典型的外部监督系统就将成为一种重武器。

舆论监督对政策执行的监督作用在于:"它可以在较大范围内反映政策执行情况,通过沟通政策执行过程中的各种情况和信息,可以起到对政策执行的信息收集和反映实情的作用。既便于决策

---

① 李向阳:《十六大以来中央与地方关系的"三个新"》,来源于人民网:www.theory.people.com.cn。

② 刘祖云:《从传统到现代——当代中国社会转型研究》,湖北人民出版社2000年版,第41页。

③ 丁煌:《提高政策执行效率的关键在于完善监督机制》,《公共行政》,2003年第5期。

者了解决策被接受的程度以及它与现实之间的适应程度,也便于整个决策和执行机构接受检验和监督,特别是发现是否存在有令不行、有禁不止的法纪废弛情况,并加以制止和惩罚。借助于舆论监督可以及时反馈信息,检查行政执行是否偏离决策目标,是否有不当的执行方式,还可以从数量和质量上对行政执行过程进行监督衡量。检查执行工作的进度和效果,检查决策经费的使用状况。检查活动规则的执行情况。检查执行中是否有违法乱纪现象,失职渎职现象,扯皮拖拉现象。"①

这样,舆论监督提高了决策行为和活动的透明度,弥补了司法监督和行政监督可能存在的不足和缺漏。舆论监督类电视深度报道"能够最大限度地调动社会舆论的支持,不仅在监督范围上是全方位的,在参与监督的主体上也可以发动广大公众,它的巨大影响制约了政治权力的极端扩张和膨胀,推动了政治民主和经济民主,对消除腐败现象、净化社会环境发挥了重要作用"。②

对决策执行者的监督主要是对其言行的监督,它能够将对政府工作人员的不法行为的监督结果放到公共平台上见光曝晒,使其置于社会公众的监视之下。舆论监督衡量公务人员行为的标准是我国《宪法》、各种法律法规(如《公务员法》)、公务员职业道德、公共政策、社会公德等。具体说来即在执行公共政策过程中,是否勤政务实、是否清正廉洁、是否违法乱纪等等。

近几年来,舆论监督类电视深度报道在政府有关政策方案执行的过程中已经发挥了作为监督机制的重要作用,如新《婚姻法》的修订、个人所得税的调整等。特别是在地方政策的调整与修正中,舆论监督报道针对某些具体事件的报道所引发的政策工作

---

① 沈子扬:《大众传媒在公共政策制订执行中的作用》,华中科技大学 2005 年硕士论文,第 30 页。

② 王梅芳:《舆论监督与社会正义》,武汉大学出版社 2006 年版,第 184 页。

的讨论,报道的建言献策作用更为显著。如在《发展经济牺牲环境,绿洲梦碎板滩井》中,对环保政策执行的监督引起社会广泛关注:

记者: 为什么说做了这个环境影响评价手续,就可能避免这种大面积撂荒呢?

齐燕红(国家环保总局环境监察局高级工程师):在做环评手续的时候,他应该是请有环评资质的一些单位,来对整个的环境做评价,并且对他的开发方案要进行评估。在我们环保进行审批的时候,也会找专家进行论证,对其中一些不合理的开发,或者是不合理的种植都会提出相关的建议,或者是提出意见的。

解说: 根据国务院 1998 年颁布的《建设项目环境保护管理条例》的规定,包括农业综合开发在内的建设项目在开工建设以前,必须取得环境影响评价分析,但绿洲公司在阿拉善这个生态环境极为脆弱的地区,开发上万亩土地事先却没有进行任何环境影响评价分析。

记者: 那为什么当时没有履行合法的手续?

吴忠岩(内蒙古阿拉善右旗旗长):这个我答不上。

记者: 那我们应该去问谁呢?

吴忠岩: 你问我就对着呢,但是我答不了这个问题。

李新生(负责引进项目的前任纪委书记):如果所有的法律程序都要履行,我们就没有一家单位,没有一个外地的企业来我们这么艰苦的地区投资搞建设,我们引进一家外地的企业是非常非常的不容易。在我们这个地方,没有交通、没有电力、没有通信,没

> 有任何帮助开发的条件。如果说我们不给人家一
> 点更优惠的条件,没有一个企业会把自己的钱投到
> 这么一个地区来。
>
> 解说:为了发展经济,政府提供优惠政策吸引投资可以
> 理解,但是以违反国家政策法规的方式给公司大
> 开绿灯,最后的结果却并不尽如人意。事实上由
> 于事先没做科学的环境影响评价,没有采取正确的
> 开发步骤和方案,目前公司投入1 000多万没有获
> 得任何收益,而板滩井脆弱的生态环境也因此遭受
> 到破坏。①

在这段解说和对话里,受众清楚地知道出现大面积的抛荒沙地,直接原因是"没有科学的环境影响评价手续"就进行盲目开发。但根本原因在于决策执行者在"如果所有的法律程序都要履行,我们就没有一家单位,没有一个外地的企业来我们这么艰苦的地区投资搞建设"的短视、急功近利心态的误导下,没有严格执行公共政策,导致该地区又新近出现了上千亩的荒漠,造成了新的生态破坏。

北京大学邓正来教授从政治设计角度对《焦点访谈》等舆论监督类电视深度报道进行了分析。他认为,《焦点访谈》是一种新型的治理技术手段。从内容指向上看,《焦点访谈》的论题虽说涉及面很广,但是其最主要关注的却无疑是各级政府及其工作人员的职务行为。对各种违规违法和违反道德的地方政府行为的批评和揭露,无疑对维护公众利益极有裨益。

舆论监督类电视深度报道对公共政策执行过程中,使用各种

---

① 来源于新华网:http://news.sina.com.cn/c/2006 - 10 - 07/215011175654.shtml。

遮掩修正手段蒙混过关的政府权力失误行为进行监督,正好弥补了现行政治体制的不足。原美国国务卿奥尔布赖特访华时,专程走访《焦点访谈》栏目组。著名的《纽约时报》也发表评论说:"允许《焦点访谈》这样的节目自生自长并公开地发表不同的见解,显示了中国领导人的自信。"①

（三）评估公共政策

"公共政策评估是指在政策执行后,依据一定标准对公共政策效果、政策效益、政策效应进行考察,并进而对公共政策作出分析。"②西方政策学者明确主张:政策的制定和执行是一个动态、持续的过程,是每一个环节都应该受到严密监督、评估的过程。这就要求政府对每一项政策行为都必须予以恒常的关注。

而实际上政府工作在不同阶段有不同的工作侧重点,持续、严密而强力的监督关注难以实现。拥有异常发达的信息触角的媒介则不同,政策系统过程出现的任何"不合理因素"都可以随时进入媒介视线。③

所以,在确立正确标准的前提下,对公众影响巨大的舆论监督类电视深度报道对公共政策作出实事求是、深刻精准的评价,对于科学地总结和分析政策执行中的经验教训,使公共政策不断完善化和科学化,有效地发挥公共政策的功能与作用,具有十分重要的意义。舆论监督报道对公共政策的评估主要包括效果标准(主要衡量政策实施后产生的各种结果)、效率标准(衡量政策取得的效果所耗费的政策资源的成本,通常表现为政策投入与政策效果之间的比例)、效应标准(是以政策实施后对社会发展、社会公正、社会回应影响的大小来评估政策的标准,这是最高层次的评估标

---

① 胡黎明:《"焦点现象"研究》,第4页。
② 刘斌、王春福:《政策科学研究》,人民出版社2000年版,第287页。
③ 汪凯:《转型中国:媒体、民意与公共政策》,复旦大学出版社2005年版,第31页。

准)等。

　　现阶段在我国,除政府部门借报道平台公布政策评估结果之外,电视媒介自身还通过调查和报道独立对公共政策进行评估。舆论监督类电视深度报道中,《焦点访谈》所做的政策评估比较生动完善,如《小额贷款解决大问题》中的一段解说。

> **解说：** 李荣华和陈志刚,两人的小企业都是刚刚起步,万事开头难,哪里去找支持创业的资金,就成了他们最头疼的问题。于是,两人几乎同时都想到了银行,可是他们一个是刚毕业的大学生,一个是在异乡创业的农民,哪家银行愿意给他们这样的小企业贷款呢? 就在两个人都在为钱一筹莫展的时候,他们又几乎同时看到了这样的两份广告。

> **陈志刚：** 无需担保,无需抵押,小额三天之内可以发放到客户,我想这么快的速度,应该是不可能的,我就以试试的心理,我就打了一个电话。

> **解说：** 让两个人没想到的是,在他们分别和发这两份广告的台州市商业银行和包头市商业银行联系以后,银行的工作人员很快就上门做了调查,没过几天,他们分别申请的 5 万元和 1 万元的贷款,就顺利地批了下来。

> **林奇**(中国银监会台州监管分局局长)：我们现在有一个时髦说法,叫做办理小本贷款,是为穷人服务的,是一个穷人的银行。我们了解小本贷款的,它的贷款对象有百分之八十几都是失土农民,失土农民土地没有了以后,他靠一些小本贷款,他能够重新创业。而且他原来贷不到款,现在能贷款了,他们的信用程度特别高,而且他们也遵守了

就是说贷款到期了就必须还,而且本息都能按照发
贷的要求还。应该说这个小本贷款,实际都是双赢
的事。①

　　报道从两个急需贷款的小企业主分别顺利拿到银行无需担
保、无需抵押的 5 万和 1 万小额贷款为切入点,从两人用这笔贷款
走出困境创出业绩、小额贷款效率、农民顺利贷款、银行改善小企
业金融服务的六项机制等角度为公众展示了小额贷款政策实施后
在社会、国家、社会心理层面取得的令人欣喜的效果,对此政策的
效果、效率、效用进行了评估,受到社会公众关注。
　　此外,《焦点访谈》也对一些存在问题的公共决策进行了批评
性的评估。近年来,地方保护主义的一个突出表现就是某些地方
政府出台政策或规章,排斥外地商品的进入,保护本地企业的利
益。既然是地方政府的所作所为,就很难得到地方的自行纠正。
《焦点访谈》经常报道一些地方政府的这种做法,引起上级政府乃
至中央政府的注意,使问题得以解决。

二、在司法领域:维护和促进司法公正

　　司法公正是人类进入文明社会以来,为解决各类社会冲突而
追求或持有的一种法律思想和法律评价,它指国家司法机关在处
理各类案件的过程中,既能运用体现公平原则的实体规范,合理确
认和分配具体权利义务,又能使这种确认和分配的过程与方式体
现公平合理性。②

---

　　①　来源于新华网: http://news.sina.com.cn/c/2006 - 10 - 07/215011175654.
shtml。
　　②　王盼:《审判独立与司法公正》,中国人民公安大学出版社 2002 年版,第
128 页。

（一）司法公正的实现要求

首先,程序公正,即司法机关的司法活动过程对诉讼参与人来说是公正的。对于程序公正的构成要素我国学者进行了深入的探讨,从不同的角度给予了不同的论述。综合起来一般包括以下几点要求:(1)法官的中立性;(2)程序的公开性;(3)当事人双方的平等性;(4)当事人充分的参与性;(5)维护当事人的人格尊严。

其次,实体公正。它是社会公正在法律中的体现。实体公正是指实体法律对人们权益的规定与其所应得的权益相一致,以及法院所作的裁判使每个人所应得的权益得到完全的保障和实现。实体公正的构成要件包括:(1)裁判结果依据的案件事实是正确的;(2)适用法律正确;(3)同等情况同等对待。[①]

司法公正是实现法治的根本条件和重要保障,没有司法公正就没有真正意义上的法治。我国要建设社会主义法治国家,首先就是要实现司法公正。

（二）我国司法体系的现状有待改进

司法是国家政治体系的一个重要组成部分,它不仅同立法、行政一起构成国家的权力机构,而且还是国家、社会正义的最后一道防线。司法公正与否关乎国家民族大计,关乎公众对政府和现行体制的信任与认同。但具有公共权力的司法体系和任何一个重要体系一样,在缺乏有效监督的情况下容易滥用权力,产生违法违纪现象。党的十七大报告也指出:"司法等方面关系群众切身利益的问题仍然较多。"[②]

首先,司法独立还难以做到。司法机关独立行使司法权,是现

---

① 李浩:《实体公正与程序公正:偏差与回归》,来源于新华网:www. xinhuanet. com。

② 胡锦涛:《高举中国特色社会主义伟大旗帜　为夺取全面建设小康社会新胜利而奋斗》,第5页。

代司法制度的基本特征。我国基于维护司法公正和保障公民权利的需要,在宪法和有关法律中将司法独立作为一项基本原则规定下来。1982 年《宪法》第 126 条规定:"人民法院依照法律规定独立行使审判权,不受行政机关、社会团体和个人的干涉。"①我国其他有关法律也有类似的规定。应当说司法独立有其充足的法律依据。但实际上"司法独立难以做到。根据政府统管财政的原则,地方各级人民法院的人员工资、业务经费均由同级人民政府提出预算,然后报同级人民代表大会审议通过。在这种经费划拨体制即政府掌管司法机关经济命脉的情况下,司法机关很容易受制于行政机关"。

其次,司法人员素质有待提高。由于一些历史的原因,在很长时间里我们司法人员的选任标准不高。从立法规定来看,现行法律对司法人员的任职条件的规定有待商榷。2001 年修正的《法官法》第四章"法官的条件"中规定:"高等院校法律专业本科毕业或高等院校非法律专业本科毕业,工作满两年的,就可以担任法官。"②高等院校毕业,只能说具备了一定的专门知识(况且我国的规定还并未完全局限于高等法律院校毕业)。司法是一项非常复杂的活动,仅有书本理论和法律知识是远远不够的,把法官的任职资格定位在较低的标准上,将难以适应司法工作的需要。即使现行司法考试制度提高了司法人员的准入门槛,但历史遗留的不具备合格的司法素养的人员很难被清理。

由于司法人员素质存在问题,在司法实践中办案不公乃至违法操作等现象难以绝迹,不仅当事人的合法权益得不到及时有效的保护,而且容易滋生司法权力不当运作的现象。③

---

① 《宪法和宪法修正案辅导读本》,第 57 页。
② 刘洋:《论当代中国司法公正的实现》,黑龙江大学 2004 年硕士论文,第 17 页。
③ 《中华人民共和国法官法》,法律出版社 2001 年版,第 10 页。

其三,司法体制行政化。近年来司法体制改革已经成为全社会普遍关注的焦点,党的十六大明确提出,要推进司法体制改革,进一步健全责权明确、相互配合、相互制约、高效运行的司法体制,从制度上保证司法机关依法独立、公正的行使司法权。但是从本质上讲,影响我国司法独立的体制性原因——司法行政化,却并没有完全消除。①

这集中表现在司法机关地位的行政化(套用行政机关模式构建和运行),司法机关内部人事制度的行政化(司法机关人事管理制度在很大程度上套用国家行政机关,被纳入到统一的国家机关人事管理体系之中)。

司法行政化为行政权干预司法权提供了可能性,容易影响法官的独立审判,会导致司法公正不易实现,国家的法治建设难以顺利进行。②

最后,司法腐败问题时有发生。司法腐败是指行使司法权力的主体即国家司法机关及其工作人员,不认真履行法定义务,或者滥用侦查权、检察权、审判权、监管权,徇私舞弊,枉法裁决,谋取个人或团体利益,造成恶劣影响和严重后果的违法、渎职行为。

司法腐败主要表现形式有对该受理的不受理,该立案的不立案,故意包庇罪犯,隐瞒其他犯罪事实;降格处理,以罚代刑;滥用职权,刑讯逼供;枉法裁判;重罪轻判、随意适用缓刑等等。"近年来,司法腐败现象比较普遍。进入 20 世纪 90 年代中期以后,不仅中级人民法院院长、副院长和同级市的人民检察院检察长、副检察长腐败案件时有发生,而且省、自治区、直辖市的高级人民法院院

---

① 王仲云:《司法体制存在的"四化"问题及其解决》,载于《山东警察学院学报》2003 年第 6 期。

② 同上。

长、副院长和人民检察院检察长、副检察长腐败案件也屡有报道。"①

司法权是一种对社会直接产生巨大影响的国家公共权力,这种权力一旦被滥用,影响会更加恶劣。培根说过:"一次不公的判决比多次不公的行为祸害尤烈。因为后者不过弄脏了水流,而前者却破坏了水源。"②

(三)舆论监督类电视深度报道维护和促进司法公正

纵观世界各国,面对司法领域存在的问题除了立即启动立法和行政系统进行权力约束外,新闻媒介的舆论监督也是实现司法公正的重要力量之一。

"法治是一种实践的事业而不是一种玄思的事业,解决问题要建立在我们的本土资源上。所谓本土资源就是从中国当代的社会变革和法律建设的实践中获得更多的营养,这是我们的根,是最贴近,最可及也最为丰富、独特的本土资源。"③我们的立法活动、制度建设都应当建立在现实国情的基础上。对于我国这样一个建设中的法治国家,"在目前司法职业化和传媒职业化程度相对都比较低的现实情况下,强调舆论监督作用还是十分必要的,不能完全排除新闻媒体对司法权力进行监督的这种方式"。④

从本质上看,电视深度报道对司法的舆论监督是公民私权利和司法公权力监督的关系。"私权通常是指以满足个人需要为目的的个人权利。公权则是指以维护公益为目的的公团体及其责任人在职务上的权力。"⑤只要有国家存在,就有国家权力存在,权可谋私,对权力不加制约,就必然产生腐败;只要有商品经济,有货币

①　侯庆奇:《关于司法腐败的法社会学思考》,《理论观察》2006 年第 2 期。
②　[英]培根:《培根论说文集》,韩明译,商务印书馆 1983 年版,第 193 页。
③　朱苏力:《送法下乡》,中国政法大学出版社 2000 年版,第 11 页。
④　邓正来:《中国法学向何处去》,《政法论坛》2005 年第 1 期。
⑤　朱苏力:《法治及其本土资源》,中国政法大学出版社 1996 年版,第 18 页。

流通,就会有权钱交易,会使权力腐化。

因此,在现代民主法治国家,权力必须受到限制成为权力运作的基本原则,而私权对公权力的制约是权力制约体系的基础。司法权作为维护社会正义的主要力量,是保护公民私权利的重要手段,确保司法权的合法行使是法治社会的基本要求。如果对司法权的行使没有相应的制约机制予以控制,滥用司法权力、司法腐败等现象定将产生。"新闻媒体对司法的监督是一种权利,是代表人民群众对公权力进行监督的重要方式,只要监督得当,无论是在程序上还是在实体上都能很好地制约司法权滥用的行为,对确保司法公正具有一定的促进作用。"①

鉴于媒介在现代社会的重要作用,发达国家提出新闻媒体是"政府之外建立的'第四部门',甚至'第四权力'"。媒介通过与司法的良性互动,不仅有利于促进司法公正,维护公民合法权益,也有助于强化司法的独立性和公开性,从而为社会营造一个充满公正的司法环境。

舆论监督类电视深度报道有着及时、快速、真切、生动、影响力大、可信度高等特性,可以在社会上形成强大的舆论压力和震慑力,较之其他监督形式更具优势。深度报道对司法体系关注的内容包括侦破、起诉、审判等主要司法环节,通过满足公众知情权、对司法活动及司法人员的监督、抑制司法腐败、加快立法进程等几方面直接或间接地推动司法公正。

1. 满足受众知情权,塑造司法公正的形象,有助于增强公众对司法的信心

英国有句古老的法律格言:"正义不仅应当得到实现,而且还应以人们能够看得见的方式得到实现(justice must not only be

---

　　①　邓正来:《中国法学向何处去》。

done, but must be seen to bedone. ）."①"法治的落实不在于用法条来取代固有的文化传统，而是要把人们对法律和法治的信念融入到人们的血液中去，融入到代代相传的文化传统中去。"②

作为一种社会控制手段，任何法律仅仅依靠强力来实施是不够的。从社会心理学的角度来说，一种有效的法律制度，必定要有适当的社会心理支持。使公众能看到"正义是怎样实现的"，将有助于增强对刑事司法制度的认同感，为司法权力的行使提供必要的社会信任与理解。"在我国，一般公众对于司法机构及其权力实施普遍存在一种隔阂心理，这恰恰是司法权行使过程中有时会遭遇群众阻力甚至造成敌对现象的深层原因。"③

舆论监督不以国家强制力作后盾，属于"软监督"。但它由于具有"社会公众代言人"的功能，因而得到社会广泛支持和赞赏。司法机关的诸多信息、自身形象也需要大众传媒的平台传播。舆论监督对司法积极功能进行报道、提升司法的公信力和权威性，可促使司法工作精益求精、与社会实现良性互动；但如果舆论监督只揭露阴暗面，则会极大地影响司法机关的形象，动摇社会公众对司法公正的信赖与依靠，长此以往甚至会引发恶性社会事件。

所以司法机关需要舆论监督以积极而正面的报道为自己建立深厚的群众基础，让社会公众相信司法、选择司法途径来保护自己的合法权利。

2. 有效监督司法活动及司法人员职务行为

"业务精通"、"司法公正"的司法队伍是实现司法公正的关键条件之一，在我国司法人员素质亟须提高的今天，舆论监督类电视

---

① 转引自左卫民、周长军：《刑事诉讼的理念》，法律出版社 1999 年版，第 121 页。

② 刘军宁：《从法治国到法治》，《政治中国》，今日中国出版社 1998 年版，第265 页。

③ 郭树理、刘冰：《煽情与冷静：舆论监督、新闻炒作与刑事司法》，北大法律信息网：http：//article. chinalawinfo. com/article/user/article_display. asp? ArticleID=2133。

深度报道可充分发挥电视媒体可视性、权威度高的优势,运用画面和声音通过对司法人员在司法过程中可能出现的粗暴执法、超期羁押、刑讯逼供、接受当事人贿赂,侵占、挪用、罚没扣押的款物等违规违法行为进行调查揭露,从而促使有关监督监察部门调查立案,纠正司法偏错,维护和促进社会公正。

2003 年《新闻调查》播出的《山阴的枪声》即为典型一例。山西省山阴县,一无辜青年被酒后的派出所副所长扭住,手枪抵住头部连开两枪,小伙子重伤垂危。他 20 出头的姐姐为了给弟弟讨回公道,从山阴到北京跑了 30 多个来回,从山阴到朔州到太原的数不清的奔波,六年里没有生活资助。节目中记者杨春采访了承办此案者及跟此事件有关的公安、检察、法院,政法委、县政府、人大的公务员们,面对清清楚楚的案情,面对镜头,得到的回答却是:

> 这是保密的。
> 办案是有程序的。
> 时间长了说不清了。
> 那是不归我管的。
> 还没出人命,已是大幸了!
> 就那一点擦破头皮的小事,较什么真呢? 真是的!

节目播出后,生动的画面细节和真实的同期声内容引起社会舆论高度关注,在各界力量的参与下,最终派出所副所长被判死缓,受害者获国家赔偿 67 万余元。

舆论监督电视深度报道的关注和介入,将促使司法人员向职业化、精英化发展,加强自我约束,谨言慎行,廉洁执法,文明办案,以更加认真的态度、严谨的作风和高度的责任心来处理社会问题。

同时,电视媒体的舆论监督报道还会起到“法律大讲堂”的作用。受众可以通过节目接受法律知识教育,领会法律精神,明白司法人员什么样的行为即属违规违法,自身合法权益被侵害后如何维权等等。可以说,这是国家、媒体、受众三赢的过程。

3. 抑制司法腐败

阳光照不到的地方最容易滋生病菌,"暗箱"操作是滥用权力、徇私枉法等违法违纪现象滋生的温床。如同《新闻调查》的理念一样,舆论监督的作用是"我们所擅长的,是向黑暗的角落里投下光亮。如果有人躲在黑暗的角落里从事不应该的勾当,我们所做的只是把灯光打开"。① 舆论监督类电视深度报道的关注和传播对于减少幕后交易,提高司法人员的素质,增强其责任心和自律观念都有积极的作用。

我国现阶段刑事司法透明度不够,并且集中体现在审判公开这一环节。著名刑法学家贝卡利亚指出:"审判应当公开,犯罪的证据应当公开,以便使或许是社会惟一制约手段的舆论能够约束强力和欲望。这样,人民会说,我们不是奴隶,我们受到保护。"② 审判公开应该由形式公开转为实质公开:证据的确认及其理由公开,审判资料包括副卷公开,合议庭少数人的意见公开,审判委员会的意见公开。

但现代社会人们工作繁忙,时间紧张,居住分散,不太可能经常以旁听的方式去了解司法、监督司法,因此使直接审判公开呈现一定的局限性,而公民对于法院审判的案件应当享有知情权和监督权,这就为间接审判公开留下了合理的空间。③

由于电视媒体的传播优势,舆论监督类电视深度报道对公开审判的介入和监督充当了扩大审判公开范围、在一定限度内实现

---

① 张洁:《调查〈新闻调查〉》,文化艺术出版社 2006 年版,第 201 页。
② 转引自黄风:《贝卡利亚及其刑法思想》,中国政法大学出版社 1987 年版,第13 页。
③ 高一飞:《媒体监督司法的底线权利》,来源于刑辩网:www.xingbian.cn。

公民知情权与监督权的角色,使较大规模的受众(包括行政、立法领域精英)在同步或很快获知审判状况,按照国家法律条文、法治精神和内心的道德良知作出判断,在实践领域内实现对司法腐败的抑制。香港前首席法官杨铁梁曾指出:"如果一位法官自以为是,态度嚣张浮夸,处事轻率散漫、固执、轻蔑,不必要地作出争论,明显躲懒或心不在焉,即使他的判决是正确的,公众仍然会感觉到正义未得显张。而面对摄像镜头,法官会意识到自己的一言一行将被如实记录,同时被无数人看到,必然会将自己工作中的最佳状态展现出来。"①

《焦点访谈》播出的《渎职侵权,罪不可恕》,以大量庭审现场的信息——控辩双方激烈的舌战、法官对现场以冷静的职业思维和法律理性进行的调控、犯罪嫌疑人绝望木然的神情、庭审现场听众专注紧张的面容、判决时神圣庄严的气氛——生动有力地展示了法律至高无上的威严。记者对最高人民检察院渎职侵权检察厅副厅长宋寒松的采访,从法理角度向受众解释了渎职犯罪的定义及其包括的罪名,又以原四川省成都市住房公积金管理中心主任杨灿智落马为例从实际操作角度向受众进一步阐明:"(以前)就认为只要不落私人腰包,无论怎么样都不会承担法律责任。只要出于工作,为了提高办事效率就可以不顾,甚至任意简化办事程序。以一些个别领导的意志代替集体决策,现在看来也难免不脱离依法行政的轨道。"②

有了含义如此丰富的画面和声音,电视深度报道对司法过程的监督可以说是成功的。舆论监督类电视深度报道不仅能增加司法公开的透明度,而且可以促使起诉、审判机关严格依法办案和保

---

① 转引自黄风:《贝卡利亚及其刑法思想》,中国政法大学出版社 1987 年版,第95 页。

② 中央电视台国际网站:www.cctv.com,2007 年 6 月 11 日。

证诉讼质量,客观公正地开展司法活动。

4. 信息着眼点移向更具权威的宪法和国家法律法规,加快立法进程

法治的基本含义有二:制定良好的法律和法律得到普遍的遵守。立法是法治的重要环节。立法机关只有在社会信息有足够说服力和急迫性的情况下,才会加快立法进程,制定出体现人民意志的法律。

一旦某类不良事件频繁出现,成为一种现象时,不仅说明社会机体在某些环节上出现了问题,更反射出调节社会关系的重要工具——法律法规本身遭遇挑战。一般情况下,由于媒体自身和我国新闻体制使然,电视媒体的舆论监督报道受关注程度高于其他媒体公布的信息。电视深度报道的舆论监督关注点不仅在于新闻事件本身,还在于事件背后的法律制度和法治精神。由于我国法治体系正处于健全的过程之中,地方及部门法规、规章同宪法、国家法律尚存在矛盾。

"孙志刚事件"经媒体披露后,2003 年 5 月 14 日,华中科技大学法学院法学博士俞江以及其他两位法学博士将一份题目为《关于审查〈城市流浪乞讨人员收容遣送办法〉的建议书》传真至全国人大常委会法制工作委员会。5 月 23 日,我国著名法学专家贺卫方、盛洪、沈岿、萧瀚、何海波也参加进来。他们联合上书全国人大常委会,提请就孙志刚案及收容遣送制度实施状况启动特别调查程序。6 月 18 日,国务院常务会议决定废止实施多年的《城市流浪乞讨人员收容遣送办法》,自 8 月 1 日起施行《城市生活无着的流浪乞讨人员救助管理办法》。

一项国家条例竟因关于一个小人物的新闻报道而废止,在中国当代新闻史上似乎还是第一次。这既是政府尊重民意的结果,是学者们推动法治改革的结果,也是媒体报道后所产生的巨大社会舆论的结果。

《焦点访谈》真实叙述了孙志刚被无理收容和被殴打致死的

过程,阐释了旧的收容遣送办法转变成新的救助办法的过程,展望了救助办法的前景。整个报道向大众传递出这样的信息:在宪法精神下,合理化、人性化制度的运作才是公民权益的最根本保障。

舆论监督电视深度报道的视点层次不断变化,从揭露不公正事件本身上升到事件背后的法律法规,又从质疑目前的个别法律条款的缺憾将目光移向一个国家的根本大法——宪法,舆论监督深度报道具有的现代法治精神,加快了我国的立法进程,维护了司法公正。

尽管我们都应清醒地意识到,舆论监督不是包青天,摄像机也不是尚方宝剑,电视深度报道的角色和力量都没有能力也不应该担当起"包打天下"的重责。但那些因为舆论监督报道而获得本该通过行政、司法途径获得的合法权益的当事人和机构,得到了应有的公正,从而使此类报道成为社会不满情绪的出气孔、社会心理的平衡剂。舆论监督报道在一定程度上能帮助重建社会公平与正义,它的价值对于当今中国来说,不容忽视。

三、在社会公众价值观领域:倡导和谐社会核心价值观

罗尔斯的"正义差别原则"强调:"对由于出身和天赋所带来的不平等应该给予某种补偿的要求。差别原则承认和允许社会基本结构中存在不平等,但要求每个人都能从不平等中获利,补偿原则正是为了弥补差别原则的不足,要求社会必须更多地关注那些天赋较低和出生于较不利的社会地位的人们,以按平等的方向补偿由偶然因素造成的倾斜。"[①]如果我们不局限于出身和天赋这样人力根本无力干预的偶然因素,那么,由于社会变迁、社会改革、决策体系错误决策造成的不公正应该引起我们更深切的关注和思考,

---

① 罗尔斯:《正义论》,第95—96页。

因为这种不公正是由社会因素人为造成的。对这些由自然和社会等因素带来的不公正、不平等,作为一个以公正理念为主导的社会,有责任给予更多的关注和某种形式、程度的补偿。构建和谐社会需要一个公正的社会环境,舆论监督报道作为信息系统中重要的一分子、作为社会巨轮的守望者和社会的良知,理所当然担负着关注不公正现象的社会责任。

(一)倡导和谐社会核心价值观:以人为本

我国正在经历一个社会转型期,在这期间,原有的制度已出现诸多问题,新的制度建构正在逐步成形。在这个"真空期"内,人们的行为尚未被周密、合理、公正的制度约束起来,而潜藏已久的激情和欲望都空前膨胀,人人都成了为自己欲望打拼的梦想者、践行者。

我国国民心态在这样的环境中发生着深刻的变化,一方面是积极的变化——人们更具独立创新精神,思想更为主动开放;另一方面则是消极的变化——人们心态的物欲化、冷漠化与躁动化。广州市穗港澳青少年研究所 2004 年对该市 1 200 名在职及在校青年进行调查,结果显示约七成青年人觉得自己面临的压力很大,这些压力已经给他们的身心健康状况带来了不良的影响。零点调查公司 2004 年的一项调查中,41.1%的白领们认为自己正面临着较大的工作压力,61.4%的白领们正经历着不同程度的心理疲劳。中国青年报社会调查中心 2005 年 5 月一项有 1 129 人参与的调查显示,在年轻人当中,66.5%的人觉得自己压力很大,尤其是学生比其他人压力更大。几乎每个社会群体都认为自己的境遇不如其他群体。[①]

我国现在更需要成熟的社会舆论,需要正确的社会价值观

---

① 来源于新华网:http://news.xinhuanet.com/society/2005 - 10/19/content_3645782.htm。

导向。

针对道德滑坡、社会失范、信仰缺乏等问题，中央高层多次倡建社会的核心价值观。北京大学中国与世界研究中心潘维也表示，核心价值观的迷失是中国社会面临的严重问题之一，统一的核心价值观能够整合社会资源，反映社会生存需求。缺少了核心价值观，和谐社会便失去中坚之力。

社会主义和谐社会应该是一种开放和动态的和谐。和谐社会中的社会公正，其深层基础在于人们对于社会核心价值观的认同。

所谓核心价值观，就是一个人、一个组织、一个国家或者一个社会的最基本的价值理念。一个国家或者一个社会的核心价值观，就是这个国家或者社会占统治地位的最基本的价值理念。

社会核心价值观决定着社会主义和谐社会中社会公正的实现，前者决定着后者的形式、模式。对于任何一种社会制度来说，价值观是其最重要的灵魂与神韵，有什么样的核心价值观，就有什么样的制度，也就催生出一脉相承的社会。只有真正把握、认识和运用社会主义和谐社会核心价值观，才能更准确地把握社会主义和谐社会的功能、目标和任务，认清和坚持社会前进的方向，在实践上才能为维护和促进社会公正更好地设计、实施更好的制度、体制和模式。

没有社会主义和谐社会的核心价值观，就没有社会公正。对社会主义和谐社会价值观的任何忽视和淡漠，不仅在理论上是错误的，而且在实践上是有害的。

马克思主义哲学的社会观是一种以人为中心的社会观。正是这种社会观，弘扬了人的价值，确立了人在社会中的中心地位，为"以人为本"的社会观奠定了可靠的理论基础。对此，马克思十分明确和透辟地论述道：社会本身，即是处于社会关系中的人本身，即处于相互关系中的个人本身。并进一步阐明道：社会是人们交互作用的产物，是表示这些个人彼此发生的那些联系和关系的总和。

更重要的是,马克思还强调,人是社会的最终目的和归宿。人之所以为人,完全是由其后天的生存实践活动所创造的,这要求人们结成一定的关系,借助于社会的力量实现自身的生存和发展。因此,社会存在的合法性就体现在它为人的生长提供必要的社会条件,社会的存在和发展归根结底是为了促进生命个体的成长,积蓄生命个体的能量,提高生命个体的自觉,促进人的全面发展。

通过以上论述,我们可以看出,无论从社会与自然的关系,还是从社会与人的关系,马克思主义哲学所坚持的中心观点都是:人是社会的主体,只有从人是主体的观点去认识和理解社会,才能把握社会的真实本质。这就为"以人为本"的社会观提供了坚实的思想基础。①

胡锦涛强调:"必须坚持以人为本,始终把最广大人民的根本利益作为党和国家工作的根本出发点和落脚点,在经济发展的基础上不断满足人民群众日益增长的物质和文化需要,促进人的全面发展。"②这无疑是对"以人为本"在和谐社会建设中之价值核心地位,对人在社会中的主体地位的权威理论认同,是对传统忽视人的主体地位社会观的有力反驳和对马克思"以人为中心"的社会观的继承和发扬。

对于舆论监督报道来说,在建设社会主义和谐社会的过程中,应该从以下几方面倡导社会树立"以人为本"的核心价值观。

1. 增进全社会每个个体的利益

从现实的角度来说,"以人为本"既是对传统的、教条教义的反思,又是对过去只追求经济增长这种见物不见人的发展方式的超

---

① 韩庆祥:《马克思主义哲学与以人为本》,来源于马克思主义研究网:www. myy. cass. cn。

② 胡锦涛:《深刻认识构建社会主义和谐社会的重大意义　扎扎实实做好工作大力促进社会和谐团结》,《人民日报》2001年2月20日。

越。"以人为本"是建立在群众史观基础上的、以保障人民社会主人翁地位为前提的、以维护人民权利为根本的价值观。它不仅从法律的角度确立了人民的国家主权地位,而且成为支配全社会成员思想和行为的道德力量,成为国家进行制度安排和政策制定的根据和出发点。"以人为本"的价值观要求国家把增进全社会利益,保障每个人权利作为评价和衡量制度的创建、规范制定、政策实施的终极标准,把人的自由和全面发展作为全部工作的最终归宿。

2. 推进人的全面发展

把"以人为本"作为构建社会主义和谐社会的出发点,就是要在现实性上,通过制定路线方针政策,推进人的全面发展。人越全面发展,社会的物质文化财富就会创造得越多,人民的生活就越能得到改善,而物质文化条件越充分,就越能推进人的全面发展。人的发展是最根本的、最重要的、最现实的,所有的经济政治文化的发展都必须以人的需要为出发点,所有的发展必须把人的全面发展作为动力和目标。

把"以人为本"作为构建社会主义和谐社会的落脚点,就是要把推进人的全面发展,同推进经济、文化的发展和改善人民的物质文化生活结合起来,让人民普遍享受到改革开放的成果。①

（二）关注公众基本权益和弱势群体现状,践行和谐社会核心价值观

"如果在公众最需要的时候媒介能够提供现实的而不是空洞的、正面的而不是含糊其辞的精神支柱,可以大大减小舆论的惶惑。"②

---

① 王建均:《以人为本建设社会主义核心价值体系》,载于《中央社会主义学院学报》2008 年第 6 期。
② 陈力丹:《舆论学——舆论导向研究》,中国广播电视出版社 1999 年版,第 121 页。

如前所述,舆论监督类电视深度报道是推动文化、传播价值观最直接、最广泛、最有效的途径之一,往往通过关注公众基本权益来强化整个社会对于公正的意识,使每一个人都不仅明白自己拥有的基本权益(如生命权、生存权、人权、公民权、隐私权、知情权、平等权等等),还要学会尊重别人的基本权益。从维护基本权益为出发点,逐渐扩大到构建"以人为本"的和谐社会核心价值观。

《探寻买卖儿童背后的生命观》、《谁来保障刑事被害人的权利》、《谁动了我的隐私》、《艾滋孤儿的家》、《致命职业病让矿工肺部变成"石头"》、《业主维权故事》等等,从对被拐儿童权益的关注到对邱兴华杀人案件被害人家属困境的追踪报道;从对城市居民光照权的探讨到对农村失地农民出路的呼吁;从呼吁尊重隐私权到聚焦家庭暴力中的受害女性;从关注危险职业人员的权益到对社会公益事业的推进,每一个关系民生的事件几乎都引起了深度报道栏目的重视。

2003年播出的《艾滋孤儿的家》就是一个典型个案。片子反映的是河南商丘地区农村艾滋病肆虐,许多已经故去的艾滋病人留下大量的孤儿无所依附。一位同样是艾滋病毒感染者的农民四处求助,依靠慈善力量在自己家里收养这些艾滋孤儿,但后来由于捐助来源无力承担日益沉重的教育、衣食费用,孩子们被逼到生活绝境。随着报道的深入,造成这种现状的根源浮出水面:政府当年忽视基本医疗监督,强力推行"血浆经济"造成了大量因献血、输血而蒙受感染的艾滋病患者。不仅如此,当地政府既限制医学专家的调研、防治,更阻止媒体揭露事实真相。其遮蔽手段之严,甚至动用了侦察手段控制来访记者行踪。一旦发现,立即没收采访素材后强行遣返。由于公共权力的不当运作,成百计的农民失去生命,他们遗下的孩子必须面临失去父母、失去未来的命运。

报道没有用过多催人泪下的画面和解说话语,但弥漫整个片子的是强烈的无声呐喊:生活在底层的社会弱势群体太需要社会公正了,太需要得到他们应得的每一项基本权利。报道播出后,中央电视台 5 000 多位员工,一共捐赠了 100 多万元人民币给朱进中创办的"关爱之家"。2003 年 12 月末,由河南省商丘市柘城县政府主办的取名为"阳光家园"的孤儿院落成。

实践证明,舆论监督类电视深度报道虽然不具强制性,但往往是行政和法律手段的有力补充。电视深度报道强大的影响力和感染力对松散的人际关系具有整合作用,它可以逐步消除在群体中作祟的各种负面价值观,逐步统一多数人的思想,在管理中寻求人们一致的价值观和目标。用报道扩大这些一致性对个体的影响,就能弥补人际关系的裂痕,把人心联结在一起,实现社会的最佳管理。正是在舆论监督类电视深度报道的推动下,普通个体的合法权益诉求有机会得到伸张,社会环境得以净化,社会公正得以维护。

弱势群体是我国社会成员的重要组成部分,坚持和贯彻"以人为本",尤其要特别关注弱势群体的利益需求,切实解决他们的实际困难。在建设社会主义和谐社会的过程中,在维护和促进社会公正的过程中,对弱势群体的关注和帮助是对"以人为本"核心价值观的重要践行。"要高度重视和关心欠发达地区、比较困难的行业和群众,确保所有社会成员都能从改革和发展中实现收入和福利的增进。"①在现阶段,关注社会弱势群体,对于维护和促进社会公正,在某种程度上更是重中之重,更体现了社会主义和谐社会"以人为本"的核心价值。

这里指的弱势群体,不仅仅是物质生活处于贫困状态的人群,还包括在市场经济竞争层面处于弱势地位(缺乏必要的经济运作知识——如文化低、家庭收入低等群体)、在社会和政治层面处于弱势地位(缺乏足够的表意渠道——如大众传媒未能到达的边远

---

① 《中共中央关于加强党的执政能力建设的决定》,人民出版社 2004 年版。

地区居民、大众媒体忽略或冷漠对待等群体)、从社会文化意义上处于弱势地位(被文化和社会习俗所排斥——如艾滋病患者、同性恋者等)等群体。他们处于收入下降、社会地位下降、被社会认可度下降的状态。"这些较少享受到国家经济繁荣所带来收益的边缘性社会群体,正在沦落为社会意义上的边缘人和地理意义上的边缘人。"①

从我国弱势群体的整体情况来看,占主体的社会性弱势群体——主要是由于社会(制度)原因导致其陷于弱势地位的,因此,应当侧重从社会支持的角度考虑问题。

我国舆论监督类电视深度报道作为政府与公众联系的最重要纽带之一,是弱势群体可以依靠的代言人,也是弱势群体的利益表达通道。舆论监督报道内容的指向以及报道量的控制上有的放矢,在关注弱势群体时更多地从他们公民权益和救济等方面入手,多多关注与之相关的、能够反映出问题的方面,为整个社会公正对待弱势群体鼓吹与呼吁。

1. 运用电视平台向社会传达与弱势群体相关的法律法规,可以让受众了解守法和维权的重要意义

坚定不移地发展社会主义民主政治,已经被十七大确立为我们党始终不渝的奋斗目标。社会主义民主政治的建设要求全民政治素质的全面提高,电视舆论监督报道在促进社会主义民主政治建设,关注弱势群体公民权益方面,起到了不可忽视的重要作用。

从《焦点访谈》、《新闻调查》关涉法治的节目到《今日说法》、《以案说法》等法治栏目的播出,以及众多案例在报纸上的转载或广播中的转播,电视正以"讲述老百姓自己的故事"的方式,向受众特别是弱势群体传授着法律知识,培养着公众的法治精神。让弱势群体通过案例懂得必要的法律常识,明白哪些事情该做,哪些事

---

① 杨海洋:《试论我国弱势群体现状》,《新闻采编》2005年第2期。

情不该做,是否合法,如果合法权益被无理侵害,应该采取怎样的救济措施。而"民告官"诉讼案件的增多,便是一些身处弱势的人拿起法律武器主动维护自身权益的有力证据。

2. 向社会传达与弱势群体相关的各种政策,可以让受众了解各级政府对弱势群体的政策导向

要对弱势群体进行关注和扶持,各种相关政策的制定是必不可少的。向社会宣传制定此项政策的客观必然性及其社会意义和作用,让人们对政策的具体内容有深刻的了解,促进人们更新观念,提高认识,明了此项政策与自身的切身利益有什么关系。

今年"两会"《焦点访谈》解读了解决中低收入人群住房问题,在这个方面,买房(经济适用房)和廉租房到底哪个是主流? 著名经济学家吴敬琏认为:廉租房比起经济适用房要好一些,希望廉租房成为主流。我国出租房占全部住宅的比重为15%,而美国、瑞士、瑞典是40%—65%。瑞士是最高的,出租房在全部住宅中的比重是65%。在现有资源匮乏的条件下,国家要尽量把资源用到刀刃上。而廉租房在投入收益方面比起经济适用房更实用一些。节目还评论道,如果国家能够把资源集中用到廉租房上,对于低收入阶层来说作用效果更明显。政府的最终目标是保证所有人都有房子住,这是政府一定要做到的。除了政府的财政投入之外,有没有其他的融资渠道,比如说利用社会上的资源,企业的资源,甚至包括发行福利彩票,政府和单位还可以实行租金补贴方式让廉租房真正照顾中低收入者等等。这样详尽务实的解读给处于生活困境急需政府帮扶的弱势群体以理性投资的方向。

3. 通过舆论监督关注帮扶弱势群体

舆论监督类电视深度报道通过对文字、声音及图像的综合应用,对侵害弱势群体利益的行为进行曝光,并适当谴责、监督和遏止这种行为,直接或间接地维护了弱势群体利益。

从新闻实践来看,舆论监督类电视深度报道十分关注外来务

工人员的五权益是否得到充分保障的问题。《焦点访谈》的《"黑心"包工头遭遇》和《新闻调查》的《张润栓的年关》都涉及农民工的合法报酬未能兑现的问题,后者以工程完毕却没拿到应得收入、穷困交加的农民工声讨欠他们工钱的包工头为主线,采访了债务人。

> **记者:** 您知道这笔债务拖了张润栓多少年吗?
>
> **王进力**(运输三公司总经理):那就是从那儿拖的,从 94 年吧。
>
> **记者:** 您能不能给我们算算到现在是几年呀?
>
> **王进力**(紧张地):94 年,95 年,96 年,97 年,98 年,99 年,2000 年……也就是 7 年吧。
>
> **记者:** 今年是 2003 年,应该是 8 年多将近 9 年的时间。
>
> **王进力**(尴尬地):没有那么长时间吧……

交通局名下的运输三公司总经理王进力当着记者的面,一年一年地数,把 9 年数成了 7 年。在片中这个细节隐隐传达出这样一个信息:拥有权势的债务人漫不经心的态度,很有可能导致张润栓拿到自己的巨额欠款的日期继续后延。受众看到这里就会明白:绝大多数拖欠民工工资案的主要原因,在于建设单位、施工单位、包工头、民工之间复杂的三角债关系未能得到有效清理和解决。

有关公共权力滥用职权侵犯农民合法权利,以及一些单位和个人利用特权欺压弱势群体的问题,也是舆论监督经常报道的内容之一。如 2001 年 4 月 29 日的《焦点访谈》节目《致富项目富了谁》,讲述了某地打着为农民服务的旗号,"鼓励"农民种植土豆,最后农民上当受骗血本无归的真实故事,使当地政府的不当行为置于舆论的强大压力下。另外,对污染环境、欺骗民众事件的报道在舆论监督报道上也时有出现。2003 年,宁夏永宁县通桥乡东升村因该县四大企业违法排放污水,导致村民水稻颗粒无收,8 月 9 日

《焦点访谈》以《千亩良田为何绝收》对此做了报道。经媒体报道，这些企业的不法行为引起社会重视，在强大的舆论压力下，企业管理层积极采取有效措施，制止这种不利事态的发展。同时，对因此而受害的弱势群体，社会各界密切关注，采取行动帮助他们解决问题。

舆论监督类电视深度报道在关注公众基本权益和关注弱势群体两个层面，践行着"以人为本"的内涵指向：增进全社会每个个体的利益和推动人的全面发展。

我国舆论监督类电视深度报道虽然出现时间不长，但其拥有的传播优势，通过推进政府公共政策的议题、执行、监督、评估，通过促进司法公正、引导、构建社会主义和谐社会中的社会公众价值观，有力地实现了其价值定位：维护与促进社会公正。如何去总结它、提升它、发展它是业界、学界的一个重要课题。

第二章 我国舆论监督类电视深度报道存在的主要误区与原因

从 20 世纪 90 年代诞生至今,舆论监督电视深度报道在重大社会事件、社会问题等的报道中,都显示出其独特的优势与作用。它已经成为政府公共政策制定的"参考"、公众意愿表达的"话筒"、社会弱势群体可以依靠的"大树"。因而受到前所未有的重视。通过长期的摸索和实践,不少栏目都积累了丰富的经验。

但如同一切事物发展到一定阶段往往会出现与原先预期相背的问题一样,随着舆论监督类电视深度报道的泛化,出现了一些走入误区的现象。

在本书中,舆论监督类电视深度报道的误区指因为理念上的偏差或社会环境的局限性而导致的违反其价值定位、舆论监督原则和新闻规律的现象。

本书尝试从社会学和新闻学角度,从我国舆论监督类电视深度报道对社会价值的实现和对舆论监督原则、新闻规律的遵循角度,来探讨其存在的误区与原因。

第一节 我国舆论监督类电视深度报道存在的主要误区

舆论监督类电视深度报道堪称典型的新闻"双刃剑",运用得当,它是社会变革的推进器,而一旦使用不当,它又很可能妨碍正确的公共决策实施、妨碍社会健康顺利运作。作为富有责任感的中国媒体从业者,应当对此有清醒的认识。

我国舆论监督类电视深度报道经过近 20 年的发展,对国内外重大事件的报道与解读已经从当初的平面化向立体化成功转变,中央电视台和地方的电视台都各有名牌栏目面世,如《焦点访谈》、《新闻调查》、《新闻透视》、《大写真》等等都是颇受观众和业界专家好评的优秀电视深度报道栏目;同时出现了诸如《双城故事》、《南丹特大矿难的警示》、《泗县疫苗事件再追踪》、《国资流失之谜》、《一家人和一万亩沙地》、《走向谈判的工会》等一批有分量的舆论监督深度电视深度报道。对加入世界贸易组织后的情势分析及在南丹煤矿特大透水、西安宝马彩票、天价住院费等社会重要事件的调查中,扮演了报道者和睿智客观的解读者的角色,培养和保持了一大批忠实观众,在社会中引起一波又一波的收视高潮和舆论高潮。

综观我国舆论监督类电视深度报道现状,立于潮头的《焦点访谈》和《新闻调查》无疑成了最具代表意义的解读对象,国内许多地方电视台开办的电视深度报道栏目大都沿袭了上述两个栏目的理念及运作模式。这两个栏目均属中央电视台新闻王牌栏目和"获奖专业户",其中《焦点访谈》是我国最具解析性特征的电视深度报道,《新闻调查》则是我国最具调查性特征的电视深度报道。

本书将以两个栏目为重点研究对象,对我国舆论监督类电视深度报道进行分析阐释。

第一章对舆论监督类电视深度报道的价值定位是从社会学的角度出发论述其社会作用与意义,那么,从新闻传播学的角度来看,媒介作为信息传播者,向社会各阶层报道国内外政治、经济、文化方面的重要信息;媒介作为公众代言人,及时、准确、全面、客观反映民意;媒介作为社会守望者,发挥舆论监督作用。也即是说,舆论监督是一个信息与意见的传播过程。如果我们过分地强调舆论监督的工具性,不注重它作为一种新闻信息传播形态而存在的规律性,那么,舆论监督类电视深度报道也无法真正维护和促进社会公正。

《新闻学大词典》对新闻规律有以下定义:"存在于新闻传播过程中和新闻媒介发展过程中的不以人的意志为转移的客观法则。"也就是说,新闻规律是新闻报道的内在联系和运行法则。

复旦大学李良荣认为,新闻有三条基本规律:"新闻要真实、迅速;新闻要有新闻价值;新闻要客观。这是新闻报道的三个基本要求。其他的要求都是从这三条衍生出来的。"①南京大学新闻传播学系丁柏铨认为:新闻规律的四个基本内容,即:以事实为报道对象、新闻价值、真实报道和时效性。② 新闻价值包括时新性、重要性、显著性、接近性和趣味性等要素标准。

范敬宜曾经说过:"如果真实是新闻的生命,那么,用事实说话便是新闻的生命的集中体现。"③用事实说话首先指新闻事实是真实客观的,其落脚点在于"说话"。但这里的"说话"并不是日常生活中谈话的意思,而是"通过事实来说明一定的道理。换言之,事实是手段,说话是目的"。④ 新闻为什么要用事实说话呢? 新闻传播规律本身给出了答案:

首先,新闻传播的特性。我国当代新闻观念的一大变化,是把信息概念引入新闻领域,根据陈谦、胡端宁等学者的看法,新闻就是新的、组合的事实信息。事实是任何新闻报道成立的根本性条件。如果离开这种事实,新闻无从谈起。同时,"河水千斛,只取一瓢饮",新闻事实都是经过精心选择、精心编排而成。因此,付诸传播的新闻事实都是人们的意识活动的结果,含有特定的意蕴。新

---

① 李良荣:《浅谈新闻规律》,《新闻大学》1997 年第 4 期。
② 丁柏铨:《论新闻活动的内在规律》,《南京大学学报》1998 年第 1 期。
③ 范敬宜:《总编辑手记》,人民日报出版社 1997 年版,第 79 页。
④ 复旦大学新闻系:《新闻学概论》,福建人民出版社 1999 年版,第 112 页。

闻传播是人们传受新闻的行为及其过程。它由三个要素组成：新闻事实、新闻媒介、新闻受众，三者皆由新闻文本充当联系枢纽。作为一种过程，新闻传播的终端是受众，只有在受众这端，才有真正的新闻传播。在这种意义上，新闻传播除了为受众服务，别无其他任何目的和意义。受众需要什么？相信什么？接受什么？真实、准确、客观、全面的事实。①

其次，新闻深度的要求。孙玉胜在《十年》中谈道："在林林总总的对'深度'的定义中，我注意到一个很具实践指导意义的表述：深度来源于事实。"②深度不是艰深的话语和晦涩的表达，而是观众所感受到的深刻。在阐明道理、理性分析时，受众最渴望看到的，是用活生生的、鲜明的事实阐明的"深度观点"。

一般来说，"对记者的观点受众并无兴趣，受众自己会替自己做出判断和决定。因此，记者必须尽最大努力用事实本身来说话"。③"用事实说话，它所表达的，常常是一种无形的意见……它能够使受众在获知事实信息的同时，不知不觉地接受报道者的观点和意见，因而具有潜移默化的力量。"④"用事实说话，从心理学角度看，就是一种暗示。"⑤

考察近年多期报道节目，从"价值定位"、舆论监督原则和上述新闻基本规律角度出发，笔者认为我国舆论监督类电视深度报道似乎在监督焦点和监督规范方面存在如下一些问题。

一、疏离舆论监督焦点

我国舆论监督类电视深度报道无论在政治、司法还是公众价

① 胡端宁：《新闻写作学》，新华出版社 2002 年版，第 87 页。
② 孙玉胜：《十年——从改变电视的语态开始》，三联出版社 2003 年版，第 93 页。
③ 童兵：《理论新闻传播学导论》，中国人民大学出版社 2000 年版，第 85 页。
④ 甘惜分：《新闻学大辞典》，河南人民出版社 1993 年版，第 4 页。
⑤ 郑兴东：《受众心理与传媒引导》，新华出版社 1999 年版，第 283 页。

值观领域,要实现其维护和促进社会公正的价值,就必须为政府制定公共政策及时提供准确的警示信息;监督政治、司法领域中违反政策、法律法规的行为和现象;监督社会生活中不符合道德规范的行为和现象,只有及时准确地向社会各领域告知阻碍国家、社会健康发展的不良因素,才能真正实现社会公正。

从新闻学的角度来看,作为大众传播重要组成部分的舆论监督应该遵循新闻时效性、新闻真实性、用事实说话等新闻规律。

也即是说,把监督重点及时准确聚焦于公共权力不当运作和社会不良现象,给国家和社会以警示的舆论监督报道才能维护和促进社会公正。但笔者以《焦点访谈》为重点研究对象,研究其多期节目后,发现栏目在一定程度上疏离了社会各领域的监督焦点。

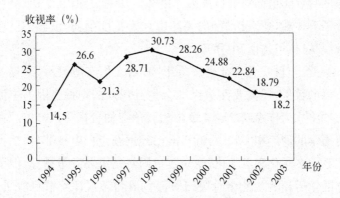

图 2-1　《焦点访谈》各年份收视率分布

资料来源:中央电视台索福瑞媒介研究公司。

从 2000 年开始,《焦点访谈》收视率有了明显下滑趋势。在 2001 年新闻评论部内部刊物《空谈》中出现这样的数字:"2001 年 9 月 9 日至 15 日,收视率最高为 20.86%,最低 15.27%,平均收视率

18.89％",①这样低迷的收视率是难以令人乐观的;2002 年第一季度栏目评价体系中,一直位居中央电视台排名第二的《焦点访谈》降至第五。② 2003 年第一季度栏目评价体系中则排在《今日说法》之后。③

　　《焦点访谈》在 1998 年最红火时收视率达到了 27.48％,而 2004 年的数字则显示北京地区该栏目收视率为 8％。

　　除了整体收视率的下滑,收视人群的年龄和教育程度也出现不容乐观的情形:根据中央电视台索福瑞媒介研究公司的数据,2000—2003 年的各年龄段收视率状况显示:关注节目人数最多的仍是 55 岁以上的老年群体,下降幅度很小;15—34 岁的青壮年人群体数量下滑趋势比较明显。节目主要观众受教育程度以高中学历以上为主体,但从索福瑞媒介研究公司的数据中可以看出,高中以上程度的观众有明显下降趋势。以上数据表示思维活跃、热情积极的青壮年群体对节目失去了以往热切的关注;高学历、高级知识分子群体对《焦点访谈》的关注度和赞赏度削弱,该群体已逐渐将视线从《焦点访谈》中移开。

　　"一个节目要想对社会产生影响,对人们有所警示,不仅要追求人群的数量,还需要注意对社会主流观众的把握。因为主流社会人群将成为传媒新一轮竞争中相互争夺的目标受众群体。"在新闻传播学的理论和实践中,近年来已经逐渐走向电视节目、栏目评价体系的多元化和科学化,受众数量固然是重要参考指标,但受众群体的学历、职业、社会阶层归属等也成为考察评价节目质量、节目影响力不可或缺的项目。之所以出现上述收视率走低、社会主

---

① 《空谈》,《焦点访谈》栏目内部资料,第 36 页,2001 年。
② 《中央电视台总编室 2002 年 6 月节目综合评价体系方案》。
③ 《中央电视台总编室 2003 年第一季度收视分析报告暨节目综合评价结果》和 1997—2003 年《电视研究》收视率排行榜。

流人群关注度下降等现象,除了同类型监督节目增多、新的节目类型出现、观众对"舆论监督节目"期望值越来越高等原因外,《焦点访谈》观众流失与节目走入下列误区有密切关系:

(一)疏离焦点与新闻性弱化:关键时刻"缺位"

疏离焦点指舆论监督在特定的历史时期,出于种种原因,没有把舆论监督的重点放在国家、社会的热点、难点、新点、疑点等焦点问题上的现象。舆论监督的"缺位"指在新闻事件发生发展的特定阶段中,舆论监督应作为、应介入却没有作为、没有介入的现象。

2004年8月《焦点访谈》的季度评审会上,中国传媒大学教授刘宏直言不讳地说出了他的意见:"《焦点访谈》看多了,总的给人感觉不像是一个新闻节目。不知道为什么,访谈的这些内容就称之为'焦点'了,每天很孤零零地跳出来,没有相关背景,没有热点,没有线索、引子、理由。到后来就感觉,《焦点访谈》在创造新闻,让人有种本末倒置的感觉。"[1]孙玉胜在当年参与创办《焦点访谈》时,曾在最初的节目设想中清楚地为节目制定了大致方向,其中一条就是"此节目具有强烈的新闻性"。[2]

大部分观众关注的新闻都是与百姓日常生活贴近,又具有时效性的选题。《焦点访谈》节目组也有一套硬性的选题指标:"遵守政策层面——政府重视、群众关心、普遍存在于三者并重;遵守业务层面——情理趣三者兼容;社会层面——传播效应和社会效益并重。"[3]

然而,1999年烟台海难震惊全国时,国内许多报纸,包括互联网对此极为重视,连续许多天予了了重点关注,但在关注热点

---

① 余华:《新闻要素的缺失与电视栏目的影响》,浙江大学2004年硕士论文,第12页。

② 孙玉胜:《十年——从改变电视的语态开始》,第83页。

③ 余伟利:《焦点访谈舆论监督的传播艺术》,《中国广播电视学刊》2003年第7期。

问题方面享有敏锐、权威、直率之称的《焦点访谈》却没有报道这一全国人民极为关注的事件；2001 年 12 月 8 日，当几乎所有的媒体都在报道 6 日大雪造成的"北京世纪大堵车"的新闻事件时，《焦点访谈》却失语了。

再把 2003 年 1—10 月共 312 期《焦点访谈》播出节目与当年各媒体报道的热点新闻问题进行比较后发现：可以算作是全社会共同在关注的焦点节目有近 70 期，占总播出量的 22％。其中包括 8 期巴格达事件的报道，48 期"非典"期间社会各角度的报道，4 期我国宇航员首次上天的相关报道，余下 5 期基本是为了配合国家各类政策措施出台而做的宣传报道。但 2003 年发生在我们身边的热点事件不仅仅只有这样几件。在这期间，《焦点访谈》并没有对王岐山、钟南山、北京大学附属人民医院院长等人做深度的焦点报道。《焦点访谈》"非典"时期的节目受到了多个专家的严肃批评。《中国青年报·冰点》主编李大同指出：《焦点访谈》"非典"期间的报道是失误的，没有真正把真实的情况反映出来。①

2004 年 7 月 10 日，一场暴雨突袭北京市，造成了罕见的城市内涝。市区有几十处交通路口和立交桥深度积水，至少 8 处立交桥交通瘫痪，近百辆公交车被淹，大量轿车浸泡水中。这个危急时刻其实也是新闻媒体考察首都应对紧急事件的预防、应急机制运作状况、紧急事件中公众行为和心态的大好时机。但当时只有中央电视台 4 套在直播这场正在肆虐的暴雨，演播室主持人不时地与派出的记者进行连线，报道雨中北京最新的城市状况。《焦点访谈》于第二天，7 月 11 日才开始报道，其节目内容与前一天中央电视台 4 套的报道基本没有区别，新闻价值不大。

舆论监督类电视深度报道介入新闻事件不及时，多是在新闻事件被有关部门处理、做出结论之后才开展的。改革开放 20 年

---

① 转引自余华：《新闻要素的缺失与电视栏目的影响》，第 13 页。

来,在超过近千起的重大新闻曝光中,很少由新闻机构独立作出。对于一些重要新闻事件或新闻人物,权威机构的定论也很自然成了舆论监督类电视深度报道的意见基础。很多有新闻价值的事件往往是待其盖棺定论之后再采访,是记者根据有关方面的调查结果进行的报道,而不是新闻记者独立调查的结果。① 《新闻调查》和《焦点访谈》栏目近年播出过反腐败的案件,几乎都是纪检和检察机关查处的结果,而不是新闻媒体独立调查的结果。

"最高人民检察院反贪局局长罗辑在发表谈话时谈到,中国新闻机构很少利用新闻的特点直接去调查、揭露领导干部中的贪污受贿问题,见诸报端的总是已成定局的案例。"② 比如《贪官胡长清》、《贩毒家族覆灭记》、《反腐败行动在哈尔滨》都是事后调查。

中国社会科学院新闻与传播研究所传播研究主任明安香教授在《新闻调查》2004 年季度评奖会上说:

"我们和美国的区别在于,美国对这方面的报道是事前报道——在这些事件暴露之前,记者先去介入;而我们现在更多是事后介入和报道更多一些。"③ 如果要求所有的新闻都只许在事件有了结果之后才能报道,那么几乎就是取消了新闻本身。

舆论监督在重要新闻事件中的"缺位"使自己在维护促进社会公正和遵循新闻规律方面都出现问题。

从社会学角度来看,舆论监督是及时发现社会系统中存在

---

① 参见张威:《中国调查性报道的困境与挑战》,载于《青年记者》2006 年第 12 期。

② 转引自刘建明:《天理民心——当代中国的社会舆论问题》,今日中国出版社 1998 年版,第 189 页。

③ 张洁:《调查〈新闻调查〉》,文化艺术出版社 2006 年版,第 90 页。

的问题,以便及时提醒社会予以关注,以利于问题得到解决的一种社会纠错机制。决策的科学化、民主化、公开化是政治体制改革的要求。"凡代表舆论、反映舆论的权力决策,就可能集中而正确地反映经济基础的要求。"①舆论监督就是在决策过程中广泛反映公众意见,避免决策失误。这就要求变被动、滞后的监督为同步、超前的监督,使社会舆论参与决策过程。信息传播的滞后会使民意对于决策的影响大打折扣,科学决策难以实现。

很多重大案件的受害者正因为无法通过行政救济和司法救济渠道获得公正,才来求助媒体,但媒体要报道却必须等到行政、司法有了裁决之后才能介入。这样的操作方式会使得社会积压的不满情绪得不到发散和疏导,从长远来看,也不利于社会公正的实现。

从新闻规律的角度看,监督不能代替传播,过分强调电视深度报道的监督功能,就会忽略新闻规律的要求。新闻的特性要求具备时效性、真实性,用事实说话。但从上面的论述我们可以看出,在重大事件发生的时候,舆论监督类电视深度报道却没有及时介入取得真实的素材资料,即使在事件的后期阶段跟进,根据时空不可逆转的道理,取得的新闻事实信息也只能是后一阶段的。对于以电视媒体作为传播信息平台的深度报道,舆论监督就失去了在事件发生、转折、高潮等阶段用真实的画面和声音传播事实,主导社会舆论的机会,其社会守望功能没有实现。

作为为整个社会系统提供信息服务、舆论引导的舆论监督报道,必须在尊重新闻规律的基础上考虑传播的社会效果。在互联网时代,报道滞后、内容不全、不出画面,势必落入海外媒体和国内其他媒体夹击中处处被动的局面。因此,舆论监督必须为控制、引导舆论争取到最大的可操作空间。"新闻媒介为迅速覆盖舆论空间,要分秒必争、正视事实、堂堂正正地阐述事件的意义。这是把

---

① 　秦志希等:《舆论学教程》,武汉大学出版社 1994 年版,第 98 页。

握舆论、引导舆论的唯一良策。"①

（二）监督类选题减少，监督对象级别下降

在观众对节目的舆论监督内容期望值逐年攀升的同时，《焦点访谈》的监督选题却在逐年减少，监督对象级别下降。据新闻评论部主任梁建增向公众提供的数据，以舆论监督而著称，曾被誉为"中国舆论监督第一品牌"的《焦点访谈》1998年的舆论监督内容一度占到47％。但这一比例在近几年不断下降，到2002年时仅为17％。② 我们可以从历年来《焦点访谈》的监督报道播出比例和收视率的对比中看出这种契合度。

表 2-1　《焦点访谈》1994—2006 年播出节目内容比例③

年份	播出总量	国际（％）	正面（％）	中性（％）	监督（％）	其他专题类（％）
1994	343	15	25	32	28	
1995	340	9	23	39	29	
1996	348	8	30.5	29.9	32	
1997	339		38	30	27	
1998	344		19	36	37.8	
1999	345	11		36	29	17.3
2000	359	6	19	40	34	0.8
2001	361	3	21	30	25	19.6

① 刘建明：《天理民心——当代中国的社会舆论问题》，今日中国出版社 1998 年版，第 263 页。

② 梁建增：《〈焦点访谈〉红皮书》，第 213 页。

③ 《2007 年初中央电视台评论部对〈焦点访谈〉栏目的工作总结》，第 3 页。

（续　表）

年份	播出总量	国际（%）	正面（%）	中性（%）	监督（%）	其他专题类（%）
2002	357		66.39	17.08	14	
2003	358	3	53.6	23	18.5	1.9
2004	350	2	58.7	17.1	17.3	4.9
2005	352	3	58.3	19.1	17.0	2.6
2006	355	3	59.1	22.3	15.3	0.3

　　从表2-1上我们可以看出，监督类题材节目数量从1994年一直攀升至1998年，之后，2000年有一个小高峰，但到2002年降到了最低点，为1994年的一半。2003—2004年有小幅度上升，但后来也没能达到观众的期望值。

　　观众几乎每天都能看到发生在身边的不公正事件，由于自身对恢复公正无能为力，所以喜欢通过观看"曝光类节目"来舒缓心情、获得心理平衡。以监督类报道见长的《焦点访谈》在观众中逐渐养成了"到了那个点就等着看曝光"的收视习惯。这种对节目的忠实期待，很自然地变成了以后观众对节目的预期值。可是一旦这种曝光风格被打破，几次预期值与实际情况不符合之后，就会流失掉大批观众。① 一位网友在中央电视台国际网站表达了自己对《焦点访谈》态度的转变过程是，"由几年前的每日必看，到后来的可看可不看，到如今遇到《焦点访谈》就换台"。

　　在1998年以前的396期监督类节目中，共有316期直接点明了被曝光的单位和个人，被公开批评、点名的主要集中在三类系统：一

————————

　　①　参见邓正来：《焦点访谈及其背后的结构性力量》，来源于百家争鸣网：www.bjzm.org。

是工商、税务等行政部门及要害部门;二是文化、教育、卫生系统;三是公检法系统。特别针对具体人物的批评,达到 284 人,其中企事业单位为 177 人,政府机构工作人员为 107 人,而普通公民(含离退休人员、下岗人员、学生、家庭妇女、农民等)及其他人中只有 24 人。①

表 2-2　2004 年 5 月《焦点访谈》监督题材分布及分类②

2004.5.7	疑难案的突破	硬监督	司法腐败
2004.5.8	电线屡被盗,销赃有市场	硬监督	市场秩序
2004.5.11	疯狂骗税,国法不容	硬监督	市场秩序
2004.5.12	单位犯罪,坑害国家	硬监督	市场秩序
2004.5.13	掺"水"的仓储粮	硬监督	市场秩序
2004.5.14	违法收缴违民心	硬监督	农村·乱收费
2004.5.15	负重的农舍	硬监督	农村·乱收费
2004.5.17	作恶多端终自毙	硬监督	打击黑势力
2004.5.18	架起电线点油灯	硬监督	电力
2004.5.22	如此改种要不得	硬监督	农村·农民负担
2004.5.24	放贷巧算计,农民苦难堪	硬监督	农村·农民负担
2004.5.26	账面弄虚作假,国资流向谁家	硬监督	工业·国有资产流失
2004.5.28	老路建起了收费站	硬监督	行政乱收费
2004.5.30	验收单上长森林	硬监督	林业

---

①　郭镇之:《从"焦点访谈"类专题报道看舆论监督作用报告》,《电视研究》2003 年第 5 期。

②　张晓明:《〈焦点访谈〉监督类节目采访初探》,中国人民大学 2004 年硕士论文,第 15 页。

此外,纵观《焦点访谈》多期节目可以看出,节目涉及的行业有行政、"三农"、环保、市场、金融、教育、司法、交通通讯等领域,但对于经济领域如证券报道就几乎是空白,军事领域也是《焦点访谈》基本未涉足的领域。

中央电视台国际网站的《焦点访谈》与网友对话时,几位网友普遍认为《焦点访谈》的"自选动作"太少,批评的官员级别太低,没有原来那么"犀利"了。"真正钉子你们拔得不多,大多是乡镇以下的。"部分网友希望《焦点访谈》以后能集中报道中国社会的结构性问题,如"政治改革"、"政府不当行为"、"社会民主的发展"等。①

郭镇之等学者做出的调查结果显示:在政府机关或准权力机构中,处于基层的县一级机构和农村基层机构是监督的主要指向,合计占总量的 73.8%。"从统计上看,媒体更侧重于其中拥有非行政权力的企业和权力较小的事业机构"。② 在网上,一位网友评论道:"也许《焦点访谈》已经成熟了,成熟得像一个患得患失、感情冷漠的中年人,它依旧关注一些社会问题,但那已是一些无关紧要的、连县级电视台都可以触及的问题。"③

"全国政协委员、《焦点访谈》栏目著名主持人敬一丹认为,观众的这种失望是对栏目的失望,更是对舆论监督的渴望。敬一丹曾向国务院总理温家宝说,《焦点访谈》舆论监督内容的节目 1998年占到全年节目的 47%,2002 年这个比例下降到 17%。她还曾在2004 年全国政协十届二次会议上坦言,《焦点访谈》近段时期在舆

---

① 来源于新浪新闻中心:http://news.sina.com.cn/o/2004 - 04 - 15/00092306571s.shtml。

② 孙旭培:《从五个量化研究看加强舆论监督的必要性》,《湖南大众传媒技术学院学报》2004年第 2 期。

③ 新浪网:《令人失望的焦点访谈》1999 年 12 月。

论监督上创下'三低'——内容、收视率、观众期望值均历史最低。"①在河北大学乔云霞教授主持的 2003 年国家社科基金项目《中国新闻舆论监督现状调查报告》的课题中,公众对"舆论监督的满意度"调查结果显示,有 66.8% 的被调查者选择了"很不满意"、"不满意"和"一般"。在对"新闻媒体近年来舆论监督工作成效如何"的调查中,有 70% 的被调查者选择了差和一般。②

　　舆论监督的价值定位于维护和促进社会公正,主要是通过为政府决策提供及时准确的警示信息、监督公共权力的运作状况和社会不良现象等途径来实现。由于在公共权力系统运作中,通常是级别较高的公务人员主导着公共权力系统的整体运作,掌握着更多、更大的社会资源分配权力。在我国各项制度建设还有待完善的今天,各种监督力量还没完全到位、还没完全发挥应有作用的情况下,掌握权力越多的群体越容易无限制地不当使用权力。而一旦真实准确的社会现状信息没有及时提供给决策层、舆论监督报道没有将焦点聚集在社会资源分配的重要公务人员行为上、没有及时报道某些掌握重要决策权力的公务人员的不当权力行为、舆论监督力度不足,一旦错误的决策进入实施轨道,就可能会造成社会资源的不合理分配,继而损害社会公正。

　　舆论监督缺乏对重要公务人员监督的现象,会让社会公众把舆论监督活动与权力压力联系起来。一方面,公众会认为公共权力没有得到有效监督,权力有错用和滥用倾向。公共权力不仅不接受舆论监督,反而用权力压制舆论监督活动。从而公众有可能弱化对政府的信任感;另一方面,公众会认为媒体"只打苍蝇,难碰老虎",没能真正履行舆论监督的社会职责,从而失去对媒体的信

---

　　①　潘洪其:《中央领导支持"焦点访谈"加大监督力度》,《北京青年报》2004 年 3 月 9 日。

　　②　乔云霞等:《中国新闻舆论监督现状调查报告》,《新闻与传播》2003 年第 5 期。

任感和支持力。长此以往,社会可能会陷入缺乏信任的心理状态中,容易造成社会心理震荡,不利于社会公正的实现和社会主义和谐社会的建设。

从上述舆论监督没有在关键时刻及时介入新闻事件和监督选题减少、监督对象级别下降等现象来看,这样的误区会直接导致监督力度的走低。

在舆论监督中,对公共权力的监督是体现其力度最重要的指标。从中国共产党的舆论监督工作历程来看,作为社会主义新闻事业一部分的舆论监督报道,其宗旨和责任就是为人民服务,为社会服务,因此代替公众实施深刻而广泛的监督是其责任和义务,倘若对于敏感的、牵连广的问题不深挖、不触及,就等于是整个舆论监督工作中最大的疏漏。在监督对象方面,社会主义新闻事业舆论监督应是面对全社会的一种全方位的监督,其对象十分广泛,一切权力组织、社会团体、各种社会成员都在其监督范围之内。

而在这其中,最应加强监督力度的监督对象当数权力组织和相关个人,即对作为执政党的中国共产党各级组织、执掌国家权力的政府各部门、拥有立法权的人大机构及担任司法职责的公、检、法、司机关的监督。党的十五大报告中指出,要"加强对党和国家方针政策贯彻的监督,保证政令畅通。加强对各级干部特别是领导干部的监督,防止滥用权力,严惩执法犯法、贪赃枉法",①这里所强调的正是此类监督。

但在前述内容中,我们可以看出,舆论监督的对象大多集中在拥有非行政权力的企业和权力较小的事业机构以及一般干部上,较少涉及要害权力部门及高层领导干部,即使有也多为司法机关定性后的结论式报道,而非问题线索式的追踪和过程中的跟进。

---

① 《高举邓小平理论伟大旗帜,把建设有中国特色社会主义事业全面推向二十一世纪》,人民出版社 1997 年版,第 20 页。

在监督内容上,舆论监督应涉及包括决策的出台、执行过程,决策者和管理者的行为,值得关注的社会现象和社会成员的不良行为等广泛的方面。但调查显示,舆论监督在实践过程中批评的大都是"贪污、行贿受贿、制假售假、加重农民负担、执法犯法、行业不正之风、营私舞弊、横行乡里作恶多端"等。① 这说明舆论监督在内容上与公众关注的对象有偏差,而从这一偏差可以使我们看出社会公众对监督效果的期待以及舆论监督需要进一步加强力度的方向。

从新闻规律角度来看,新闻的全面、重要、客观性质和"用事实说话"要求,不仅要展示真实的事实,而且在选择事实方面,要遵循全面、重要、客观的原则,抓住决定事物发展演变的关键因素加以展示和分析,而不是将主要精力锁定在事物的细枝末节、局部浅层次的因素上。

帕累托法则(又称为二八法则、少数关键法则和最省力法则)认为,在事物发展过程中,只有20%的决定性因素推动着事物发展方向和速度,其他80%被称为辅助性因素。要有效控制事物发展状态,必须把80%的关注重点放在20%的决定性因素上,才有可能事半功倍,达到理想目标。因此,舆论监督应该把关注重点放在具有重要意义的新闻事实上,用最具代表性、最具说服力、最具决定性的事实向公众阐明道理、引导社会舆论。否则,新闻价值无法实现或者无法完全实现。

二、舆论监督规范失当

舆论监督类电视深度报道的价值在于维护和促进社会公正,在实现其价值的过程中,必须遵循舆论监督原则和新闻规律。

根据多名学者研究成果,结合我党舆论监督工作历程的基本

---

① 王娟:《新闻舆论监督:力度 VS 尺度》,《中国新闻研究中心》2006 年 6 月 27 日。

经验,我国舆论监督活动应该遵循以下几个原则:

首先,公众利益原则。维护公众利益原则是舆论监督活动的出发点和归宿所在,它包含着两个方面的内容:一是要维护好最广大人民群众的根本利益,推动社会进步;二是正确反映和兼顾不同方面公众的利益,促进社会的和谐发展。

其次,实事求是原则。实事求是是新闻媒体能够发挥其监督功能的关键所在。对客观事实的真实报道是媒体发表意见和评论的基础,只有在事实报道客观、准确、充分的基础上,对于事实的评价意见才可能公正、全面,舆论监督也才会有威慑力。

再次,合法性原则。舆论监督必须在法律规范允许的范围内进行。法律规范一般包含着对人们的权利和义务的规定,因而合法性原则也包含两方面含义:一是舆论监督是公民民主权利的具体体现,受法律的保护;二是舆论监督必须承担相应的社会义务,在宪法和法律许可的范围内进行。

最后,建设性原则。报道问题、分析背景、剖析原因和提供对策都是手段,舆论监督的根本目的在于促进相关部门和社会解决存在的问题,在于挖掘出体现时代意义和民族素质的积极因素,在于推动制度建设。

从维护和促进社会公正的价值定位、舆论监督原则和新闻规律角度来看,舆论监督类电视深度报道存在着以下失当行为。

(一)报道者角色定位有误:过分强调舆论监督作用

在河北大学 1999 年河北省新闻舆论监督状况的调查报告中,当被问及"发现违法乱纪的人和事向谁举报反映"时,有 42.9％的人选择向《焦点访谈》反映。这一比例比选择向纪检、司法部门反映的比例还高。据《焦点访谈》栏目工作人员统计,每天光收到观众来信就"至少三四百封",除此之外,平均每天还可以接到热线电话 500 个左右,收到观众短信息 500 余条,收到观众电子邮件 1 000 封左右,"几乎都是反映问题的"。《焦点访谈》在公众心目中的地位可见一斑。详情见表 2-3。①

表 2-3 发现违法乱纪的人和事向谁举报反映

单位名称	纪检	司法	本市新闻单位	省级新闻单位	中央新闻单位	焦点访谈	新闻广角	新闻经纬	特别报道
人数	327	243	201	141	175	331	71	29	39
百分比	42.4	31.5	26.2	18.3	22.7	42.9	9.2	3.7	5

备注：《新闻广角》、《新闻经纬》、《特别报道》分别为河北电视台、河北省电台、河北日报的焦点类栏目。

　　1997 年 12 月 24 日和 29 日,李鹏和朱镕基分别在人民大会堂和中央电视台表示,他们是《焦点访谈》的忠实观众。12 月 24 日,朱镕基在中央经济工作会议上先后 6 次谈到《焦点访谈》,说他自己几乎每天都看,还问在座的各省领导是否也看。新闻学者童兵甚至多次在会议和课堂上称赞《焦点访谈》是中国民主政治的一朵玫瑰花,是中国新闻改革的成功之作。桩桩件件的辉煌让常年求告无门的人、冷眼看社会的人、初出茅庐的人、研究学术的人都情不自禁对能量如此之大的电视栏目大加赞誉,社会公众特有的思维甚至开始将其神化——"焦青天"是正义的化身,只要找到"焦青天",再大的冤屈也能申。

　　中国青年报编辑李方在其《笨拙的自由》中谈到过分强调舆论监督类电视深度报道作用的负面效应:"以其包青天的面目,对法治精神本来就很薄弱的底层民众的误导,以为包青天可以解决一切问题;以为之所以问题还没有解决,是因为包青天还没有到来。"②东北师范大学学者刘景河也谈到类似现象:"近几年,中央电

---

　① 《河北省新闻舆论监督状况调查报告》,《新华文摘》2000 年第 4 期。
　② 李方:《笨拙的自由》,青海人民出版社 2002 年版,第 104 页。

视台的《焦点访谈》、《新闻调查》和河南电视台的《中原焦点》等电
视栏目在舆论监督中发挥了积极作用,受到各级领导和广大人民
群众的好评,显示了电视传媒的威力。但是,少数电视传媒和从业
人员片面追求舆论监督的轰动效应与社会影响,以此作为提高节
目收视率的推动器,热衷于批评报道,遇事不分青红皂白,曝光了
事。结果事与愿违,或不能把握阶段性的舆论导向,受到批评;或
事实不准确,吃了官司;或报道的问题客观上没有条件解决,给党
和政府带来麻烦,影响了党和人民群众的关系,其教训是深
刻的。"①

　　"青天"意识虽然能在短时间内激发社会发泄并产生凝聚、希
望、振奋等心理作用,但从长远来看会造成或者已经造成以下
问题:

　　1. 舆论监督记者和公众会误认为舆论监督就是批评报道、"揭
丑"报道

　　由于上述"青天"、"英雄"心态,部分记者、栏目和受众对于舆
论监督报道角色有种简单化但比较普遍的理解,就是把舆论监督
等同于揭露、曝光式的批评报道。诚然,舆论监督报道的题材内容
多涉及一些违背公共利益的不良言行和失范的社会现象,但就报
道的效果而言,舆论监督报道的指向可以是肯定性也可以是否定
性的,关键在于采写基点是否秉持对党对人民高度负责的精神,关
注社会生活中正在发生的一切。

　　舆论监督包括批评报道,但它还应包括党和政府工作动态、公
共政策实施情况、公务人员日常行为以及对社会生活中的各种新
现象等诸多方面的内容,即使关注点是已经存在的问题,也可以使
用非批评形式进行舆论监督(第四章将进行详细阐述)。如果在全
社会绝大多数人眼里舆论监督报道都是批评、揭丑报道,那么,无

---

① 　刘景河:《浅议舆论监督的误区》,《新闻爱好者》2003 年第 4 期。

论对政府、媒体还是公众来说,都是极大的误导,会让社会各领域产生"现在的社会就是这样"的错误感觉。不但不能从公众利益出发促进问题解决、有效维护和促进社会公正,而且也不能挖掘出社会中的积极因素,对于建设社会主义和谐社会来说反而是一种逆向的阻力。

2. 舆论监督尚有"依靠领导关心解决"的模式

如前所述,在舆论监督类电视深度报道的价值实现过程中,对弱势群体现状的关注和帮扶是报道实现社会公正的重要途径。

目前我国弱势群体的规模已达 1.4 亿—1.8 亿人左右,约占全国总人口的 11%—14%。一个如此庞大的弱势群体的存在,是执政党领导全国人民建设现代化、构建和谐社会的过程中必须关注并切实解决的一个重大问题。构建社会主义和谐社会是一个复杂的系统工程,涉及我国政治经济文化建设的方方面面,需要全面考虑,综合平衡。其中关注弱势群体是构建社会主义和谐社会必须面对的重大问题之一。

但从目前的现状来看,通过舆论监督类电视深度报道对弱势群体的关注帮扶,有待提高和深化。

舆论监督是宪法赋予人民享有的一项政治权利在新闻传播领域的体现。但在现实生活中,一方面由于新闻媒体是舆论、信息的重要载体,是推动舆论、信息流动的主要原动力;另一方面作为个体的普通公民(特别是处于弱势群体位置)以言论来维护自己或社会的权益时,所要付出的代价和承担的压力过于巨大。因此,在现实语境中,舆论监督的主体一般是新闻媒体。也可以说,新闻媒体的舆论监督权是公民的舆论监督权让渡给了新闻媒体。新闻媒体在我国都是国有资产,并且在国家政治生活中扮演着重要的角色,具有特殊的政治地位和社会影响力。而舆论监督则常常被看成是政府改进工作、保持党的队伍纯洁性的重要手段。

在这样的观念下,电视深度报道代替公众所行使的舆论监督在某种程度上、某些地方就成为行政监督的延伸。① 特别是在弱势群体的维权报道中,我们常常会看到一些长期积压没有得到解决的问题,经过媒体曝光,使得群情激愤,引起上级领导重视,进而督促有关部门办理,以至问题很快解决。这种舆论监督模式在孙志刚案件的处理过程中有着典型的反映:"孙志刚被故意伤害致死案发生之后,中央和省委领导高度重视。中共中央政治局常委、政法委书记罗干,中共中央政治局委员、书记处书记、国务委员、公安部长周永康多次做出重要批示,明确指示要坚决依法彻查此案;中共中央政治局委员、广东省委书记张德江指示:一定要依法从严惩处凶手,维护法律尊严,维护人民群众合法权益,还孙志刚及其亲属一个公道……"②这种舆论监督报道把新闻报道的主题放在了"在领导关心下,某某不公正事件终于得到了及时合理的解决"的落点上。

舆论监督深度报道既没有探讨行政监督、司法监督失效的根本原因,也没有探讨在行政、司法监督因各种原因失效时,公众可以通过哪些其他渠道及时得到应有的救济。实际上,这通过电视画面给社会传达了这样的信息:如果有了不公正现象出现,最好的办法就是走"高官路线",只要有大领导的关心,问题很快就会解决;反之,只有忍耐。如果这种信息的传递成为社会的共识,就会阻碍我国从"人治"国家向"法治"国家迈进的步伐。这样的舆论监督并没有从公众利益出发、从建设性立场出发对弱势群体的现状进行真正的深度关注和帮扶,维护和促进社会公正,反而给社会传递了误导的信息,违反了舆论监督原则。

----

① 许向东:《社会转型期弱势群体新闻报道研究》,中国人民大学 2005 年博士论文,第 74 页。

② 陈志华:《〈孙志刚之死〉的报道技巧及"孙志刚事件"的意义》,《南方新闻研究》2003 年第 5 期。

3. 新闻人以"青天"自居，容易导致报道失实

社会的这种崇拜心理会感染舆论监督报道栏目工作人员，电视新闻人很有可能在社会的极度追捧下头脑发热、心态失衡，陷入"简单正义"的误区，在调查采访时受义愤的驱使把表面事实、局部事实当作新闻真相，影响报道的真实、客观、平衡（部分记者曾出现该种状况），这样不仅会失去新闻公信力，还会直接损害政府、司法、公众的合法权益。

如前所述，舆论监督类电视深度报道尽管富有理性思辨特征，但它更注重用事实说话，客观事实是舆论监督报道的根基。理性思辨只是较多体现在记者的采访调查理念，以及分析事实的思辨意见中，因此舆论监督报道的思辨性与评论性仍有一定的差异。可以说，舆论监督类电视深度报道仍然是扎根于事实的新闻报道。

从新闻学和受众接受信息的天然特性角度来看，电视新闻的真实性和公信力在几大媒体中相对来说是最高的。但我们来看看2007年受到社会广泛关注的《纸做的包子》这则报道。

2007年7月8日，北京电视台生活频道《透明度》栏目记者訾北佳，接到有包子馅中使用纸纤维成分的举报电话，在经过察访后没有得到相关证据情况下，雇佣他人伪造现场、伪造事情经过，拍摄下来后，在媒体播出《纸做的包子》报道。经多家媒体转载、转播，引起国内外舆论的广泛关注。

在众口一词的谴责声中，人们对这个报道的认识却出现了偏差，仅仅把这个报道等同于假新闻。其实，这个报道属于"传媒假事件"，而不是一般的假新闻。假新闻是指媒体或记者凭空捏造的新闻，新闻所报道的事件在现实中并不存在。"传媒假事件"是指媒体或记者策划一件或一系列事件，然后由该媒体以新闻的形式进行报道。

《纸做的包子》报道以制作纸馅包子这个社会真实为基础，尽管这个社会真实是未被编导察访确证的，而一般假新闻则根本不

存在任何社会真实。因此,这是一种传媒制造的真实。认清这一点,才能有利于对传媒行为的规范。

新闻媒体的职责是报道传媒以外客观发生的事实,不能自己凭想象制造事实的同时又报道该事实,这种行为即"合理想象"、"情境再现",有悖新闻职业道德,侵害了公众知情权,应该完全禁止。

北京电视台《透明度》为周播新闻专题栏目,时长 20 分钟。节目以消费者的利益为根本出发点,秉承权威、科学、公正的理念,贯彻行动、展示、告知的主旨,通过调查造假过程、探寻造假真相、揭露造假黑幕、昭示造假危害,来关注人与质量的关系,净化消费环境,提高百姓生活质量。社会中也许确实存在着"纸馅包子"此类现象,但记者訾北佳此举目的很明显是希望通过揭露、曝光这一丑恶社会现象来塑造、强化记者本人或者电视栏目的"打假英雄"的形象。

舆论监督的主要运作形式是新闻媒体通过客观和公正地报道事件真相,满足公众知情权,同时提供公共论坛来维护公民的言论权,从而形成社会舆论的倾向。以舆论来监察和督促国家机关,遏制权力不当运作,从而达到监督公共权力,推动制度建设、保障公民合法权益、维护和促进社会公正的目的。

如果权威度较高的舆论监督类电视深度报道向公共权力部门提供的是虚假信息,政府在这些假信息基础之上制定的公共政策,就会出现利益分配不合理的现象,不公正现象由此产生。"大跃进"时期的《人民日报》和其他报纸不断向决策机构提供虚假信息,是导致当时经济决策错误、国民经济出现严重困难的原因之一。由于我国电视媒体存在的官方色彩,如果舆论监督报道向社会提供虚假信息,不仅不利于引导和构建社会主流价值观,反而会伤害社会公众对新闻媒体、国家、社会的信心和感情,违反了从社会公众利益出发、实事求是和建设性等舆论监督原则。

　　此外,如果"情境再现"成为电视新闻行业中的"不成文的规则"的话,会对广大电视新闻工作者起到极大的误导作用——如果没拍到真实画面,就演、就编。这种现象如果蔓延开来,不仅新闻工作者丧失职业道德,受众的知情权也会受到侵害,社会公正也就无法实现。

　　因此,舆论监督类电视深度报道者行为的关键在于实事求是的报道,用事实说话,真正在党、政府和公众之间发挥喉舌、桥梁和纽带的作用。

　　4. 公众的过高期待容易导致舆论监督越过尺度:媒体审判

　　媒体不是二政府、不是信访办,新闻工作者也不是法官、不是包青天,不能越位,不能包打天下。无论是社会还是媒体自身的"青天情结"都会使媒体有不该及不能的承受之重。就以《焦点访谈》来说,它一年最多只能触及 365 个问题,而据了解,栏目组平均一天收到的信件就远远超过了这个数字。公众如果把舆论监督电视栏目当作解决问题的唯一希望,那么结局很可能就是失望,从而容易激化社会矛盾,造成社会心理波动乃至震荡,对于建设社会主义和谐社会来说存在社会隐患,不利于社会公正的实现。

　　"越过尺度",又称为"越位",顾名思义,是指逾越了自身所应处于的位置。舆论监督的"越位",是新闻媒体在实施舆论监督过程中,由于角色越位引发功能越位,越过了其价值定位、舆论监督原则和新闻规律的界限。新闻报道反映事件的准确程度,可能是完全真实准确,可能是部分真实准确,也可能是既不真实也不准确。前两种情况对政府制定公共政策、司法公正裁判、维护弱势群体权益有一定的正面促进作用;但第三种情况对上述活动非但不会正面推进,反而会引导公共权力错用、社会公共利益受损。

　　在舆论监督的"越位"现象中,新闻界讨论最多的莫过于对于司法公正的妨碍。

　　(1) 舆论监督司法的导向存在的问题,导致司法独立的原则遭

到破坏

舆论监督对司法案例的报道过于注重情感的表达而忽视理性的分析。在揭示问题时多数满足于对事情本身加以揭露，而对事情的导向指引不够，有许多案件只停留在公众喜闻乐见的层面上，只告诉公众出现了什么事情，而对为什么会出现这样的事情，是哪些因素促使了这些事情的发生，以及如何改变这些因素等分析不够。① 舆论监督在监督司法时应注重通过呈现问题和原因，把相关制度向合理的方向推进，而不应只满足于"讲故事"。

（2）"媒体审判"使平等公正的司法原则受到侵害

"媒体审判"是近年来被提得颇多的一个词，事实上它是来源于西方新闻传播学中的一个概念，英文表述为：trial by media，其精确定义是：新闻媒体在报道消息、评论是非时，对任何审判前或审判中的刑事案件，丧失其客观公正立场，明示或暗示，主张或反对处被告罪行，或处何种罪行，其结果或多或少影响审判，妨碍审判独立和公正的现象。② 在世界新闻界，"媒体审判"并不意味着新闻媒体真正具有法律意义上的"审判"效力，一直被认为是媒体角色越位最突出的表现，其实质乃是新闻媒体的一种职能越位现象。

翻阅一下近几年来我国媒体关于一些重大司法案件的报道：2001 年被报道得绘声绘色的"全国第一大女巨贪蒋艳萍案"、2003 年审判结果一改再改的"沈阳黑社会头目刘涌案"、2004 年在网络上被热炒的"哈尔滨宝马案"、震惊全国的"马加爵案"以及众说纷纭的"尹东桂案"等等。在这一系列大案要案的报道中，我们几乎随处可见"媒体审判"的影子。

作为社会重要信息系统的电视深度报道，我们要特别警惕其

---

① 参见李鹏翔：《浅谈司法独立与新闻舆论监督的矛盾及平衡》，载于《消费导刊》2009 年第 8 期。

② 戴晓蓉：《媒体角色功能性错位》，《新闻知识》2005 年第 11 期。

在司法活动中,为了达到所谓的道德目的而运用电视手段,无理剪裁电视画面的做法。

纵观世界电视新闻历史,美国的罗德尼·金案就是典型一例。1991年3月3日,黑人金在加州210公路上酗酒驾车,在违规超速的情况下,耍蛮拒捕。4名警察为了制服他,用警棍对其进行殴打,此过程中被路人录像。警察因刑事罪遭到起诉,案件由加州地方法院审理。在法庭上播放给陪审团看的证据录像中,有罗德尼·金在拒捕过程中攻击警察的镜头,而三大电视新闻网播放的电视录像,却把不利于罗德尼·金的镜头全部删掉了。在法院作出独立判决之前,电视媒体用被删剪的电视画面预先提供了警察有罪的证据,致使大多数公众在法庭审判前,就已认定涉案警察恶贯满盈,罪责难逃。这就为法庭宣判警察无罪后出现的洛杉矶暴乱事件埋下了定时炸弹,最终酿成了一场美国历史上损失最惨重的城市暴乱。"客观地说,触发大暴乱的缘由极为复杂。然而,其中一个重要原因是新闻媒体大造声势,用删剪过的录像和偏离事实真相的司法新闻误导民众,在某种意义上,是电视媒体一手导演了这场前所未有的都市大暴乱。"

这些违背司法原则的媒体报道明显违背了"无罪推定"、"罪刑法定"的司法原则和"以公众利益为出发点"、"建设性立场"等舆论监督原则,侵害了公民合法权益。对司法公正和社会和谐带来了一定影响。从上述案件我们可以看到,如果舆论监督是以道德价值判断代替法律判断,以偏激的煽情代替理性、冷静的法律推理,以缺乏根据的武断代替严密论证,那么它必将错误地引导社会舆论,给法院的正常审理带来不应有的压力。

北京大学法学院刑事法理论研究所所长陈兴良认为,"在我国司法改革的大背景下,社会要求增加法院审判的透明度,防止司法腐败,保证司法公平。在这种情况下,新闻对司法的舆论监督活动获得了一种正当性。但一旦两者关系处理不当,就会影响到法律的公正审判,以媒体审判代替法律审判。"①舆论监督报道的上述做法的出发点多是为了提高"眼球吸引率",着眼点在于经济利益和媒体自身利益,没有顾及社会公众利益、舆论的建设性立场和正确导向,不仅有损司法公正,还可能误导社会风气向庸俗化、猎奇化方向发展。

5. 容易导致记者职业角色凌驾于社会角色之上,缺乏人文关怀

2002年7月9日的《焦点访谈》播出了追查山东潍坊高考作弊者和助考公司的节目。7月4日《焦点访谈》记者接到了群众的举报后,首先以学生家长身份,通过电话与小广告上的负责人取得了联系。期间,记者发现并偷拍下了一对母女与此人联系并购买手机的全过程。让人诧异的是,记者并未对母女俩的镜头作技术处理,而是让她们的脸面直接曝光在镜头面前。7月7日高考开始,早晨8点30分,记者继续拍下了这个女孩拿着准考证进入考场的画面。为了弄清这名考生怎样和助考公司接触,记者和监考人员按兵不动,让这名考生开始考试。考试结束后,监考老师果真从这名考生的身上查到了一部手机和收到的助考公司发来的信息。之后我们还看到考生坦白自己与助考公司合伙作弊情况的镜头(女孩的脸终于被挡了起来)。此后,当地公安机关对所谓的助考公司有关涉案人发出了通缉令。

那个被记者曝光的作弊考生怎么办?记者此次将考生和她的错误大告天下,估计这位学生在短时期内无法再次走入高考考场,不仅会因为违纪而受到惩罚,更严重的还在于其心理从此落下阴影。

无论是为了教育犯错的考生本人,还是为了净化整个考试风气,记者完全可以采取一种更好的方式来处理这件事。因为考前

已经发现了这个考生可能犯错，在掌握了足够的证据之后就应该立即找到该生，及时教育制止她的错误发生。同时，应该把主要精力用在制止助考公司实施犯罪，并将其绳之以法上面。记者和有关人员在考前就已经知道了即将发生的一幕，却任由其发展下去，在造成伤害之后又以功臣自居。①

新闻因人而存在，也因人而生动。缺少对人的命运、情感、生存状态思考与尊重的新闻传播，有悖新闻职业精神，是和"以人为本"的理念格格不入的。

舆论监督类电视深度报道是一柄锋利的"双刃剑"：用真实的镜头画面对社会违法违规现象予以揭露是媒介责任感和使命感的集中体现；但另一方面，其强大的传播优势又往往因为缺乏人文关怀而产生不可忽视的负效应。媒体和记者面对无论怎样复杂的问题，都不能违背法律和为人最起码的良知和道德，要注重人文关怀。如果电视记者只关注于把镜头对准冷漠的"揭露"、"曝光"，不考虑这种"揭露"、"曝光"会给当事人和整个社会带来的不必要的负面后果，对报道对象缺乏起码的人文关怀，没有着眼于挖掘积极因素，那么，舆论监督就不能真正、切实维护和促进弱势群体的合法权益，不能真正遵循以公众利益为出发点、坚持建设性立场的舆论监督原则。"舆论监督记者不能一味追求绝对真实客观，而使新闻报道的教育功能出现偏差。"②

（二）隐性采访滥用导致侵权

2001年，中央电视台《经济半小时》一记者在西安假扮文物贩子到当地有名的盗墓村暗访了7天，偷拍了盗墓团伙策划、组织、盗墓、销赃的全过程。为了防止文物流失，记者花了1.4万元将13件西汉文物买回。事后记者向警方报案，犯罪团伙全被抓获。在

---

① 冯莉：《试论记者滥用暗访的负面影响》，《新闻知识》2002年第12期。
② 顾理平：《新闻法学》，中国广播电视出版社1999年版，第172页。

这起事件中，记者假冒了"有犯罪嫌疑"的当事人进行隐性采访。

《中国新闻实用大词典》中定义，隐性采访指不公开记者身份，或者公开记者身份但不道出真实采访意图的采访，记者在采访现场或隐去身份，或隐去目的，或隐去采访手段。

隐性采访分为两种：

旁观型——记者以一个普通自然人身份出现，深入事件发生现场，参与事件过程，一直"冷眼旁观"，不发挥任何主观作用，不对事件产生任何推动、阻碍等影响。《焦点访谈》中 1996 年中国广播电视新闻奖评论类一等奖《咸宁工商，取财"有道"》，记者在隐性采访时一直采用旁观、不介入的方式获得真实信息。

体验型——记者隐去真实身份或转换成其他的公开身份，深入某行业或某现象中调查其具体运作情况。2002 年获奖节目《洗不掉的罪恶》中，记者以药品采购员的身份深入制药工厂，用微型摄录机拍下了药厂为降低成本竟将过期药品用技术手段翻新后照价出售的纪实画面。

隐性采访之所以被频频运用，甚至被一些栏目作为提高收视率的"撒手锏"，是由于这种采访方法本身具有其他采访方法难以替代的优越性。对于监督类采访，被采访对象要么避之为大吉，要么满嘴弥天大谎，要么在采访过程中设置诸多障碍。而隐性采访是在被采访对象全然不知的情况下进行的。因此被采访对象的语言、行为、神态、观点呈现出生活的原生态。这种真实记录会带给观众其他采访方式难以比拟的真实感、可信度、现场感和巨大的吸引力。另外，因为是隐性采访，被曝光方往往无法在第一时间动用武力或者动用人情关系来阻碍报道的播出，既容易提高节目"成活率"，也可以最大限度地保障记者的人身安全。但隐性采访中出现的问题却值得关注。

1. 隐性采访的使用频率过高

在考察《焦点访谈》1994—2002 年 9 年节目时会发现：15 个获

奖的监督类节目有 5 个采用了暗访手段,占总数的三分之一。而未获奖节目中暗访手段的使用还远远高于这个比例。从 1995—2000 年的 5 年中仅有两个节目采用暗访,而 2001 年和 2002 年,两年中就有 3 个采用暗访手段的获奖节目。[①]

隐性采访的高频率使用的原因主要是近年来监督类节目采访难度越来越大、被监督者防范意识日益增强、反监督力度越来越大,要拿到最有价值的新闻,记者无奈只好采取偷拍偷录方式。

但国内有学者一直认为,隐性采访不宜过多。隐性采访过多过频采用,会助长记者偷懒心理和一味追求轰动效应的心理。特别是隐性采访中的偷拍偷录等做法,记者没有向采访对象公开记者身份,违背新闻业真实原则,以欺骗手段获得新闻素材,可能会侵犯自然人的人格权。隐性采访中记者没有表明身份,没有获得采访对象的首肯,因此无法获得社会提供的对记者新闻采访权的保护。

此外,隐性采访作为一种非常态的采访方式,欠缺采访双方的合意,会构成新闻采访权的滥用,影响新闻工作者的职业形象,在一定程度上削弱新闻媒介与社会的亲和力,降低新闻媒介的公信度。

隐性采访的滥用更为严重的影响是会强烈刺激受众不健康的心理需求的膨胀,不利于社会主义和谐社会价值观的引导和建构。

好奇心理——人们对未知世界总是充满好奇,当人们习惯了公开的采访之后,隐蔽的采访和拍摄很好地满足了受众"喜新厌旧"的好奇心理。冒险心理——人生来就有冒险心理,只不过通常都被理智所控制住了。隐性采访中惊险刺激的场面和富有戏剧性的冲突,可以让人们的冒险心理得到压力转移。窥私心理——窥

---

① 参见张晓明:《〈焦点访谈〉监督类节目采访初探》,第 33 页。

私心理几乎人人都有。对一些深藏在社会中的隐私,受众可以借助记者的镜头得以知晓,从而满足自己的这种内心欲望。此外,中国人根深蒂固的"微服私访"心理也是喜欢隐性采访的原因之一。①这些本属正常的心理需求一旦受到不断的强烈刺激,其膨胀度无可想象,给社会公正造成的损害也将无法估量。隐性采访的使用频率过高从长远效果看来是不利于媒体、社会和国家健康发展的。

2. 隐性采访产生的法律问题

(1) 容易侵犯公众合法权益。

2007年4月中央电视台一则关于揭开致命轮胎翻新黑幕的电视报道中,记者暗访了正在翻新旧轮胎的工人们。然而在整个节目中,自始至终没有对工人的面容进行马赛克处理。在这个案例中,工人或许因为无知或许因为威压,正在进行违法行为;但他们在整个案件中,并不是最关键的因素,不承担最主要责任,其肖像权应该得到尊重。再比如2005年3月18日播出的《"天堂"里的车来车往》,节目最后主持人说"目前×××一案正在一审过程当中,×××一定会因为自己的行为而付出代价"。②法院还没有公布正式的判决结果,主持人不应该用自己的主观判断来对案例、当事人的行为性质进行评价。

(2) 假身份如何看待。

体验式隐性采访很容易出现使用假身份、假证件的现象。前述《洗不掉的罪恶》中,记者假扮药品采购员,以假身份出现在制药厂里。2000年7月中旬,中央电视台社会新闻部记者到江浙一带暗访制售假糖的小作坊,"我们基本上已经掌握了在深入造假分子

① 参见王玉梅:《隐性采访:利器需慎用》,载于《青年记者》2009年第4期。
② 来源于《今日说法》网站:http://www.cctv.com/program/lawtoday/01/index.shtml。

巢穴时应该准备哪几方面的资料：包括名片、介绍信等必备的东西，我们在出发前就准备好了"。① 造假身份和相关证件只是司法系统工作人员在进行司法活动时的权利，我国现行法律并未赋予记者此权利。

（3）诱导采访饱受争议。

中央电视台的《新闻 30 分》曾经做过一个关于非法收取停车费的节目，记者故意将车开到禁止停车的地方，诱使不法者上前非法收取停车费。记者本意是揭露和批评社会不良现象，但其没有充当记录者、解释者的角色，而以主导者的身份出现。

（4）过度介入。

根据《反不正当竞争法》第 11 节第 6 条等规定，在隐性采访中，记者依法选择以一般民事主体的身份介入事件比较适宜，如扮演消费者、公司雇员等。与这一概念相对应的是国家机关工作人员身份。从事采访的记者一旦在采访中实际扮演了国家机关工作人员的身份，就应被看作是越权和过度介入。

电视深度报道进行隐性采访对揭露社会不良现象的正面作用有目共睹。但是，一旦这种"过度介入"的隐性采访过多过滥，刺激社会不良心理，带来一系列暂时无法解决的法律问题，其结果对于社会来说不仅不能实现公正，而且一定是破坏性的。由于舆论监督类电视深度报道的覆盖面广、受众人数多、传播速度快、影响力大、权威度高等特点，新闻侵权行为的后果较之于一般侵权行为的后果要严重得多。不仅会使受害人名誉受到破坏、社会评价降低、精神遭到打击、社会地位受到动摇、利益受到影响，并且，由于受众的收视习惯不同，收视人群不稳定，即使最后进行了更正或者赔礼道歉，其负面影响也很难彻底消除，给受害人造成的损失难以估计

---

① 骆汉城：《我带着偷拍机》，江苏文艺出版社 2003 年版，第 101 页。

和补偿。①

舆论监督报道的价值本来在于维护和促进社会公正,舆论监督原则也要求报道一定要在法律范围内进行,如果其本身不仅不能做到公平正义,反而进一步刺激和增添了不公正现象,频频出现明显违法现象,使公共权力部门和社会公众都对其失去信心和信任的话,那就需要警惕舆论监督报道走入误区,及反思如何走出误区。

（三）舆论监督类电视深度报道的娱乐化倾向违反舆论监督原则

20 世纪 90 年代至今,"新闻娱乐化"已成为社会公众关注的热点现象。上海财经大学学者林晖对"新闻娱乐化"进行了准确界定:最突出的表现是软新闻的流行,即减少严肃新闻的比例,将名人趣事、日常事件及带煽情性、刺激性的犯罪新闻、暴力事件、灾害事件、体育新闻、花边新闻等软性内容作为新闻的重点;其次是在内容和形式上都尽力使硬性新闻软化,竭力从严肃的政治、经济变动中挖掘其娱乐价值,并在表现技巧上强调故事性和情节性,一味片面追求趣味性和吸引力,强化事件的戏剧悬念或煽情、刺激的方面,走新闻故事化、新闻文学化的道路。②

在这种气氛影响下,新闻节目的形式和内容发生着变化。如各种"说新闻"节目,主持人以讲故事的形式把各条新闻编织在一起,成了一种由传统客观报道与带有小说性质的故事叙述相结合的混合体。

作为我国关注度和美誉度都很高的舆论监督类电视深度报道,如《新闻调查》,在这样的潮流中虽然保持住了庄重、深度、严肃

---

① 王军:《人民法院审理新闻官司可以考虑的三个因素》,来源于中华传媒网:www. academic. mediach. net.

② 林晖:《市场经济与新闻娱乐化》,《新闻传播研究》2001 年第 2 期。

的品质,但是,受到冲击的痕迹也是显而易见的。

　　首先,在叙述方式上表现出侧重表现新闻的故事性、淡化新闻质疑性的倾向。这是一个即使经典深度报道节目也难以避免的问题。目前,《新闻调查》有时在题材选择过程中存在这样一种判断倾向:事件情节越丰富多彩、故事发展越曲折离奇、伤亡越惨重、冲突越激烈,就越有报道价值。《新闻调查》有两期节目《测谎仪解谜》、《偷渡揭密》非常好看,收视率很高。但一些业内人士批评道:没有意义,只有好看!

　　固然,舆论监督类电视深度报道追求一定的视觉感受,表述上使用故事化的叙述方式,力求寻找情节复杂、跌宕起伏的选题,设计多种方式来营造环境和氛围的真实,强化人物命运感,着重刻画人物心态变化等,这些都无可厚非。但是,如果将事件情节多寡和离奇程度作为选题标准,对新闻事件的局部进行不适当的夸张、渲染,对报道内容进行煽情和刺激性的文字吸引眼球,在表现形式上崇尚浮华、热闹,在语言上追求搞笑、调侃,就容易与栏目的品质定位产生冲突。同时也容易产生这样的疑问:制作新闻节目的目的何在? 是否仅是为了满足观众的感官刺激? 在让观众"观之心动"之后是否还需要"思之受益"?[1]

　　最后,舆论监督报道在对公共部门和社会存在的问题进行报道时,时有把关注重点放在事件的刺激性、煽情性方面的现象。如前述"蒋艳萍案",在已揭露的许多经济大案要案中,她的"官"算不上大,贪污受贿的数额也算不上巨大。为什么该案被炒到了举国关注的地步? "很大程度上与蒋艳萍是'女贪官'有关。媒体闻'色'而动,蒋案'热'在'财色'、'肉弹'之中。"[2]类似上述以宣传法

---

　　① 蔡海龙:《在新闻理想与现实之间——〈新闻调查〉被边缘化原因探究》,载于《现代传播》2007 年第 3 期。

　　② 蔡定剑:《媒体审判应该降温》,载于《法制日报》2001 年。

治为幌子,"热情"报道各种带有色情、暴力内容案件的现象并不鲜见。真正的法律条文和法治理念没有得到普及和弘扬,色情、暴力内容倒成了关注的重点。

在对弱势群体的报道中,有时会用调侃语气、煽情叙述和居高临下的姿态来代替深层的理性分析。如在拖欠农民工工资报道中,有些电视深度报道将农民工讨薪的无奈之举调侃为"跳楼秀"。"秀"即"作秀",用这个娱乐词汇来指代那些为了讨回拖欠的工资而被迫以死抗争的农民工群体,只注重内容的刺激性、趣味性,违背了新闻人的社会良知、社会责任。

煽情指舆论监督报道把内容的关注重点放在引起、激发受众情感因素的个别细节、局部事实上,从而忽略了理性化、客观化的阐释和分析。有些舆论监督记者在采访中往往只关注完成采访任务,无视受访者的感受,为了"挖"到"煽情"的猛料,一而再、再而三地违背被采访者的意愿,在不恰当的时机强迫普通公众接受采访。在矿难发生后,不仅把镜头对准悲痛欲绝的矿工家属,还要让失去丈夫的妻子、失去儿子的老人在镜头前"说一说你现在的心情"。舆论监督报道不去追查造成事故的真正原因,不对事故影响做理性化阐释,反而一味把镜头焦点对准大量的"催泪画面",不但给死者家属造成二次伤害,还侵犯了受众的知情权,损害了社会公正。

特别是一些反映农民工生存的节目,在一味渲染农民工悲惨遭遇的同时,没有对其对立面——包工头的实际状况进行客观真实的报道。在舆论监督报道中,包工头往往以凶狠冷酷、贪婪无赖的形象出现,以格式化的方式将两个对立群体的强弱差别进行煽情、渲染或夸张,进而加剧了社会矛盾冲突。

在煽情、渲染氛围的铺垫下,舆论监督报道时常以俯视的姿态对事件进行评论。敬一丹曾撰文写道:"不在节目里说必须、应该、要等一些词……我们的媒体经常这样,就是那种官话、套话……我觉得这不是媒体的语言,这不是一个主持人面对面和观众说话的方式,这是居高临下的一种宣告,作为舆论监督报道主持人直接和大家面对面的时候,这样的语言会让人产生拒绝。"①

舆论监督报道的娱乐化倾向,会导致新闻人忽略维护和促进社会公正的社会责任。带有猎奇性质的报道虽然可以满足一些受众一时的欲求和心理,但我们不应该忘记,对政治、司法、社会公众各领域出现的违法违规问题,舆论监督对整个社会不但有及时告之真相的义务,更应有积极引导的责任。

在对"蒋艳萍案"的报道中,某些舆论监督媒体热衷于炒作有关蒋的各种"传言"和"隐私",而对其堕落的原因、是哪些因素从根本上导致她走上腐败之路等问题却鲜有深入的分析和理性的探讨。对于弱势群体的报道应该对处于困境的个体予以尊重,调侃类的语言当然不妥,但有些貌似"正义"的报道却有利用弱势群体的困境进行煽情,以吸引眼球和塑造、强化媒体"正义形象"之嫌。

在一味悲情式煽情方式影响下,社会道德成为压倒一切的要素,事物之间复杂的联系在不知不觉中被淡化。煽情唤起的是受众强烈的同情和愤恨,受众在充满人情味的信息传播中获得了满足,从而也就忽略了对于造成事实的各种社会关系、体制乃至制度性问题的追问。在众口一词谴责拖欠工资的包工头时,事实真相又是怎样的呢?"这就形成了一个自上而下的欠款链条。房地产企业欠建筑公司的钱,建筑公司欠材料供应商和施工队的钱,施工队欠民工钱。一旦最上游的房地产企业资金出现问题,整个链条都会受其波及。在资金紧张的情况下,处于链条末端最弱势的民工无疑成为了最大的受害者。"②

一味煽情不但无法引导社会建构"以人为本"的和谐社会价值

① 敬一丹:《从自觉到自发》,来源于中记传媒网:http://press.gapp.gov.cn/news/mic_wen.php? aid=13284&val=news。

② 张邦松:《为民工讨钱　政府隐现欠款链条》,《新闻周刊》2003年12月26日。

观,而且也无法从根本上实现对弱势群体的关注和帮扶,反而会激发社会矛盾,引发不必要的社会震荡。

舆论监督的娱乐化倾向违反了舆论监督活动的基本原则,比如实事求是原则、合法原则、公众利益原则。

实事求是是舆论监督的基本前提。舆论监督的力量从根本上说是来自事实的力量,而娱乐化则要"竭力"从报道对象中找到"故事",挖出"趣味性",制造出"人情味",或者一味煽情、刺激。如果报道对象本身无上述的"娱乐价值"怎么办? 对戏剧化、故事化的过度追求,为了最大限度地吸引眼球,舆论监督报道的实事求是、建设性立场原则就容易被忽略,这种报道方式和选择角度是对舆论监督原则的违背与破坏。

按照我国《宪法》和有关法律法规的规定,我国各级媒体不能侵犯公民的名誉权和隐私权(只要这种隐私没有损害公共利益、与违法乱纪无关)。而在"蒋艳萍案"中,那些竭力揭露和渲染蒋"生活问题"和其他隐私的报道,实际上已经涉嫌侵犯了她的名誉权和隐私权。尽管蒋已经犯罪,但她的人格尊严和与她犯罪无关的个人隐私照样受法律保护。在此情况下,舆论监督报道就很有可能不恰当地伤害被监督对象,危害公众利益。

（四）报道立场不明确,弱化了警示作用

舆论监督类电视深度报道之所以受到社会的关注与赞誉,不只是由于精彩的策划和戏剧因素,更重要的是通过其明确的立场和深刻的解读对社会进行正确的舆论导向。立场指舆论监督报道在观察和分析新闻现象时所抱的态度。如前所述,舆论监督报道对社会主流价值观的引导和构建,是其在社会公众领域中维护和促进社会公正的重要途径。

诚然,舆论监督报道不能代表行政手段本身,舆论监督能直接解决社会问题,如《户口的故事》等社会问题不是一朝一夕可以解决的。但作为引导舆论的权威舆论监督栏目,基本功能即是告之公众应该关注什么,什么是现实能够改变的,什么是需要社会逐步发展进步来解决的。这才是有的放矢、有效的舆论导向。但从分析来看,舆论监督类电视深度报道存在节目立场不明确的问题。

"据了解,2002 年下半年,煤炭市场价格从每吨不足百元上涨到 200 元左右,煤矿利润成倍增长。按照现在煤炭市场行情,我们替史明泽的煤矿算了一笔账。这口村办煤矿的年产量是 10 万吨左右,按现在山西省煤炭市场平均价格每吨 160 元计算,他的年毛收入是 1 600 万元。除去矿工工资、管理费用、税费、资产折旧等项目的总成本,这口矿井每年为史明泽带来的利润远不止 100 万元。"①

"虽然村民们从这次选举中每人得到了近 2 000 元的收入,但是靠这些钱他们并不能摆脱贫困生活,老窑头村 1 000 多口人需要的是一个能够真心实意带领全村致富的好干部,而这样的当家人原本是应该通过村民手中的权力民主选举产生的。"②

节目最后的评点核心是认为"当家人"应该由村民民主选举产生,给受众的感觉是简单浅显。报道重点不在于"应该通过村民手中的权力民主选举产生",而是要说明为什么国家明文规定了的、绝大多数人也知道的法律法则,在这场选举中却被轻易抛在了一边? 是什么力量使之被抛在一边的?

在新闻理论中,对舆论监督类深度报道的要求是把造成新闻事件的原因挖掘到最底一层,这最底一层,多数时候为制度、(社会)心理、文化、宗教等社会上层建筑中最高的几层,如果记者只把

---

①　中央电视台国际网站 http://law.cctv.com/news/special/C15587/20060414/101895.shtml.

②　同上。

事件原因归咎于个别人、个别机构等层次时，不会被视为到位的舆论监督深度报道。

究其实质，舆论监督类电视深度报道有时缺乏明确的报道立场。舆论监督报道的社会价值里很重要的一项即是对社会运行机制、制度的警示作用。舆论警示是由新闻传媒根据社会舆情和历史经验所进行的提醒式的监督。无论是事前的警示还是事后的警示，都需要舆论监督报道向社会各系统报告明明白白的事实和立场倾向，问题出在什么地方？什么原因导致问题出现？直接原因和根本原因是什么？责任人有哪些？报道对此有哪些建议？等等。只有这些"硬"信息呈现出来，舆论监督的警示信息才能用于公共决策、用于监督公共权力运作和社会不良现象，也才能切实维护和促进社会公正。

过多强调戏剧冲突、故事化不是保障舆论监督报道质量的长效机制。故事是为了吸引观众，但理性、精辟的分析阐释才能真正吸引住观众。

（五）新闻不平衡影响司法公正

在前面一个问题的阐述中，我们发现舆论监督类电视深度报道存在着立场不明确的现象，但在全面考察舆论监督类电视深度报道后，我们也会发现，有些报道在过度质疑的心态下，在草率、简单的主观认定后，记者将报道的倾向放在了错误的立场上。

在《焦点访谈》2003年6月27日播出的《"历史园"荒六年》中，记者在浙江义乌进行了多方取证，提出了反对"历史长河"工程的四条理由：首先，长期荒废耕地却没有启动工程，使农民无田可耕。其次，进行化整为零的审批方法，向国家骗取大片土地。再次，工程主体的注册资本有假，投标人有诈骗嫌疑。最后，工程四周的商品房用地，有炒高地价从中牟利之嫌。节目中对这个工程项目进行了全方位的调查，镜头中有农民的哭诉，有公安人员出示的证据,有被荒废的杂草丛生的耕地,应该是很有说服力的节目。而当时在《焦点访谈》实习的浙江大学学生余华特意回了一趟义乌,走访了与这个工程有关的当事人,并与当时报道中的村民进行了交谈。

结果大大出乎余华意料,对于节目中的四条理由,她找到了完全不同的解释。

《焦点访谈》每天都能收到关于农民土地被乱占的信件,长期接触这方面的选题,记者很可能出现思维定势——耕地荒芜一定是有人不让农民耕种。但是对这起看似典型的"三农"事件,记者过分相信了自己的前期判断,而没有考虑到这些被荒芜的耕地是在浙江义乌。20年前,义乌还是一个远近闻名的贫困县,而经过十几年的商业发展,这里的百姓早已富甲一方。

因为种地的收入与经商相比收益少得可怜,"因此义乌的农民基本无人愿意耕种田地,如果将土地进行工程开发,这耕地的价值将会是以十几倍、几十倍的速度上涨,村庄则可以进行整体规划拆迁至城区。因此事实上耕地并不是强占,而是早就无人耕种了。"①

在"历史园"节目中提到的虚假出资问题上,记者取证单位竟然是一个派出所的所长,其实对公司的所持资金有资格审查的应有两个地方,一是工商局,一是银行。但记者没有去这两处,却去了金华江南分区的派出所。而出镜作证的人又恰恰是举报人找来的托。

余华了解整个事实后披露道,其实此工程存在着更深的利益之争。工程老总L在当时投标时,曾有一个合伙人Q。起初两人商定一起开发这个工程,利益分摊,并以L的名字参加了投标。中

---

① 余华:《新闻要素的缺失与电视栏目的影响》,浙江大学2004年硕士论文,第20页。

标后眼看两人将同时获益,但因为得知根据政府要求,Q 无法和 L
联合开发工程,矛盾因此产生。Q 不悦,想让 L 也做不成工程,就
写了信去《焦点访谈》反映情况,说是强占农民土地。而那些哭诉
的村民则是在 Q 的煽动和利诱之下,对记者演了一出戏。

这种情况在电视新闻中并非个别,甚至在信誉度颇高的舆论
监督类电视深度报道栏目中也不鲜见。

前面提到过的收视率相当高的名作《与神话较量的人》,包括
《新闻调查》内部争论都是相当激烈的,争论的焦点就是蓝田方面
在节目中的缺席是否有失客观。该期节目编导认为,舆论监督报
道是为了最终呈现出真相,只要是客观事实,只要是在真实客观、
平衡理智的范围内,只要是在法律法规和国家政策范围内,怎么表
述是媒体自己可以控制和拿捏的事。比如《与神话较量的人》要做
到的就是对蓝田事件的真相进行清晰的呈现,这种呈现是建立在
媒体对有关事实进行确证的基础之上的,媒体在调查和报道活动
中不偏向任何一方,只是呈现出均衡的事实,王志虽然没有同时在
电视荧屏上采访蓝田董事长瞿兆玉,但他在质疑刘姝威时所代表
的立场包括了蓝田一方。所以这个报道的形式没有什么不妥。

无论这种说法看起来多么富有哲理性,蓝田总公司总裁瞿兆
玉没有出现在屏幕上,全国观众没有看到这个被调查对象的头号
人物对这个"惊天神话破碎"的自我申辩,哪怕他的申辩是荒谬的、
无力的、漏洞百出的,观众要看的是当事人自己的神情、语言和心
态。即使王志是天才,知道蓝田内心所有的想法,但作为一个以影
像呈现事实的优秀栏目,观众最高的期待恐怕不是看王志与刘姝
威的交锋,而是刘姝威与瞿兆玉的"唇枪舌剑对簿荧屏"。蓝田最
具悬疑色彩的当事人没有在关注率如此之高的镜头前说上只言片
语,对公众来说,知情权没有满足;对新闻本身来说,全面、平衡没
有能做到;对当事人双方来说,公正没有能达到。

"《焦点访谈》有些节目为了证明一个观点,记者需要把采访的

话进行适合的剪辑,放在恰当的地方。一些记者也承认,有时把当事人的话裁剪得太厉害了,有时简直是把人家的意思整个儿来了个'大换脸'。而'适时'地放几个空镜头,配一句记者的解说更是轻而易举。但在观众看来这些电视画面都是真实的。因为他们无法看到原始素材带,因而对这种不平衡很难察觉出来。"①这种因专业素质原因对事实信息进行的限制和曲解主要体现在,"一是阻止或删减某个信息;二是对信息进行一些创造性的加工,或设法改变信息的重要性;三是改变和修整整个信息的重心;四是对信息进行过滤和放大;五是为媒介自身形象而对信息进行取舍;六是传播者以个人偏好形成倾向性信息;七是曲意迎合政治系统的压力、经济利益的压力和个人趣味"。②

　　国内的一些学者在谈到电视画面时曾将平时我们认为"最能用事实说话的工具"称为"主观画面",认为在电视新闻里,记者主观意识渗入得太多,不利于记者公正报道,应当引起重视。

　　舆论监督报道的不平衡容易影响司法公正。在不少情况下,我们看到的舆论监督报道大多是当事双方的感性之语,并没有周围人们的个人见解,报道就难免会有感情倾向。新闻的特质要求媒介客观平衡地报道有争议的问题,让人们了解各方面的意见,以便作出自己独立的判断。但舆论监督实践过程中往往更多地带上了感情色彩,有时不像一个平和的事件叙述者,而是变得容易激动,更像一个"愤怒青年"。媒介根据自身的价值判断,轻则对报道对象指指点点、颐指气使,重则"媒体审判"。舆论监督报道缺乏冷静达观的态度,容易陷入一种偏执的状态,处于激动或是浮躁情绪的状态下,只听信当事人的片面之词,在没有确切地调查取证之前急不可待地发出报道或是打着人文关怀的旗号,不问青红皂白对

---

① 余华:《新闻要素的缺失与电视栏目的影响》,第 25 页。
② 胡黎明:《焦点现象研究》,第 146 页。

当事人大加挞伐。犀利尖锐却缺乏冷静细致的思考,对于事态的解决也往往起着火上浇油的负面效果。

从公众利益出发、实事求是、建设性立场等舆论监督原则要求新闻人在进行舆论监督时,要让事件的当事双方都有发言的机会。但媒体为了拓展市场,争取更多的受众,在捕捉到某一社会焦点时,往往从它认可的价值观或者它所认为的受众乐意接受的价值观出发,传播片面的信息。其他媒体也往往快速跟风,一时形成一边倒的"信息轰炸",形成完全倾向一方的观点。这种强势的意见气候反过来又左右更多的受众。大部分受众无法通过媒体看到完全、客观的事实,更多的是自觉或不自觉顺从于群体规范的价值观,作出群体规范认同的判断。

大众传播中"沉默的螺旋"理论认为,只要有群体压力心理机制的存在,就会有"沉默的螺旋"现象出现。在我国司法职业化程度、独立程度都有待提高的社会转型期,当"螺旋"旋转的影响力增大到一定程度时,司法容易陷入"螺旋"之中,法律的天平倾斜,偏离法律的公正而倒向舆论所确认的公正,构成对审判公正的侵犯,违反实事求是和建设性立场原则。这将直接影响到司法的公正性及其在公众心目中的权威性,继而损害社会公正,损害公众利益。

即使在把新闻自由奉为极为重要权利的美国,审判期间,法院也严格控制法官和陪审员接触任何媒体传播的新闻和消息,告诫陪审员只能将法庭所展示的证据作为判决的唯一根据。如果因为媒体报道影响了陪审团的判断,那么法官应当延期审理,直至这种报道的影响减弱,或者将案件转移到未受媒体影响的地区进行审判。从肩负社会公正的角度看,舆论监督对新闻平衡的坚守显得尤其必要。

从社会价值角度来看,舆论监督类电视深度报道在舆论监督规范中表现出来的种种失当行为:过分强调舆论监督报道作用引发的新闻失实、新闻越位、新闻娱乐化、新闻立场不明确、新闻不平衡等失当行为,削弱和误导舆论监督报道维护和促进社会公正的力量。

从新闻规律角度来看，上述失当行为用一个更大的概念来阐释，即是与新闻本身的公正程度有关。"所谓新闻公正，指新闻媒体在处理各类新闻事件的过程中，以公道正直的态度对待新闻事件，依照规范的采编程序，公平正确地采编或载播，且具有良好的社会效果，经得起历史的考验。"①

美国自由论坛主席 Charles Overby 提出过一个"新闻公正性公式"：真实＋平衡＋客观＋全面＋伦理＝公正②

在我国，新闻公正也被作为新闻报道的基本特性和对新闻从业人员的一项基本要求。1991 年中华全国新闻工作者学会第四届理事会上通过的《中国新闻工作者职业道德准则》对新闻公正作了如下表述："客观公正，是社会主义新闻工作的基本要求。新闻报道要坚持辩证唯物主义和历史唯物主义的观点，从人民群众的根本利益出发，做到客观公正。"③

新闻公正是新闻的核心。舆论监督通过发布真实、客观、准确、明确、全面、平衡的信息来引导社会舆论，推动制度的建设与完善。如果舆论监督报道标榜"用事实说话"，却让事实为我所用，如果舆论监督报道制造虚假事实、夸大和炒作事实，没有最大限度地将事件的原貌提供给社会，没有公平公正地发表双方的话语，没有兼顾新闻事件所涉及的双方的权益，特别是在批评性报道中，没有给予被监督方以充分的辩白机会，就会因主观的偏向而造成失实和伤害。如果连新闻事实都是假的、不明确的、不平衡的，新闻公正不可能实现。

此外，由于舆论监督与电视深度报道形式相结合，相较其他媒

---

① ［美］海曼·韦斯廷：《最佳方案：公平报道的美国经验》，郭虹译，汕头大学出版社 2003 年版，第 87 页。

② ［美］威廉·哈森：《世界新闻多棱镜——变化中的国际传媒》，张苏译，新华出版社 2000 年版，第 29 页。

③ 《中国新闻工作者职业道德准则》，新华出版社 1991 年版，第 35 页。

介形式,其正面效应和负面效应都更为明显。

举例来说,舆论监督类电视深度报道"情境再现"这种现象对社会的误导和危害,比其他媒介形式的假新闻更为严重。

首先,它和原生态的镜头混在一起,以完全真实的面貌出现,这对不明就里的观众而言无疑是一种欺骗。观众一旦发现,就很可能会对整个新闻报道的真实性产生质疑,从而影响媒体的社会公信力。

其次,"情境再现"的画面即使有新闻源依据,也不能肯定它就完全符合客观事实的原貌。由于当事者主观上有意扭曲或者客观上记忆有误等原因出现偏差,是很有可能的。即使是根据某一新闻事实拍摄,谁又能保证细节之处的不差分毫? 所以,"情境再现"的画面不但在传播符号上是完全虚假的,而且在信息内容本身上也存在着不确定性因素。而电视新闻不可能接受带有任何不确定性的画面,对于观众来说,只会将所有的镜头都视为是真实无误的。

再次,"再现"多了,"扮演"成为习惯,会逐渐导致电视新闻记者真实性观念的淡薄和求实性工作方式的异化。虽然"情境再现"与导演摆布有所不同,但从中仍然可以看到它们的共同之处:作"秀"色彩浓厚,不惜将真实性、准确性让位于可视性和观赏性。①

列宁曾经说过:"在社会现象方面,没有比胡乱抽出一些个别事实和玩弄实例更普遍、更站不住脚的方法了……如果从事实的全部总和,不是从联系中去掌握事实,而是片段的和随便挑出来的。那么,事实就只能是一种儿戏,或者甚至连儿戏都不如。"②

---

① 参见唐俊:《新媒体时代电视新闻的应对策略》,载于《新闻记者》2008 年第5 期。

② 《列宁全集》第 23 卷,人民出版社 2001 年版,第 278 页。

第二节　我国舆论监督类电视深度
报道走入误区的原因

尽管中国的电视舆论监督深度报道取得了令人瞩目的成绩，但仍不能松懈和自我满足。因为无论是记者自身素质的不足，抑或是舆论监督机制、新闻体制的有待完善，都会让这个年轻而又责任重大的新生事物无法完全发挥其应有的作用。

具体说来，我国的舆论监督类电视深度报道走入误区的现象，是由哪些原因造成的呢？

一、记者专业素质有待提高

综观当代我国的舆论监督类电视深度报道，之所以会走入"疏离舆论监督焦点"和"监督规范失当"方面的误区，舆论监督的媒介主体——记者的专业素质有待提高是一个重要的原因。

人的素质是其生理特点、心理特点与知识积累、实践经验和智能锻炼等状况的综合表现。它是相对稳定的，又是一种动态的概念，可以不断加以改善和提高。记者的专业素质是诸多因素的综合作用，包括生理条件、心理因素、政治立场、道德品格、文化水平、业务水平等等。[①]

由于种种历史和现实原因，我国的舆论监督类电视深度进入正轨还不到 20 年。这一领域发展的短暂和不成熟造成了我国电视界缺乏一个选拔、培养和提升电视深度报道记者素质的科学有效的运行机制，使得大量有潜质的新闻人才得不到"伯乐"的赏识，由于缺乏科学完善的指导熏陶氛围，使正在从事舆论监督类电视深度报道的记者专业水平难以实现质的飞跃，在本应风华正茂大

---

① 林克：《记者专业素质一席谈》，《新闻记者》2006 年第 2 期。

出成果的 30—40 岁便进入职业的倦怠期。业界和学界的有识之士常常慨叹道：我国不是没有新闻人才，是缺乏人才表演的舞台。

记者专业素质有待提高表现在以下几个方面：

（一）舆论监督记者的新闻业务水平有待提高

1. 舆论监督记者新闻敏感性有待加强

在"疏离舆论监督焦点"和"立场不明确"这部分内容里，为什么会疏离焦点呢？为什么没有阐述明确的立场呢？与舆论监督记者的新闻业务水平有很大关系。

新闻敏感性是记者对新闻事件的高度敏感和洞察，它指记者发现和判断新闻价值的能力。新闻事实、新闻事件层出不穷，但不可能"有闻必录"，对新闻应有所选择。新闻敏感还包括挖掘和表现新闻事实的能力。同样一件新闻事实，有的记者挖掘得深，写出了新意；有的就可能浅尝辄止，漏掉真正有意义的东西，制作出很一般化的新闻。新闻敏感决定着记者进行舆论监督的效率和质量，它是一名优秀记者必须具备的素质。

在选定焦点方面，由于系统正规的新闻专业能力培训和新闻实践锻炼不足，还由于记者的行业、专业知识没有达到系统化、前沿化的程度，如《焦点访谈》漏报"北京大雪事件"、"北京暴雨事件"等。有些记者缺乏新闻眼和新闻鼻，缺乏新闻敏感，缺乏联想能力，往往无法把看似普通的表面事实和吸引公共权力部门、社会公众的关注程度联系起来。

在"舆论监督对象级别下降"和"新闻娱乐化"内容中，如前所述，记者没有把焦点对准掌握着更多、更大社会资源分配权力的公务人员，对准腐败公务人员走上歧途的根本原因，对准弱势群体无奈之举的背景原因和拖欠农民工工资的整个链条环节。究其实质，从记者的新闻业务角度看，缺乏新闻敏感性意味着记者对新闻价值的判断有误，没能抓住关键事实加以强调和阐明。在特定领域内,纷繁复杂、千头万绪的事实中,记者没能正确判断哪些是决定局势走向的关键事实,哪些只是辅助事实。

在立场不明确方面,记者其实缺乏的也是新闻敏感性,缺乏快速判断某一事实的社会价值的能力,没有或没有及时把事实和国家社会的健康发展联系起来,无法迅速判断某一新闻事实的政治、经济、社会意义,无法预见其可能产生的政治、经济、社会作用。如前所述,如果记者在《村官的价格》中用事实明确阐释在"买官"的背后,是村民还没有形成清晰正确的选举观念、没有完善的法律制度和严密的监督体制保障村民选举、现行的农村管理制度本身有待改革等等更深层次的问题,那么,它"用事实说话"的威力、对社会发展的警示作用效力就会比原片增大好几倍,传播效果也会更有力度。

2. 舆论监督记者过度质疑,导致新闻平衡意识不足

质疑,按照《辞海》的解释:"质"通"诘",意为询问、质正;质疑,即依据事实来问明是非。质疑的品格是与新闻传播"耳目喉舌"的性质相契合的,即要求新闻传播者能够从事物的发展变化中敏锐地发现问题、及时地提出问题、合理地分析问题。质疑既是传播者符合传播规律的职业行为模式,又是传播者必备的素质和品格。

王志的成名源于他尖锐、犀利、冷静、穷追不舍的质疑访谈。最著名的节目当然要属《与神话较量的人》。在采访现场,王刘之间的问答交锋就像电影对白一样精彩:

场景一:(王志在翻阅刘姝威提供的资料)

　　刘姝威:你没有问题吗?

　　王　志:有,但我要在采访中问你,而你只有一次回答的机会。

场景二:(王志非要刘姝威讲出在蓝田事件中是什么干扰了正常的金融秩序)

王　志：你指的这个因素是权力吗？

刘姝威：你说呢？

王　志：我问你。

刘姝威：我问你。你听了我讲述的话，你认为这个因素
　　　　是什么？

王　志：你是当事人。

刘姝威：这个问题我想应该让公众来分析吧。①

　　当王志频频以挑剔的提问向刘姝威发难的时候，他的质疑精神发挥到了极致，用他的话来说就是"我就想知道为什么"、"告诉你吧，我不相信"。《新闻调查》也明确地宣称栏目的精神就是"质疑精神"。"质疑精神"也成了很多舆论监督报道记者追求和仿效的一种职业精神、职业心理。"于是在采访中，特别是在一些曝光性采访中，由于没有把握好质疑的'度'，舆论监督记者往往对监督对象产生了过于强烈的戒备心理，将被监督对象放在自己的对立面。"②

　　这种不平等的新闻报道态度，使部分记者的采访走向了一个极端。一些记者会在自己的思维定势中麻木，只相信自己的直觉，而不相信被调查方给出的解释，出现"过度质疑"的状况。

　　记者的立场应该是客观的。在调查之前无论有多少不利的证据指向被调查方，记者都不能感情用事、不能先入为主，记者永远都只面对事实。

　　立场的非客观性和过分相信自我直觉使得记者在后期制作中

---

　　①　来源于《新闻调查》网站：http://www.cctv.com/program/xwdc/01/index.shtml。

　　②　许加彪：《法治与自律——新闻采访权的边界与结构分析》，山东人民出版社2004年版，第74页。

也会有种种表现,"中国新闻界的通病之一,就是不少记者往往带着强烈的个人喜恶去寻找事实和陈述事实"。[①] 比如按照自己脑中的逻辑和想象进行编辑,有意无意地给予双方不同的话语权等等。

人们在思考问题时,往往把它和脑中的既有观点联系起来,即容易陷入先入为主的错误判断方式。记者在采访时可能在感情上会同情一方,鄙视或者痛恨另外一方,但为了保持公正的立场,必须多听取各方面的意见,尤其是作为被监督对象的第一当事人的意见,否则对于任何一方其实都是不公平的。如果记者这种思维成了定势,只按照自己最初的、单一的、无旁证的、没有经过仔细分辨的逻辑进行深度报道的话,就无法呈现出事物本来的客观面目。

舆论监督警醒着的应是记者的清醒意识、适度质疑精神与严谨态度。所以要想更全面地反映舆论就要更广泛地采访受众,不能只局限于几个人的反映。"旁观者清"让更多其他的声音表达在节目中,比自作主张的报道也许更加全面。[②]

国外的学者也认为,记者似乎很容易"爱上"自己的报道,认为他们所知道的就是唯一的事实。即使有新的证据、疑问情节,都不能使他们承认事情已经起了变化,或者那桩事根本没有新闻价值。记者可能因为痛恨恶行,以至忘了这只是一宗消息,还需要彻底查证。宠特研究所的传媒道德课程负责人鲍勃担心记者为了作出轰动新闻,未考虑周详就作出报道。他主张记者开始报道前先自问:"我知道什么? 需要了解什么? 我的道德责任是什么? 应该遵守哪些守则? 我的报道会影响哪些人? 设身处地又如何? 我的采访

---

① 李大同:《客观报道和主体意识》,中青网,李大同个人网页。
② 参见赵儒倩:《记者在新闻采访中的情感介入》,载于《青年记者》2009 年第3 期。

可能导致什么结果？是否有更好的方法做采访？我能否向同事、事主和公众确保自己的想法和决定是正确的?"①

（二）对舆论监督记者角色定位没有明晰正确的认识与思考

由于历史的原因,在相当长一个时期里,我国新闻媒介一直担当着党政机构的宣传者角色。过去《人民日报》的地方记者可以列席省委常委会,体现在记者身上的公共权力色彩超过了世界其他国家的记者。自古以来,中国公众素有"民不与官斗"的社会心理导向,他们往往把记者当成高高在上的权力力量之一。② 久而久之,很多新闻人也接受了这种心理暗示,认为自己的确具有普通公众所不具有的优越地位。

另外,在进行舆论监督报道时,对抗性强,对手足够强大,反复回合多,悬念足,调查取证过程其实更像一个智慧的交锋和角逐的过程,往往会让记者、媒体沉迷其中,乐而忘返。"公众与记者之间的互动、情绪的投射都有很强的激励暗示作用,让记者无法退缩,往往越挫越勇,达到忘我之境。"③

上述这些因素都会像烘云托月般将记者的自我认知形象拔到"新闻英雄"的高度。在这种氛围中,部分深度报道记者便以"钦差大臣"自居,自认为周身蒙上了一道神秘而神圣的光环,产生不恰当的优越感,认为自己成了"新闻英雄",过分相信自己的主观预设和判断,对自认为的对立方过度质疑,没有从理性、客观角度出发进行调查和判断。当然,也有少数记者是出于自身利益的考虑,或希望通过成为"包公记者"而受到重视并一举成名,或别有用心地利用媒体力量满足私欲,以职务之便图一己之利。

前面提到的揭丑报道、新闻失实、新闻越位等有关新闻公正问

---

① ［美］海曼、韦斯廷:《最佳方案:公平报道的美国经验》,第 38 页。
② 参见胡黎明:《"焦点现象"研究》,新华出版社 2004 年版。
③ 张志安:《报道如何深入》,南方日报出版社 2006 年版,第 179 页。

题的出现,在很大程度上是源于角色定位有误。

(三)舆论监督记者法治观念有待加强

1. 记者对"隐性采访"的法治界限认识有待加强

在 2004 年 8 月的一次研讨会上,《焦点访谈》制片人透露,刚刚研究过的一批节目选题中,有三分之二是运用偷拍采访。这说明,在以《焦点访谈》为代表的舆论监督类电视深度报道节目里,偷拍正在成为主要的采访手段。

这种现象的出现,除了舆论监督遇到的阻力仍然存在之外,记者的法治观念有待加强也是重要原因。我国新闻工作者法律知识不足、法治观念比较淡薄的情况虽有很大的改观,但仍难尽人意。

各国法律都没有明确赋予记者隐性采访的权利。在有的国家,例如,"在美国的大部分州,未经许可非法'偷拍'都认为是犯罪……至于电话窃听,美国大部分州都是严格禁止的,甚至公民包括新闻工作者拥有窃听设备都是非法的,被认为是触犯刑律的"。①

我国的法律对新闻媒体报道设立的禁区有:国家机密、未成年人犯罪、个人隐私以及商业秘密等。这对于各种报道方式(包括隐性采访)都适用。《中国新闻工作者职业道德准则》中规定:"要通过合法和正当的手段获取新闻,尊重被采访者的声誉和正当要求。"②这对隐性采访的限制可谓不小。

2003 年的《中华人民共和国民法(草案)》中增加了隐私权条款,规定"禁止以窥视(偷拍)、窃听(偷录)、刺探和披露的方式侵犯他人隐私"。

但此条款在媒介上的反映热度较小,没有充分引起重视。当2002 年 12 月民法典草案提交九届人大常委会第三十一次会议讨

---

① 王利芬:《对话美国电视》,中信出版社 2006 年版,第 102 页。
② 《中国新闻工作者职业道德准则》,中国出版年鉴社 2000 年出版。

论时,只有很少的媒体,例如《南方周末》注意到它,并组织文章讨论,其他媒体却几乎没有反响。这也是一面映照出媒体的法治意识水平的镜子。

"民法典是基本法,属于上位法,一旦通过和实施,下位法服从上位法。多数媒体对民法典提交人大常委会讨论这件事情予以忽略,这表明我们的媒体缺少真正的法治观念。"①

有的记者在进行舆论监督时,事情尚未弄清就指手画脚、评头论足,将自己当作事件的裁决者,以致给事情的处理带来被动;有的记者在采访中作风飘浮、报道失实,不仅影响了媒体声誉,也引出了新闻纠纷。

目前新闻实践中有这样几种观点:

(1)新闻自由作为基本人权被各国以法律的形式确定下来,采访自由作为新闻自由的重要组成部分,自然受到法律的允许和保护,这就保障了记者对任何新闻事件有采访、了解、发掘的权利,有选择采访方式的自由。偷拍偷录作为采访方式之一,理应属于记者可以使用的权利。

(2)受法律保护的人及行为,是不能用偷拍偷录的方式进行监督的,对不受法律保护的人及行为,可以运用偷拍偷录等方式实施舆论监督。

犯罪行为不受法律保护,但因此记者就有偷拍偷录的权利,这不是法治观念,而是认为"以恶对恶合理"的非法治观念。在法治社会中,一切社会行为皆要纳入法治的轨道,包括对各种社会违法行为、犯罪活动进行舆论监督时,也必须要有法治观念。在一般情况下,目的正确,手段也要正当,不能只重结果而不问手段。

对隐性采访的使用,既要考虑到社会效果和社会的容忍程度,也要尽可能回避法律的禁止领域。只有谨慎行事,尊重他人的自

---

① 陈力丹、徐迅:《关于记者暗访和偷拍问题的访谈》,《现代传播》2003年第4期。

由,才能获得自己行动的自由。①

2. 记者对"媒体审判"的法治界限认识有待加强

为数不少的记者对"媒体审判"的性质和危害性没有明确的认识。如轰动全国的马加爵案,公安部门尚在侦察和追捕阶段,离审判定罪还有很长一段距离时,不少媒体,甚至一些地方著名电视栏目就在连篇累牍地用"追踪校园屠夫"、"云南大学惊现连环杀手"为标题吸引受众眼球。马加爵被逮捕归案后,尚在狱中的他就已经被高墙外的大小媒体判了死刑:"恶魔应被诛杀"、"不杀不足以平民愤"等类似话语在报道中到处可见。

由于历史原因和各项制度尚未完善的原因,记者对"媒体审判"的错误性和危害性缺乏深刻认识,有些记者习惯于用"人治"的方式来看待重大新闻事件,用情绪化的语言代替严谨、理性的分析阐释,用"道德卫士"的形象来评判司法的正常审判活动。这些违反舆论监督价值定位、新闻规律和舆论监督原则的行为应当引起我们的重视。

近年来,新闻官司的增多反映了公众依法维权意识的提高,也反衬出了新闻工作者法治观念的滞后。事实证明,舆论监督工作者不仅要勇于开展舆论监督,而且要坚持以法律为准绳开展依法监督。

（四）记者社会责任感和人文关怀精神不足

前述关于媒体对舆论监督焦点的疏离,对于弱势群体生存现状的关注在角度和内容方面的缺陷,立场不明确、报道倾向于娱乐化等现象,除了记者新闻业务素质存在问题外,有些学者认为是记者和媒体对舆论监督报道的社会价值认识不深的原因造成的。"记者和媒体没有深刻认识到舆论监督报道揭露社会机体上的毛

---

① 参见谢琦珍:《隐性采访的法律探析——以偷拍偷录为视点》,载于《福建政法干部管理学报》2007 年第 4 期。

病、敦促和监督其尽快康复的社会作用,因此缺乏主动寻找热点、介入热点现象的意识。"①

胡黎明在她的《"焦点现象"研究》中谈到舆论监督记者社会责任感的缺失:"'焦点类栏目'被公众称为社会最后的良心。可是,良心和正义感却越来越难敌权势和金钱的压力。表现之一是屈服于'顶头上司'的高压。在这种情况下,一些人为保饭碗和官职,只能按照长官意志去办。表现之二是被地方保护主义蒙住了眼睛,为了维护'地方政府招商引资'的形象,记者选择了缄默。表现之三就是屈从于商业的压力,对事关媒体广告收入的客户出现的问题睁一只眼闭一只眼。"②

可以看出,上述现象很大程度上与舆论监督记者或媒体的社会责任感和"以人为本"的人文关怀精神的不足相关。

二、舆论监督报道的环境有待改善

在"疏离舆论监督焦点"和"舆论监督规范失当"内容中,舆论监督报道走入误区除了与记者专业素质密切相关之外,根据媒介生态理论,生态环境是万物赖以生存的基础和条件。如同大自然相互制约和依存的生态环境一样,媒体的生态环境也存在相互制约和依存的生态系统,应该将传播现象放到社会大背景中去动态地观察和分析。

从笔者调查分析来看,舆论监督的机制、舆论监督报道的种种"哨卡"、新闻体制和公众素质存在的问题对舆论监督类电视深度报道活动起了阻碍作用。

(一)舆论监督保障机制有待健全

北京大学刘华蓉认为:"健全的舆论监督机制包括两个不同的

---

① 王耀:《试论舆论监督》,《新闻界》2005 年第 3 期。
② 胡黎明:《"焦点现象"研究》,新华出版社 2004 年版,第 228 页。

方面,一是赋予媒介以充分的监督权,要有切实的保障机制,要通过制度、规范和法律的制定来促进和保障舆论监督;二是通过机制的设立使舆论监督尽可能发挥积极作用,避免出现负面影响。"①近年来,我国的民主和法制建设有了很大进步,但由于新闻立法的滞后,舆论监督没有以立法的形式得到有效保护。

迄今为止,我国尚未出台新闻法。在法律中除了《宪法》第41条的原则性规定外,人大和政府基本上没有关于舆论监督的规定。每当有关新闻侵权诉讼发生,大多援用《民法通则》的一些条款,这使得媒体和新闻工作者在一些新闻侵权诉讼中常常显得被动。客观上存在一个法律真空,导致一些部门和个人很容易以保护名誉权为由抵制舆论监督。记者如果在采访过程中遭到被监督方的对抗和施暴时也无法以公务活动受阻而请求法律支持,只能以个人身份提起诉讼。这在一定程度上助长了一部分人对抗舆论监督的气焰。

另外,现有法律中对舆论监督权的保护存在失衡现象。和一些发达国家相比,我国有关舆论监督保护的法律法规简单且不易操作,这为舆论监督开展实际工作带来不便。1988年最高人民法院曾下达(民)复(1988)11号批复,规定:"报刊社对其发表的稿件,应负责审查核实。"由于缺乏明晰的说明,只能理解为要求对所涉一切事实进行审查,这对舆论监督报道的要求似乎过于苛刻。

我国对新闻侵权特殊抗辩事由的规定是很少的,仅有的规定也只涉及公正评论和特许权(1998年的司法解释赋予新闻媒介一项"特许权",即根据国家机关依职权制作的公开的文书和实施的公开的职权行为所做的报道,其报道是客观准确的,不应认定侵害他人名誉权)中的一小部分,而对特许权中的其他权威消息来源、公正评论和公众利益中的官员、公众人物抗辩没有提及,导致正常

---

① 刘华蓉:《大众传媒与政治》,北京大学出版社2001年版,第174页。

的舆论监督受到限制。① 在司法实践中，新闻官司通常被归入侵犯公民、法人的名誉权等人身权利的诉讼中，而这类案件的审理更侧重于对人身权利的保护，所以新闻媒介恒定的被告身份使其在诉讼中处于不利地位。即使原告滥用权利、借口保护名誉权而明显侵犯新闻媒介的正当舆论监督权，媒介也无法依据可以操作的《新闻法》的具体规定提起反诉。

耶鲁大学管理学院陈志武对近年来发生在我国的 170 件媒体侵权官司所做的统计表明，媒体的败诉率高达 80%。而在美国的媒体侵权官司当中，媒体败诉的几率仅为 8%。②

有人认为，不少国家也没有新闻法，但这并没有影响新闻事业的发展。的确，新闻法治有不同的表现形式。在普通法系国家，不成文的判例法是主要的法律存在形式，这些国家对新闻业和新闻工作者实行的法律规范主要体现在判例或议会通过法案当中，很少有专门的新闻法典；而在民法法系国家，法律以成文法典的形式存在，他们都有专门的新闻法规。③ 我国法律属于民法法系，但还没有专门的新闻法规，所以新闻立法工作亟待提上议事日程。

（二）舆论监督报道的种种"哨卡"有待破除

1. 正面宣传与舆论监督报道的辩证关系有待厘清

由于深度报道中监督类新闻都不同程度地具有消极性的后果，从表面上看这种报道与我们提倡的"以正面宣传为主"的方针不符。"家丑不可外扬"的思维方式在不少人心目中还颇有市场。同时，我国更强调经济发展所需要的良好的外部环境，即稳定的社会。因此，有些部门以"新闻必须以正面宣传为主"、"否则容易引

---

① 参见钱丽萍：《论转型期的新闻舆论监督》，华中师范大学 2002 年硕士论文，第 112 页。

② 转引自詹玉光：《什么是正面报道》，《采写编》2004 年第 2 期。

③ 参见赵金：《〈新闻法〉为何至今悬而未决》，载于《青年记者》2008 年第 12 期。

起人心浮动和社会动荡"为由对监督类信息进行限制和封锁，往往使监督类电视深度报道处于尴尬境地。

"以正面宣传为主"是新闻媒体必须坚持的一个原则。首先，各国媒体尤其是官方及主流媒体无不以维护国家、民族利益为己任。这是各国主流媒体的一个普遍性规律和法则。其次，近年中国的发展与进步是主流，不仅举国共享，而且举世公认。因此，坚持以正面宣传为主不仅是国家利益对媒体提出的主观要求，而且是中国现实对媒体提出的客观要求。

但是，坚持以正面宣传为主不等于排斥舆论监督报道。

首先，矛盾具有普遍性。用毛泽东的话来说就是："矛盾存在于一切事物的发展过程中"，"没有什么事物是不包含矛盾的，没有矛盾就没有世界"。一句话，矛盾和问题无处不在、无时不在。落实"三贴近"原则也包括要贴近种种矛盾和问题。

其次，监督意识是新闻媒体的一种责任意识、创新意识和建设性意识。当前我国正处在社会转型期，因各种关系、利益的冲突，正处在矛盾凸显期。特别是中央提出构建和谐社会、全面建设小康社会、建设社会主义新农村等战略构想。不仅实现这一系列战略构想、战略目标是历史性的，而且在实现这一系列战略构想、战略目标过程中遇到的矛盾和挑战同样也都是历史性的。新闻媒体要做好"船头瞭望者"，就必须具有监督意识。这种监督的内涵实质上就是替中国这艘航空母舰寻找船体的漏洞、眺望天空的不测风云和海中的浅滩暗礁，发出及时的警报，起到的是保驾护航的作用。

再次，要贯彻党的十七大提出的发展社会主义民主政治，建立社会主义政治文明，以及随着广大群众公民意识、权利意识（包括知情权意识）的不断增强，就必须提高全社会的信息透明度，保证公众知情权，特别是涉及重大公共领域的种种问题。这样才能保持全社会的清醒与理性，才能最大限度地动员公众群策群力、同心同德,共同克服种种难关。这就是所谓的知情权是社会最好的"健康保险"。反之,如果新闻的内容只有"莺歌燕舞"和"盛世太平",这种失真的报道不仅会失去媒体的公信力,而且不利于社会公众团结一心共同破解种种矛盾。

最后,在当前经济全球化、文化多元化的时代,不仅中国的发展进入世界视野,中国的问题同样也为世界所关注。如果我国媒体只讲成绩,不谈问题,不仅会损害中国媒体的诚信度,甚至还会为"中国威胁论"提供口实。更进一步,如果把谈问题的话语权都交给西方媒体,则很可能造成世界对中国的种种误读、误判,从而损害中国的国际形象和国际地位。堡垒最容易从内部攻破,与腐败可能"关系党的生死存亡"的有害性比起来,舆论监督可能带来的社会震荡微不足道。

"在我们民族的历史文化中,有着两种对立的文化传统。一种是阿谀的传统,一种是忧患的传统。""中国几千年的历史中,盛世少而衰世乱世多,盛世短而衰世乱世长,一大原因就是官场上耽于逸乐者多,深于忧患者少。"①可以说,媒体如果不坚持以正面宣传为主是缺乏党性的表现;但同时,绕着矛盾走,每天高唱"太平歌"也违背了国家利益和新闻原则。

因此,我们既不能用"以正面宣传为主"排斥舆论监督,也不能用舆论监督冲击正面报道,把两者有机地结合起来,才是舆论监督的最高境界,才能产生最好的社会效益。

2. "待原因查明后再作报道"

由于多数监督类事件的发生原因在短时间内难以查清,一些地方政府往往要求新闻媒体"待原因查明后再作报道"。殊不知,这样做不仅使新闻的及时性得不到保障,而且还会在社会上乃至国际上造成不良的影响,像轰动全国的浙江省"千岛湖事件"就是

① 《始终居安思危》,《瞭望新闻周刊》(社评)2006 年 3 月 6 日。

典型一例。

有学者认为,信息流量的大小与政治稳定有关。暂时的信息低量或许可以暂时确保政治稳定,但长期的信息低量会导致信息贫乏和严重的信息底层积压积聚,表面上的稳定也许潜藏着隐患。因此,如何把握信息流量的度是很值得研究的。

在互联网出现之前,大众传媒和受众的关系是你播什么我接受什么,互联网出现之后,传媒和受众的关系已经发生了前所未有的变化。大众媒体并非传播信息的唯一渠道。如果传统媒体没有及时发布真实信息,由于互联网信息本身无可比拟的放大作用,信息的混乱、芜杂、错误、拖延会在公众中造成波动乃至恐慌。由于正常信息的过度控制直接导致了信息短缺,进而产生神秘感和谣言,容易使虚假信息通过互联网或其他人际传播渠道的广泛传播不断放大。其对政府形象的损害及对新闻媒体公信力的破坏是很值得反思的。因此,实行信息公开,增强信息的透明度,能使谣言止于知者,谣言止于公开。①

另外,从传播心理学的角度来分析,受众有先入为主的心理过程,所谓的"假话重复一百遍就会变成真理"也就是这样一个道理。在突发性事件的新闻报道方面,英国政府认为,对重大突发事件,如果处理得当,媒体能在安抚公众情绪、保持社会稳定上起到非常重要的积极作用,媒体还能帮助政府迅速向公众传达一些重要的建议或指示。

3. 关于"地方保护主义"

舆论监督类深度报道是新闻报道中最复杂、最艰苦、难度最大的一种报道。② 它所调查的问题本身即错综复杂、盘根错节,需要

---

① 参见郭乐:《互联网虚假信息的控制与网络舆论的引导》,来源于中国招生网:www.zsl14.cn。

② 展江:《第五届新世纪新闻舆论监督研讨会在京举行》,《国际新闻界》2006年第1期。

花费大量的时间、人力和物力。卷入报道的各种利益个体或群体出于各种原因,或不愿透露事实,或设置障碍,甚至故意散布假消息误导记者,使记者的调查更加困难。此外,所调查的问题涉及权力部门,他们往往会以各种方式向媒介和记者施加压力,阻碍新闻调查的深入。

敬一丹认为,"反监督力量的增长是舆论监督报道下滑的一个重要原因"。① 根据《南方周末》2004 年 9 月提供的一个数字,全国中央、省市级媒体的舆论监督报道有近一半"胎死腹中"或被改头换面,造成舆论监督"缺位"或监督焦点下移。

近年来,在舆论监督活动进行过程中,"地方保护主义"的阻力屡见不鲜。这种用行政权力和人情关系阻止问题曝光的做法虽能暂时将问题掩盖起来,但从长远和根本来看损害的是公众的利益,失去的是当地政府的信誉。中央电视台新闻评论部主任梁建增认为,"一些政府部门对记者设置的采访阻碍越来越多"。②

当前,表现得最为复杂、也最令人头疼的,是无所不在的关系网和难以抵御的说情风。"说情的不光是数量增加了,等级也在变化,由以前的老乡、同学变成机构、组织出面说情。"敬一丹披露道,制片人、台长的精力不得不被大量地用在应付说情上。③ 中国青年政治学院新闻传播系主任展江教授在接受记者采访时称,《焦点访谈》作为政府的一只手,发挥了很大作用,但最近两年在舆论监督方面"确实大不如前","说情等级"不断提高。

一个选题刚刚投入采访,干扰、阻挠、设置障碍等"工序"便开始"运行"。被监督者的关系网迅速收拢,从四面八方罩住记者本

① 转引自钟望:《焦点访谈为何多拍苍蝇少打虎》,《新京报》2004 年 4 月 15 日。

② 同上。

③ 转引自许晋:《谁帮〈新闻调查〉做一期"公关调查"》,《中经时报》2006 年 5 月 19 日。

人及相关人——在这种关系网的包围下，即使许多正直的记者也会因为代价过于昂贵而不得不放弃报道。

有的"地方保护主义"还运用"你揭露了我的问题，我就让其他媒体表扬我。一家批评，几家表扬，起'消毒'作用"的招数。被《焦点访谈》曝光的吉林四平市强销"吉烟"事件，就是一个典型例子。明明是极其落后的行政摊派办法，却被当地媒体上升为"爱不爱四平"的问题，甚至当地媒体还专门发了宣扬行政摊派的"社论"。

武力相向也是阻挠舆论监督的常用伎俩之一。随着舆论监督的作用和影响力越来越大，一些单位对舆论监督记者采用不正当手段抵制采访，还经常发生记者被扣、被打、被侮事件。

在南丹特大透水事故发生后，冒着生命危险揭露这一"惊天大案"的新闻界引来了不少责骂之声。有人认为新闻界"给地方抹了黑"，给地方政府工作"添了乱"。据国际记者协会报道，2001年全世界共有100名记者在工作中遇难。2003年被称为"中国记者被打年"。据不完全统计，2003年见诸媒体的记者采访被打事件大大小小近20起。

另外，"地方保护主义"或者表面欢迎监督接受批评，对外则散布"新闻报道失实"以蒙蔽上级和公众，或者提供虚假材料混淆视听，或者造谣中伤、打击报复新闻机构及工作人员。①

2000年3月初，记者喻晓轩、摄像王守城前去沈阳白玫瑰美容保健品公司采访其假冒伪劣产品问题时，被强行扣留搜身，并被撕掉录像带。

2003年3月，某省省委宣传部发给《焦点访谈》栏目主管部门的一份传真称，该栏目记者再军、白河山两人非法采访并嫖娼，应予相应处罚。虽然最后中央电视台纪检部门派人调查证实采访程序合法，两记者也没有任何"不轨行为"，但最终采访却被搁浅，这

---

① 参见胡黎明：《"焦点现象"研究》，新华出版社2004年版，第197页。

起事件给记者也造成了巨大的压力和精神负担。

这些违法违纪的掩盖手段往往造成节目无法播出，或者播出后没有产生应有的作用，打乱了节目计划，浪费了采访经费和记者们的劳动，更严重的是节目中反映的问题不能得到及时的纠正和惩治，从某种程度上纵容了被监督者的违规违法行为。①

政府本是人民让渡出部分权力组织起来的管理机构，它最重要的职能是为公众服务。但是中国社会科学院进行的"2001年中国社会形势分析与预测"调查发现，公务执法人员素质差、法治不健全、政府主管部门失职这三个问题被认为是产生社会不安定因素的主要原因，而它们都与政府行为密切相关。② 地方保护主义是阻碍和干扰社会主义新闻事业健康发展的障碍，清除地方保护主义是推动建立公平、民主、开放、透明的法治社会的重要内容。

从这个意义上说，记者们的舆论监督行为是正确的职业行为。当政府部门由于某些原因无法获知事实真相时，记者们通过深入调查掌握事件真相，就此进行负责的反映和警示，推动问题的解决和制度的建设，这对政府来说是帮忙而不是添乱。

（三）新闻行业内部体制有待改进

我国现行的新闻体制具有特殊性，"层层对上负责（确切地说是对同级党委负责）是我国新闻事业运转约束机制的一个基本特点"。③

一级电视台隶属于一级党委和政府的领导，它所隶属的党委和政府的等级便决定了这个电视台的等级。因而在我国存在"省级电视台"、"地（市）级电视台"、"县级电视台"等称谓。而等级的

---

① 参见胡黎明：《"焦点现象"研究》，新华出版社2004年版，第197页。

② 汝信：《2001年中国社会形势分析与预测社会蓝皮书》，中国社会科学出版社2002年版，第30页。

③ 喻国明：《中国新闻业透视》，河南人民出版社1993年版，第99页。

高低又决定了电视台权威的大小。倘若一个新闻机构对同级单位提出监督批评，就有可能被认为是资格不够或有悖于"不得批评同级党委"的规定。在这种体制下，新闻单位领导者的人事任免权归之于政治权力，一般由党委直接任命。

所以，"如果一个新闻评论部主任以监督者的身份揭露了本地存在的缺点、错误，他的职务随时可能被撤除。2003 年的沈阳市慕绥新、马向东腐败大案，国内主流媒体考虑到慎重选择批评对象、保护领导形象、波及当地政府运作和招商引资等，迟迟没有报道或者只是简单报道"。[①]

经过近 20 年的新闻改革进行到今天，这一状况有所改变，但还不够，对新闻管理的改善仍需进一步加大力度。"在电视台的新闻审看间，前来审片的领导级别越来越高，不仅是对所有送审的片子提出修改意见，而且连片子的排序，都由上级安排。"[②]2003 年《新闻调查》有三期节目未能播出：《超期羁押 28 年》（一农民"文革"期间被关押后单独囚禁 28 年，最终精神错乱，且无人知道其罪名及刑期）、《李真腐败案》（原河北国税局局长、从任省委书记秘书开始，贪污数千万）、《迟到的审判》（宁夏高检检察长涉嫌越权调案，导致下级枉法办案逼死人命）。

除了上述在舆论监督报道内容方面有所限制之外，新闻媒体内部的制度约束也给舆论监督记者带来了沉重的经济压力和风险压力。

随着媒体市场化压力的不断加大，很多新闻媒体内部生搬硬套企业管理制度，用简单的数量考核指标体系，来考评充满丰富多样的新闻工作，记者因此面临制度性淘汰。

众所周知，舆论监督报道在诸多新闻样式中拥有最高的"流产

---

①　胡黎明：《"焦点现象"研究》，新华出版社 2004 年版，第 203 页。

②　同上，第 179 页。

率"。作品一旦"流产",记者考核即为"零",工作量无法得到应有的承认,记者成为舆论监督报道风险与成本的唯一承担人。耗时费力的舆论监督报道与随手拈来的日常报道在考核时不能拉开奖金差距,谁做舆论监督报道谁就要蒙受经济损失,绊住新一代年轻记者涉足这一领域的脚步。当资深舆论监督记者实在无法在"达成考核指标"与"做舆论监督报道"两者之间实现平衡时,他要么降低自身对舆论监督报道的质量自律和数量要求以完成数量考核指标,要么转而从事其他更为轻松、愉快的报道,要么只能掷笔而去。①

除了要承受这些,记者还要时常面对一些更为复杂、风险度很高的境况。著名舆论监督报道记者杨海鹏在一次舆论监督采访中被当地公安机关扣押,当他向总部求助时,领导的第一句话竟是不信任的一问:"你们是不是有把柄落在人家手里?"王克勤说:"记者在新闻调查中有时候是战士,为了公众利益和罪恶拼刺刀,人家黑恶势力杀我 1 000 遍,我都觉得在情理之中。但是,当与此同时,你为之效力的有关部门要整治你的时候,你便会为之绝望。2001 年我被当时的单位开除时,就是这种感觉。"②舆论监督报道有时还会成为媒体与被监督方展开广告交易的筹码和工具。舆论监督记者甚至包括爆料的"线人"有时会"以不同形式被媒体内部人出卖。这一切,都在过量吞噬着、消耗着年轻的舆论监督记者们的体力、精力、激情与信念"。③

杨海鹏曾坦言:"我既希望自己通过工作获得高收入和职业声望,也一直警惕自己不要迎合蒙受伤害的人对我的过高期待,以致让自己陷于麻烦。我一直在矛盾的心情下作业……在我职业作

---

① 参见辛望:《中外调查记者职业生涯现状》,载于《青年记者》2006 年第 12 期。

② 张志安:《报道如何深入》,南方日报出版社 2006 年版,第 81 页。

③ 周国洪:《中国调查记者缘何提前"退休"》,来源于紫金博客网:www. zijin. net。

业中,更多的时间考虑的是风险能否控制,我的操作是否安全。我的选择像是体操运动员,为落地稳可能减少选择前面动作的难度。"①

一项关于"在前一段的报道工作中,如果您发现了若干存在的问题和矛盾时,您的做法是什么"的调查显示,51%的记者回答"避开不写",其原因是:"因为我知道,写了也不会发表"(占回答者的43.6%);"因为我不愿意惹麻烦"(占回答者的23.3%);另外49%的记者虽然"写出来,送给编辑部",但其最终处理结果除9.4%"发内参"以外,绝大多数都"没发表"。②

从某种意义上说,新闻人所承受的压力与舆论监督报道的质量和效果是呈反比的。对于我国舆论监督类报道记者的现状问题,光靠国家、政府领导人的一次、两次关怀,光靠社会的一次、两次声援是无法得到根本改善的。最有效的方法还是用制度和法律来规范记者行为与整个国家、社会系统的良性互动,使记者的人身、财产、工作、家庭等要素都建立在一个既公正又平安还有保障的平台上,这就需要对我国现行的新闻体制做进一步的调整和完善。

（四）社会公众的素质有待提高

在一个国家、社会体系中,从媒介生态学的角度来看,独立的系统要获得健康迅速的发展,必须与其他系统形成良性互动关系,否则只会走向恶化和衰落。我国正处于社会转型时期,舆论监督报道的压力繁多且沉重,除了政府的制度支持,媒体还很需要社会公众的支持和约束。

"对《焦点访谈》忠诚度最高、评价最好的是位于社会底层的一些群体。而一些先进、发达地区文化程度较高的人群则在肯定《焦

---

①　张志安:《报道如何深入》,南方日报出版社2006年版,第79页。

②　陈崇山、弭秀玲:《中国传播效果透视》,沈阳出版社2004年版,第111页。

点访谈》功绩的同时，对它提出了更高的要求。"①接受不同程度教育的人，观察事物的视角及理性思辨能力均有所不同。一般说来，受教育程度较高的个体，大都具有独立的思辨能力，看问题不仅全面，而且代表一种发展趋势。"舆论监督要发挥积极的社会功能，每一位公民必须能够以正确的心态面对新闻媒介传播的事实和意见，并能够独立地做出理性的判断。也就是说，公民必须有较高的文化程度，有处理资讯的知识和能力。"②

一个充满活力的社会，来自和成长于全体公众和社会组织的进取精神、自由创造活动、公平感以及国家对个体的权利和正当的个体利益的尊重与保护。法治国家是以确认和保障人的尊严、自由和权利、利益为前提的。

从社会机制运作规律来看，媒体进行舆论监督如果无法得到公众理性冷静的对待，公众如果不能正确地认识并主张合法权利，深度报道进行舆论监督的深入程度、影响范围和实际效果都会受到深刻的影响。如果说媒体的舆论监督是一条鱼，社会公众则是它呼吸生存的水域，只有水质保持新鲜清洁、氧气保持丰富充足，舆论监督才能自由呼吸，真正维护和促进社会公正。

我国舆论监督类电视深度报道存在的误区现象，不利于和谐社会建设，不利于及时消除国家和社会中不和谐因素，不利于整个社会的良性运作，给社会埋下了不稳定的隐患，还严重影响人们认同社会主流价值观和政治规范。从长远来看，不利于社会健康发展和和谐共处。

舆论监督报道在构建和谐社会中具有极大的重要性和影响

① 郭镇之、赵丽芳：《对"焦点访谈"系列丛书批评性报道的内容分析·专家访谈》，南方日报出版社 2000 年版，第 57 页。

② 傅昌波：《表达自由与参政权利的实现——新闻舆论监督的几个基本问题研究》，中国人民大学 2000 年博士论文，第 99 页。

力。一方面,舆论监督要不断改进报道体系,充分发挥守望者功能,为建设社会主义和谐社会发挥其应有的作用;另一方面,国家和社会要为舆论监督活动不断创造更加宽松的传播环境,促使其在政治、法律、经济、文化等领域维护和促进社会公正的价值得以实现。舆论监督类电视深度报道既责任重大又天宽地阔。报道要很好地完成自己的使命,既要靠自身的努力,也需要一个合理科学的机制来培养和提升,这就需要政府、媒体、社会公众共同努力,打造一个让新闻从业人员人才辈出、新闻人才尽情挥洒的舞台。

第三章 转型中的中国为舆论 监督类电视深度报道 提供的空间与动力

20世纪90年代中期起,中国社会的深刻转型在催生经济繁荣的同时,也出现了许多新的问题,随着改革的深入,这些问题变得越来越突出。受众要求大众媒体对这些新情况、新问题做出及时的反应:包括客观动态信息和全方位立体的深度报道。舆论监督类电视深度报道呈现出鲜明的时代特征,许多优秀的报道与我国社会转型、思想解放和社会进步相呼应。

但是,客观地说,这些电视节目无论从信息数量还是信息质量来看,与社会需要还存在不小的差距。特别是对重要社会现象和问题的报道力度还比较弱,对重大社会问题的回应力度还不够强。转型中的中国力求为舆论监督类电视深度报道提供巨大的空间和社会动力。中国电视工作应该抓住这一机遇,提升自己的整体报道水平。

第一节 我国政治环境为舆论监督类电视 深度报道提供了更大的空间

政治系统运行状况对于一个国家或地区新闻事业的作用是直接而显见的。这是由于"任何社会制度的国家,对于新闻传播媒介都有自己的要求和规定,都要对新闻传播媒介的运作和活动,进行直接或间接，或多或少的管理和控制。凡是政党、政府主办的新闻传播机构，就更有明确的归属感和强烈的社会使命感。传播什么，怎样传播，宣传什么，怎样宣传，政党或政府理所当然地要进行干预、引导或规定"。① 在舆论监督类电视深度报道所处的大环境中，政治和法律与其之间的互动最为人所关注，在我国尤其如此。

回顾新时期我国电视新闻的发展历程，我国电视新闻发展进程中的每一步关键环节的突破，几乎都具有相对清晰的目标模式的完整设计，改革的政策和方式的指向是自上而下式的。可以说，在我国目前的新闻体制下，政治和法律决策层的精神与指示，对电视新闻的发展起着决定性的作用。

党中央、政府部门、人大、法院、检察院拥有和分配着社会大部分资源，牵一发而动全身，时刻保持对政治法律与新闻媒体关系的关注，并随即采取相应的媒介措施，是新闻媒体最重要的工作之一。

十六大以来至十七大，中国共产党在党的建设、政权建设、经济、社会及文化建设方面形成了许多新理念、新思想，采取了许多新政策新举措，在新闻工作方面，也是如此，从而为改进舆论监督类电视深度报道提供了新的动力和舞台。

一、强调新闻工作的"三贴近"

舆论监督作为社会监督的一种重要形式，与构建和谐社会之间存在着紧密的联系。

党的十六大报告指出："发挥舆论监督的作用，建立结构合理、配置科学、程序严密、制约有效的权力运行机制，从决策和执行等

---

① 新闻事业与现代化课题组：《新闻事业与中国现代化》，新华出版社1992年版，第42页。

环节加强对权力的监督,保证把人民赋予的权力真正用来为人民谋利益。"①

"三贴近"原则是中共中央为贯彻落实十六大精神对新闻界提出的一项根本要求:贴近实际、贴近生活、贴近群众。"三贴近"是从"以人为本"、"立党为公,执政为民"这一新的执政理念引申出来的,因而把它上升到新闻工作指导思想的重要地位。

中央强调,新闻工作"三贴近",就要始终坚持正确的导向,把体现党的意志同反映人民心声结合起来,深入改革开放和现代化建设第一线,把镜头对准基层,把版面留给群众,多用群众的语言,多联系群众身边的事例,多采用群众喜闻乐见的形式,多报道有实在内容、有新闻价值的事情。

遵循"三贴近"的要求,舆论监督类电视深度报道就必须以自身独特有力的电视报道形式,密切配合党和政府的中心工作,解决实际问题。改革开放和现代化建设是我国在 2020 年之前的主要任务,全面建设小康社会是党的十六大确定的近十七年的宏伟目标。电视舆论监督报道必须坚持深入实际、深入生活、深入群众,真正了解民情、民意、民愿,真实反映公众的呼声,做好党和政府同公众顺畅沟通的桥梁。及时发现和通报现阶段社会发展的多种机制性、体制性问题,并使自己的报道成为上层决策的参考,推动改革的深入和社会的进步。必须及时发现社会的消极、丑恶现象,并通过自己的报道推动问题解决,促进社会机体健康发展。② 总之,贴近实际是基础,贴近生活是源泉,贴近群众是出发点和落脚点。

根据中央"三贴近"精神,新闻媒体的舆论监督的关注点必须放在国家和社会的热点、难点、新点、疑点问题上,必须及时进行调查和报道。在新闻实践中,其选题和报道内容如果触及上述问题,

① 《十六大报告辅导读本》,人民出版社 2003 年版,第 3 页。
② 居欣如:《"三贴近"和新闻规律》,载于《解放日报》2003 年 5 月。

报道本身便不再受"地方保护主义"、"待查明后再报道"等旧有行政观念的束缚。

其报道着眼重点不是"为了维护政府招商引资的形象",而是高度重视实现公众的切身利益,正确反映公众的心声,着眼于成为公众利益表达机制。这不仅在一定程度上摆脱新闻体制中不合理规定的羁绊,更能在与公众的良性互动中提高公众素质,使公众能正确地认识并主张合法权益,具有进取精神和自由创造活力。①

社会生活是丰富多彩的,是舆论监督报道取之不尽、用之不竭的源泉。中央继发出改进会议和领导同志活动的新闻报道之后,又提出了"三贴近"原则,这是中央对新闻报道工作指导思想的一次思想解放。现在摆在舆论监督类电视深度报道记者面前的课题,就是把改革变成实践,把思想变成行动,把实践和行动变成舆论监督报道的成果。

舆论监督类电视深度报道应该充分利用电视媒体传播在真实性、艺术性、受众参与性、思辨性和深刻性方面的优势实现"三贴近"。

二、实行政府信息和社会公共信息公开

执政党和政府作为中国新闻事业发展的主要动力源,是舆论监督的推动者。如果没有党和政府的推动,要在中国语境下进行舆论监督,其难度可想而知。

为了实现民主执政、科学执政的目标,执政党就需要在党内党外对公共权力进行必要的监督,把公共权力放在公众监督之下,给权力装上"玻璃门",防止公共权力的滥用。政府职能改革的核心目标就是要变"权力型政府"为"服务型政府"——约束政府的权力,变"无限政府"为"有限政府"。

---

① 童兵:《突破体制瓶颈,推进新闻改革》,来源于中华传媒网:www. academic. mediachina. net。

　　近年来,党和政府在政治文明建设方面为此采取了一系列的举措,增加了权力运作的透明度,为舆论监督报道提供了更为广阔的运作空间和更为强劲的动力。

　　党的十六大以后,随着国家整个政治民主进程的推进,特别是"非典"期间的经验与教训,使信息公开问题受到党和政府的高度重视。

　　建立新闻发言人制度是政府在"非典"期间实行信息公开过程中采取的一项重要举措,收到了很好的效果。设立新闻发言人,及时向社会和公众通报政府工作信息和社会公共信息理应成为一种经常性制度。这对一个民主的、开放的、负责任的政府来说十分必要。目前,中央各部门都设立了新闻发言人,地方政府这方面的机制也已开始建立。为了便于与社会及公众沟通,政府还公布了中央直属部门新闻发言人的联系电话。这将有助于新闻发言人在社会公众的监督下更加规范自己的言行,向社会和新闻媒体及时公布真实、完整、客观的重要新闻信息,这是建立公共事务公开制度的初步尝试。

　　这一制度满足了公众对国家事务和公共事务的知情权,也为舆论监督类电视深度报道的发展提供了更为广阔的空间。电视深度报道以其特有的直播、转播形式为受众提供真实感、现场感更强的新闻发言人活动全过程,受众可以"身临其境"地感受发言人的语音、神态、手势,对其工作状态、氛围和公布的信息内容作出更为直接、更为准确的判断与评估。这种传播效果相较单纯的文字和声音信息公布来说,具有更强的渗透性和说服力。

　　2007年1月,国务院总理温家宝签署第492号国务院令,公布《中华人民共和国政府信息公开条例》。条例规定,各级人民政府部门应当建立健全本行政机关的政府信息公开工作制度,并指定机构负责本行政机关政府信息公开的日常工作。条例第9条明文规定,行政机关对符合下列基本要求之一的政府信息应当主动公开：涉及公民、法人或者其他组织切身利益的；需要社会公众广泛知晓或者参与的；反映行政机关机构设置、职能、办事程序等情况的；其他依照法律、法规和国家有关规定应当主动公开的。公开政府信息中须遵循三原则：公正、公平、便民；行政机关不得通过中介有偿提供政府信息；公民有权要求对关涉自身不准确政府信息记录予以改正；公民可主动向政府申请获取相关政府信息；知情权被侵犯可通过救济渠道申请行政复议或提起行政诉讼；政府信息公开工作将定期考核评议等等。

该条例旨在保障公民、法人和其他组织依法获取政府信息，提高政府工作的透明度，促进依法行政。充分发挥政府信息对人民群众生产、生活和经济社会活动的服务作用。将有利于保障公民、法人和其他组织依法获取政府信息的权利：行政机关在没有充足理由的情况下，如果拒绝向媒体和大众公布行政行为信息则要承担违法责任。新闻媒体可以依据该法将行政单位告上法院，由法院强制其公开政务。

2006年1月8日国务院《国家突发公共事件总体应急预案》正式发布。总体预案是全国应急预案体系的总纲，是指导预防和处置各类突发公共事件的规范性文件。

总体预案将突发公共事件分为自然灾害、事故灾难、公共卫生事件、社会安全事件四类。总体预案规定，国务院是突发公共事件应急管理工作的最高行政领导机构；地方各级人民政府是本行政区域突发公共事件应急管理工作的行政领导机构。

总体预案明确指出，突发公共事件应急处置工作实行责任追究制。对迟报、谎报、瞒报和漏报突发公共事件重要情况及其他失职、渎职行为，依法对有关责任人给予行政处分；构成犯罪的，依法追究刑事责任。为了使更多的人"接收"到预警信息，从而能够及早做好相关的应对、准备工作，预警信息的发布、调整和解除要通过广播、电视、报刊、通信、信息网络、警报器、宣传车或组织人员逐户通知等方式进行。发生Ⅰ级或Ⅱ级突发公共事件应在4小时内报告国务院,同时通报有关地区和部门。①

政务公开和信息披露法律制度的建设和逐步完善,不仅为人民群众提供快捷、方便、公开、透明的信息服务和行政服务,而且为舆论监督提供了非常必要的保障,因为信息透明、政务公开正是舆论监督的基本前提和必要条件。

政府信息的公布与明确阐释,是衡量政府公共服务效能的重要标尺,直接影响到舆论监督功能能否充分发挥。受我国长期的封建专制制度和"法藏于内,秘而不宣"的传统政治文化中不良思想的深刻影响,以及方便工作的惰性思维,一些政府工作人员动辄会以"国家秘密"为由拒绝甚至阻碍政府信息的公布,掩盖问题的真实状况。而真正意义上的和谐社会并非仅仅要求社会成员之间平等友爱、诚信仁义,政府在公共权力运作和社会治理过程中同样不能缺少这种"软实力"。

这些政策的出台是中国政府建设更完善的法治社会的重要一步,同时也有助于建立起更加透明的社会监督机制和信息发布体制,这对保证突发事件报道中新闻媒体的信息及时发布有很大的推动作用,避免舆论监督类电视深度报道在重大新闻事件中"缺位"现象的再次出现。

以上新规定的出台,清晰有力地向我们传达了这样一个信息:对"舆论监督"进行松绑,减少了行政权力对舆论监督报道的羁绊,尊重了新闻媒体在突发性事件中乃至所有重大新闻事件中的报道权和舆论监督权,体现了政府的开明与自信,令人欣慰。

以上新规定出台的最大意义还在于,不仅体现了我国政府对

①《国家突发公共事件预案体系》,政府网:http://www.gov.cn/yjgl/2005-08/31/content_27872.htm.

媒体舆论监督权利的理解及尊重,更表现出了政府渐渐成熟的自信和宽容之心。伴随着政策的松绑,媒体的突发事件预警和社会监督职能势必日益突出,有助于人民知情权的保障,进而提高政府工作的透明度,改善政府形象,将社会在突发性事件中所面对的风险降至最低。①

然而,权力和自由必然要伴随着责任。政府给舆论监督松了绑,媒体应该用良性高效的舆论监督效果来回应这种尊重和信任。这样才是舆论监督报道努力探索、孜孜以求的和谐社会的一种理想境界。

三、对舆论监督的政策、法规、规章保障

近年来我国新闻媒体在舆论监督中遇到了一些阻力和困难,需要党和政府从政策和法规上给予支持。

中央电视台新闻评论部主任梁建增说,近几年中央电视台计划将《焦点访谈》中的舆论监督比例提高到 50％以上,并将在"三农"问题、国有资产流失以及未成年人保护等热点问题上加大关注力度。"中央有关部门已明确表示,支持《焦点访谈》突显舆论监督特色,我们没有理由做不好"。② 著名学者尹鸿认为,中央电视台加大"舆论监督"比例的背后有其决策背景。

新一届中央领导上任伊始就大力宣传立党为公、执政为民的理念,着力营造权为民所用、情为民所系、利为民所谋的良好氛围。

党的十六大以后,胡锦涛总书记"权为民所用、情为民所系、利为民所谋"理念的提出,为舆论监督指明了操作方向。党在各个时期的政策中,对新闻媒体监督党政机关及其工作人员的报道,都采取支持和赞成的态度,对不服从监督和对监督者进行打击报复的,

---

① 展江:《舆论监督在中国的发展历程》,来源于人民监督网:www.rmjdw.com。
② 徐欢:《焦点的变迁》,《新闻爱好者》2003 年第 1 期。

提出了约束和惩处措施。

首先,2003 年 3 月,中共中央政治局会议讨论通过了《关于进一步改进会议和领导同志活动新闻报道的意见》。文件指出,进一步改进会议和领导同志活动的新闻报道,对促进和带动全党同志特别是各级领导干部进一步改进思想作风、工作作风和领导作风,密切党同人民群众的联系,具有十分重要的意义。各级党委要高度重视这项工作,并把它作为一件大事抓实抓好。中央和国家机关带头,各级领导机关和领导干部要严格自律,自觉支持新闻媒体改进报道工作。新闻单位要坚持正确的舆论导向,大力宣传党的理论路线方针政策,多报道对工作有指导意义、群众关心的内容,力求准确、鲜明、生动,努力使新闻报道贴近实际、贴近群众、贴近生活。这种"要把眼光多投向社会公众"的举措为进一步开展舆论监督提供了广阔的空间。

其次,历经 13 年砥砺,备受关注的《中国共产党党内监督条例(试行)》2004 年 2 月 17 日向社会公布。这是中国共产党历史上一部十分重要的党内法规,标志着党内监督工作从此进入规范化、制度化的新阶段。这是我们党建党以来的第一部党内监督条例,具有十分重要的意义。

《条例》载明:"在党的领导下,新闻媒体要按照有关规定和程序,通过内部反映或公开报道,发挥舆论监督的作用……党的各级组织和党员领导干部应当重视和支持舆论监督,听取意见,推动和改进工作……各级党委、纪委应当按照本条例规定切实履行监督职责,发挥监督作用。党员和党员领导干部应当正确履行职责,自觉接受监督……新闻媒体应当坚定党性原则,遵守新闻纪律和职业道德,把握舆论监督的正确导向,注重舆论监督的社会效果。"①

《条例》中关于"各级党委、纪委应当按照本条例规定切实履行

---

① 《中国共产党党内监督条例(试行)》,人民出版社 2004 年版,第 13 页。

监督职责,发挥监督作用。党员和党员领导干部应当正确履行职责,自觉接受监督"的规定,这里,自觉"接受监督",应该是自觉接受包括党内监督和舆论监督在内的各种监督,一旦违背这些规定,应该依照条例接受处罚。这样,条例对舆论监督和其他监督的权利、义务、责任和惩处措施都做出了明确的规定,赋予舆论监督以法规保障地位,这是前所未有的突破。在《新闻法》尚未出台的情况下,《条例》的出台将大大扩展舆论监督的视野空间和运作空间,用21世纪的公共服务时代精神,冲破过去新闻媒体无法进入的无形屏障。

再次,2004年9月,中国共产党第十六届中央委员会第四次全体会议通过了《中共中央关于加强党的执政能力建设的决定》,强调指出:要"加强对权力运行的制约和监督,保证把人民赋予的权力用来为人民谋利益。各级党组织和干部都要自觉接受党员和人民群众监督。拓宽和健全监督渠道,把权力运行置于有效的制约和监督之下"。为此,要"重视对社会热点问题的引导,积极开展舆论监督"。[1]

国务院在2004年专门制定了《全面推进依法行政实施纲要》。纲要明确了建设法治政府的目标,明确规定了今后10年全面推进依法行政的指导思想和具体目标。规定了对政府行政行为的监督制度和机制,包括人大监督和政协监督、法律法规的监督、监察审计的专门监督以及各种形式的社会监督。进一步强化了舆论监督的地位和作用。

2005年1月,中共中央又发出《建立健全教育、制度、监督并重的惩治和预防腐败体系实施纲要》,再次要求"在党的领导下,充分发挥新闻媒体的舆论监督作用。各级党委和政府应当重视和支持舆论监督,听取意见,改进工作"。[2]

---

① 《中共中央关于加强党的执政能力建设的决定》,人民出版社2004年版,第7页。

② 《建立健全教育、制度、监督并重的惩治和预防腐败体系实施纲要》,中国方正出版社2005年版,第13页。

中共中央办公厅于 2005 年 4 月发出的《关于进一步加强和改进舆论监督工作的意见》(以下简称《意见》),是第一部由党的最高决策机关发布的、统领我国新闻舆论监督工作的、具有全局性和权威性的纲领性文件,也是广大新闻工作者开展新闻舆论监督的最有力的政策依据。

《意见》要求高度重视舆论监督工作的重要作用,指出:"舆论监督是社会发展的要求、新闻工作的职责、人民群众的愿望、党和政府改进工作的手段。正确开展舆论监督,有利于发展社会主义民主,健全社会主义法制;有利于反映人民群众的意见和呼声,密切党和政府同人民群众的联系;有利于弘扬正气,针砭时弊,理顺情绪,化解矛盾,维护社会稳定。"①

《意见》要求支持新闻媒体正确开展舆论监督,指出：各级党委和政府、社会团体及其工作人员要重视舆论监督工作,支持新闻媒体特别是省级以上报刊党刊、电台、电视台记者的采访活动,为采访报道提供方便。基层单位不得封锁消息、隐瞒事实、干涉舆论监督,不得以行贿、说情等手段对舆论监督进行干预。有关地方和部门应当对舆论监督作出积极反应,对媒体揭露的问题应当及时调查处理,并通过媒体公开处理结果。

《意见》要求各级领导干部要正确对待舆论监督,增强接受舆论监督的自觉性,善于通过舆论监督听取人民群众的意见和呼声,发现和解决问题,推动和改进工作。《意见》指出：要认真总结舆论监督工作的经验,把舆论监督与党内监督、法律监督、群众监督有机结合起来。

另外,胡锦涛多次在讲话中表示"要进一步加强各项监督制度建设,把党内监督、专门机关监督、群众监督和舆论监督紧密结合

---

① 《关于进一步加强和改进舆论监督工作的意见》,人民出版社 2005 年版,第 7 页。

起来,保证把人民赋予的权力真正用来为人民谋利益"。① 这个观点和思想也充分体现在十六大之后中央全会的几个重要决议以及《建立健全教育、制度、监督并重的惩治和预防腐败体系实施纲要》中,《纲要》把舆论监督列为反对腐败、提高党的执政能力和建设社会主义和谐社会的重要手段。

目前,我国一些地方也已经开始制定地方性规章。如,2000 年珠海市出台《新闻舆论监督采访报道的若干规定》;2001 年 10 月,安徽省阜阳市政府也制定了《阜阳市新闻曝光案件追查办法》;2002 年安徽省九届人大通过了《安徽省预防职务犯罪工作条例》等。这些地方性法规、规章和文件,都赋予了新闻媒体一定的舆论监督权。例如,在珠海市《新闻舆论监督采访报道的若干规定》第十九条规定:"在履行新闻舆论监督职能时,任何单位、部门尤其是公务人员都有责任接受采访,不得以任何借口拒绝、抵制、回避、推诿,或进行人身攻击和打击报复;任何批评对象不得要求审稿,被批评单位和个人对舆论监督的新闻有异议时,可通过正当途径反映,不得以任何手段干预新闻舆论监督工作。"②

在党的十七大报告中,胡锦涛总书记指出:"要健全民主制度,丰富民主形式,拓宽民主渠道,依法实行民主选举、民主决策、民主管理、民主监督,保障人民的知情权、参与权、表达权、监督权。"……"对干部实行民主监督,是人民当家做主最有效、最广泛的途径,必须作为发展社会主义民主政治的基础性工程重点推进。"为了保证人民赋予的权力始终用来为人民谋利益,报告还提出了若干具体措施:要坚持用制度管权、管事、管人,建立健全决策

---

① 胡锦涛:《依法治国,依法执政》,新华网:http://news.xinhuanet.com/newscenter/2004-04/28/content_1443720.htm。

② 人民网:http://media.people.com.cn/GB/22114/52789/67849/4577422.html。

权、执行权、监督权既相互制约又相互协调的权力结构和运行机制；健全组织法制和程序规则，保证国家机关按照法定权限和程序行使权力、履行职责等。

　　报告还要求完善各类公开办事制度，提高政府工作透明度和公信力，重点加强对领导干部特别是主要领导干部、人财物管理使用、关键岗位的监督，同时突出强调要发挥好舆论监督作用，增强监督合力和实效，使广大人民群众广泛参与监督工作。在保证权力在阳光下运行的前提下，保障人民群众的知情权、参与权，让人民群众通过信访、民主评议、公开测评等形式对权力运行情况发表意见、进行监督。发挥好传统的广播、报刊和电视媒体作用，通过舆论监督权力运行。特别要发挥好电视、网络等强势媒体作用，通过媒介渠道征求公众对权力运行好坏的意见，反映滥用权力现象，揭露以权谋私等腐败行为，保证人民赋予的权力用来为人民谋利益。

　　同时，2007 年 11 月 6 日，在第 8 个记者节来临之际，新闻出版总署就保障新闻采编人员合法采访权利发出通知，明确指出，"新闻采编人员合法的新闻采访活动受法律保护，任何组织和个人不得干扰，阻碍新闻采编人员合法的新闻采访活动"。①

　　新闻出版总署在通知中指出：新闻采访活动是保证公众知情权，实现舆论监督的重要途径，有关党和国家机关及其工作人员要为新闻机构合法的新闻采访活动提供便利和必要保障。通知还要求新闻单位要为所属新闻采编人员从事新闻采访活动提供必要保障。要按照明年 1 月 1 日起实施的《劳动合同法》的有关规定，与所属新闻采编人员订立书面聘用合同，缴纳

---

① 《新闻出版总署发布通知：新闻采访受法律保护，任何组织和个人不得干扰阻挠》，《人民日报》2007 年 11 月 5 日。

社会保险金,完善各项保障制度,保护新闻采编人员的合法权益。

从政治领域中上述一系列举措可以看出,新制度的建立让新闻媒体的监督在一定程度上更加自由,是行政观念的重大突破、法治进步的一大亮点。为电视深度报道的舆论监督在采访、编辑和传播过程中扩大了运作的空间、提供了切实的保障。舆论监督类电视深度报道的行走空间进一步扩大和延展,比如可以在宣传社会民主法治、扶持社会公平正义、倡导社会诚信友爱、激发社会充满活力、维护社会安定有序和促进人与自然和谐相处等方面发挥积极功能和有效作用,还可以通过宣传构建和谐社会的意义、推广构建和谐社会的典型、引导构建和谐社会的舆论、传承构建和谐社会的文化,当好党和政府在构建社会主义和谐社会方面的舆论助手。

对于舆论监督来说,毫无疑问,责任更加重大:将是对新闻人素质的更高要求,是对舆论监督报道真实、准确、客观、平衡的更严格的要求。

第二节　司法界和学界的共识:为舆论监督提供更广阔的空间

司法公正与舆论监督是现代民主法治国家不可或缺、必须尊重的基本价值。在"依法治国"的时代,舆论监督要取得良性监督效果,离不开司法的保障和支持。目前,司法界和学界已逐渐达成了一个重要共识:应该为新闻媒介的舆论监督提供更广阔的空间。

一、司法界提供的空间和动力

现阶段,随着我国审判公开制度的贯彻落实,司法界对新闻媒体监督司法审判的正当性的认识正在逐步深化,司法实践中原先受限较多的舆论监督得到了更多更大的空间和动力。

我国早在 1979 年的《刑事诉讼法》便把审判公开作为一项重要的诉讼原则,但媒体报道司法审判还必须遵守其他方面的规定。1993 年 12 月 3 日最高人民法院公布的《中华人民共和国人民法院法庭规则》第十条规定:"新闻记者旁听应遵守本规则。未经审判长或者独任审判员许可,不得在庭审过程中录音、录像和摄影。"①也就是说:在法院许可的情况下,媒体可以对案件进行报道,方式可以是"录音、录像和摄影"。

1997 年,党的十五大提出要"充分发挥舆论监督的作用"。此后,在司法领域,法律对新闻舆论监督的保护得到空前的加强。1998 年 4 月在全国法院整顿工作座谈会上,最高法院院长肖扬强调要把宪法和法律规定的公开审判制度落实,各类案件除法律另有规定不予公开审理的以外,一律实行公开审判制度,不许"暗箱操作"。公开审理案件,除允许公众自由参加旁听外,逐步实行电视和广播对审判活动的现场直播,允许新闻机构以对法律自负其责的态度如实报道。

1998 年 11 月 16 日北京市高级人民法院作出《关于公民旁听审判案件的规定》和《关于新闻记者旁听采访公开审判案件的决定》,要求从同年 12 月 1 日开始,北京市各级法院对依法公开审理的案件一律公开审理。旁听或采访的新闻记者应遵守法庭规则,对公开审判案件的报道应实事求是,客观公正,文责自负。

1999 年,最高人民法院发布《关于严格执行公开审判制度的若干规定》:"依法公开审理的案件,经人民法院许可,新闻记者可以记录、录音、录像、摄影、转播庭审实况。"②

---

①　叶子:《现代电视新闻学》,中国广播电视出版社 2005 年版,第 67 页。
②　顾理平:《新闻法学》,中国广播电视出版社 1999 年版,第 86 页。

　　目前，在全国范围内，除依法不应公开审理的案件外，法院审判案件基本都已做到公开进行，这就进一步拓展了舆论监督报道在法治领域的报道空间。

　　2000年1月，最高人民法院院长肖扬又公开表示将坚决为新闻单位提供六点司法保障："一、新闻记者在采访中遭到围攻、殴打，伤及人身权利时，人民法院理应对违法者依法惩处，坚决为新闻记者提供司法保护；二、对那些存在问题而又不正视问题，反而阻挠记者采访、侵害记者采访权的，人民法院应对记者权益予以司法保护；三、对新闻单位和记者的一切合法权益，人民法院依法给予保护；四、新闻单位和被监督者发生纠纷时，人民法院应在坚持以事实为依据、以法律为准绳、公正裁判的基础上，尽量采取调解方式解决，依法保护新闻单位名誉权；五、新闻记者在进行舆论监督时，被诬告、被陷害、被攻击的，人民法院应该坚决保护记者的权益；六、新闻记者对法院工作特别是审判工作的采访，各级法院要积极配合，尽量提供方便和保护，不应阻挠记者的正常采访。"①

　　2003年4月1日最高人民法院《关于民事诉讼证据的若干规定》（以下简称《规定》）正式实施，该《规定》第六十八条引起了新闻媒体的普遍关注："以侵害他人合法权益或者违反法律禁止性规定的方法取得的证据，不能作为认定案件事实的依据。"

　　这一法条重新确定了非法证据的判断标准，并且设置了相应的排除规则，即除了以侵害他人合法权益（如违反社会公共利益或者社会公德侵害他人隐私）或者违反法律禁止性规定的方法（如擅自将窃听器安装到他人住处进行窃听）取得的证据外，其他情形不得视为非法证据。对此，新闻界认为，"该规定是对隐性采访

---

　　①　《肖扬：人民法院要努力为加强和谐社会建设提供坚强有力的司法保障》，新华网：http://news.xinhuanet.com/politics/2006 - 10/16/content_5210509.htm。

松绑"。①

　　1999年最高人民法院的《规定》增加了舆论监督类电视深度报道的方式——庭审转播。这不仅有利于审判过程更加公开化、透明化，而且为电视深度报道提供了前进的动力。电视媒体将以独特的传播优势为社会公众真实呈现"法治进行时"，使无法出庭听审的公众也能真切感受法庭庄严、肃穆的气氛，体味控辩双方的智慧角逐，判断法庭审判的公正程度。一方面可以培育社会公众客观理性的现代法治精神，另一方面逐步打破法庭审判在公众心目中的神秘感。② 2003年最高人民法院的《规定》又为隐性采访松绑。这对在特殊情况下不得不使用隐性采访手段的舆论监督类电视深度报道来说无疑又扩大了行走空间、补充了前行的动力。

　　总之，司法公正需要包括电视媒体在内的新闻媒体的舆论监督，中国的立法、司法机构正在采取步骤强化这种监督，这对司法、国家和媒体来说是"三赢"的局面。

二、学界提供的空间和动力

　　在学界，除了朱苏力、邓正来等学者认为鉴于我国社会转型时期司法体系的现状有待改进，需要新闻媒体对司法系统进行必要、有效的监督之外，也开始有学者尝试着从另外的角度来审视"媒体审判"。他们把"媒体审判"这个来自西方的概念置放在中国现有司法和新闻体制下来讨论。

　　其中特别以中国青年政治学院周泽的几篇文章最具代表性。他力图把备受抨击的"媒体审判"回归到正常的舆论监督上去。并指

---

　　① 陈志武：《从诉讼案例看媒体言论的法律困境》，中国政法大学出版社2005年版，第117页。
　　② 参见张爱凤：《让电视庭审直播走向"深度报道"》，载于《电影评介》2006年第14期。

出,司法审判是制度性评价,具有法律效力,而所谓"媒体审判"是自发性评议,根本代表不了国家权力。媒介表达的权利对司法权力的妨碍是很小的。他的结论是:司法审判中存在的问题只能从司法权力的配置和运行中解决,把责任全部归咎于"媒体审判"、"舆论审判",通过抑制舆论和新闻媒体报道的方式得到司法公正,是不恰当的。①

在学者看来,国外对"媒体审判"进行限制的做法更值得借鉴:他们通过对时间、地点和行为方式的限制来控制新闻媒体在法庭上的行为;将证人与新闻界隔离;防止信息从当事人和警方泄露出去;警告记者注意他们的报道的潜在偏向性和准确性;控制,甚至是禁止双方当事人和他们的律师向新闻界发表庭外言论(未经法庭允许而发表的言论);直到公众的好奇心减弱时才继续审理案件;将案件移送到新闻媒体关注程度比较弱的地区审理;隔离陪审团,阻止他们与新闻媒体接触;如果上述的所有措施都失败了,进行一次新的审理等等。②

以上述方式来避免舆论监督报道和评论影响司法公正,而不是限制或禁止舆论监督对司法一切活动的报道和评论。

学者的思考和建议使舆论监督深度报道有可能避免动不动就被扣上"媒体审判"、"舆论审判"的帽子而无法正常开展舆论监督活动的束缚。舆论监督对司法活动的适时、适度报道,除了反映案件事实之外,通常反映一些专业人士的意见和观点,可以给法官认识问题和判断是非提供额外的知识补充。法官本身并不是全知全能的,多听听各方面人士的观点和意见,无疑有助于更客观、更公正地对案件作出裁判。③

---

① 周泽:《"媒体审判"、"舆论审判"检讨》,《中国青年政治学院学报》2005年第3期。

② 参见袁佳:《"媒体审判"问题研究》,中国政法大学2009年硕士论文,第82页。

③ 周泽:《司法审判与媒体报道和舆论的关系新探——兼对刘涌案的法理解读》,来源于博客中国:www.blogchina.com。

事实上,在新闻媒体的广泛参与下,在舆论的强大压力之下,媒体监督实际已经取得了良好的社会效果。近几年来,不少公务人员的违法犯罪事实是首先由新闻媒介曝光方得到更加有效的查处。如 1997 年河南警官张金柱交通肇事案、1998 年山东法官王永强故意杀人案、2000 年黑龙江检察官不择手段聚敛钱财案等等,都是由新闻媒介打破了人为封锁新闻的企图,及时报道,推动有关部门迅速查办的,从而显示了舆论监督对社会机体上存在问题的警示作用。

对司法公正的监督范围扩大、监督力度加大,有利于舆论监督深度报道的发展与提升。

舆论监督的现实呼唤法律的介入、法律的保障,法律是消除舆论监督工作中的抵制因素和消极因素的强有力的武器,上述法律法规中对新闻工作者权利的规定,为新闻记者在舆论监督过程中的新闻行为提供了保障,为新闻媒体和新闻记者在全国范围内监督司法公正提供了法律平台。在一定程度上增大舆论监督的运作空间,消除新闻工作者的畏难情绪,消除舆论监督过程中的某些障碍,增强舆论监督的社会效果,提升人民群众对舆论监督的信任度。

在法治社会,司法为媒体的新闻舆论监督提供合理合法的空间,媒体深度报道参与对司法的监督和重大案件的报道,对揭露腐败,宣传法治,维护司法公正,实现双赢,具有重大的积极意义。相信随后会有更多的法律法规和学者观点为新闻媒体和新闻工作者的有效监督提供权利和更宽广的运作空间;相信随着有关法律的建立健全和不断完善,通过广大具有良好职业理想和职业素养的新闻人的努力,我国的舆论监督会出现更令人鼓舞的局面。

第四章 我国舆论监督类电视深度报道的提升

我国舆论监督类电视深度报道的价值定位于在政治等社会重要领域,遵循新闻规律,通过及时提供信息、监督和评估决策执行、监督公共权力运作、引导构建社会主义和谐社会价值观等途径来维护和促进社会公正。那么,在政治、法律、文化领域提供的空间和动力之中,针对第三章论述的"误区"和"原因"内容,我国舆论监督类电视深度报道应该在哪些方面提升? 如何提升?

在本书中,舆论监督类电视深度报道的提升,指报道通过新闻理念的更新和记者综合素质的提高,来实现"维护和促进社会公众"的价值、遵循新闻规律和舆论监督原则。

我国舆论监督类电视深度报道的理念是指导所有业务的宏观维度——合理与否、可行与否、人性化与否、是否符合时代潮流等等。和舆论监督报道记者的综合素质一样,理念是与报道品质和传播效果直接相关的因素。本章将围绕"理念"与"记者素质"试做探讨。

第一节 舆论监督类电视深度报道理念的新思考

一、我国舆论监督类电视深度报道适度化解环境约束——相对主体性与加大监督力度

在我国处于社会转型时期的今天,舆论监督活动的重点是对

公共权力的运作和社会不良现象进行监察和督促,这是其维护和促进社会公正、实现其价值的重要途径。但在"误区和原因"一章中,我们也可以看出,舆论监督类电视报道疏离了应该关注的监督焦点,导致监督力度不足。究其走入误区的原因,除了记者素质存在问题,有待提高之外,我国舆论监督机制、舆论监督报道的种种"哨卡"和新闻体制内部对舆论监督类电视深度报道的监督力度的约束也是重要原因。

2007 年党的十七大召开,党、政府和司法系统在新闻工作方面形成了许多新理念、新思想,采取了许多新政策新举措,如强调新闻工作的"三贴近"、实行政府信息和社会公共信息公开、新闻发言人制度的建立、对舆论监督的法规保障等等,舆论监督运作的空间有了进一步的扩大。

从新闻规律来看,舆论监督作为新闻传播的重要组成部分应该遵循新闻专业操守,其新闻内容应该直接面对客观事实,尽量阻止由于环境干扰而导致的缺位、新闻失实、娱乐化倾向和新闻不平衡等违反新闻规律的现象出现。

在目前情势下,舆论监督类电视深度报道可以而且应该"在党和政府的正确领导下充分发挥新闻单位和新闻工作者的独立负责精神,发挥工作的主体性"。[①] 在具体业务上按照新闻传播的规律、按照新闻事业的基本要求发挥独立品格、相对主体性,独立开展工作,适当加大监督力度。

(一)我国舆论监督类电视深度报道的相对主体性

"媒体对国家负责、对人民负责、对事实负责的执着的职业精神。在调查事实真相的过程中,保持自己独立的行动、独立的思考

---

① 余杰:《第四种权力——从舆论监督到新闻法治》,民族出版社 1999 年版,第102 页。

和独立的判断。"①

　　这种独立品格即是说，在重大新闻事件发生或者出现重要新闻线索时，舆论监督及时介入，既不以别人的安排做调查，也不以既定的、别人或者相关部门作出的结论来复制报道。舆论监督必须表现出适度的"质疑"精神，所有结论都要建立在通过自己调查走访了解到的、经过核实的事实基础之上。舆论监督必须坚持自己对事实真相的探寻。

　　但是，舆论监督深度报道记者的"独立"并不意味着他的调查取证、传播报道等活动必须或只能由自己单枪匹马来完成，这种完全的"独立"即使在西方也几乎是不存在的。西方媒体记者的调查大多起用"线人"。以《华盛顿邮报》对"水门事件"的调查为例，他们承认自己所获取的材料很多来自白宫内部一个被称为"深喉"的人（2005 年，美国联邦调查局前副局长马克·费尔特承认他即是"深喉"）。西方很多涉及违法犯罪的调查性报道，都有赖于警方的配合。

　　对我国的舆论监督类电视深度报道来讲，很多报道都是在得到政府有关部门和社会各界力量的大力支持下才得以顺利完成的，譬如《新闻调查》制作的《成克杰腐败案》、《贪官胡长清》，还有《中国第一骗税案》等节目，如果没有纪检、监察部门、公安、检察、法院和社会公众的配合是很难完成的。我们强调舆论监督报道要有"独立品格"，不是拒绝与有关部门的合作，而是要以记者的独立调查取证为主导，在遵循新闻规律的基础上，由相关部门和社会力量做出配合行动的调查行为。

　　由于各种原因，电视深度报道作为调查者的主导地位可能会遇到种种困难，具体的实践过程有时可能会是十分复杂和艰难的。但电视媒体主导的底线无论如何是不能被突破的。前述的独立品

---

　　①　邵培仁：《论当前中国媒体的身份危机》，《新闻传播研究》2005 年第 3 期。

格表现在媒介特性上即指：新闻媒体（电视深度报道）应该具有相对主体性。① 也就是说，实行新闻媒体对舆论监督活动的相对独立负责制，独立介入新闻事件、独立报道、责任自担，新闻媒体有责任不断完善自己的监督职能和干预职能，在业务上有自主权，有权决定采访报道某一事件，有权决定播出什么报道和采用何种形式。如果新闻媒体有工作失误，自行承担相应的责任等等。

从政治结构和政治过程优化的角度来看，媒体具有相对主体性对于国家的健康发展是有益的。目前我国政治体制的一个不足是系统的结构——功能分化程度的不足。各种不同的专业功能都由单一的和高度集中的政治体制来承担，由此导致功能多元性与结构单一性之间的不合理紧张。这种紧张具体表现为社会各系统在履行不同的功能时，无法满足整个体制有效运作和平衡的条件。② 对此新闻人深有感慨："新闻工作者常说'吃透两头'。历史经验证明'吃透两头'绝非易事，对上面这一头虽有贯彻不力的时候，但在多数情况下还是奉命明谨的。而对下面这一头，却常被忽视，人民群众的情绪要求、愿望和呼声未能及时准确地表达出来，有悖于人民新闻事业的本质，这是我们的薄弱环节。"③

有些人认为提倡媒体相对主体性就会导致"同党唱反调"。事实恰恰相反，新闻媒介时刻注视着政府及其他机构的工作动态，以消除公共权力不当行使所产生的弊端。只有赋予媒体以相对的独立地位，才能使其达致作为党的喉舌与人民的喉舌这两种角色的真正统一。而正是这种统一构成了政府、公众与媒体三赢的基础。

由于目前我国其他相应的替代性舆论渠道较少，舆论监督如

---

① 景跃进：《如何扩大舆论监督的空间——〈焦点访谈〉的实践与新闻改革的思考》，《开放时代》2004年第2期。

② 同上。

③ 童兵：《主体与喉舌——共和国新闻传播轨迹审视》，河南人民出版社1994年版，第106页。

果忽视社会公众的情绪、要求、愿望和呼声会导致负面的社会后果。一旦丧失相对自主性，只懂得"让怎么报道就怎么报道，让报道什么就报道什么"是不符合新闻规律的；一旦决策层失误，领导人的工作或个人品质出现问题，舆论监督却没有质疑、揭露或批评的权利，其后果将不堪设想——"当权力正确表达社会舆论，获得社会舆论的支持时，权力就有力量驾驭一切，把握一切，舆论便成为权力的'实力'和无限的'能源'；当权力违背民意，它的运转能量也就会枯竭了，舆论对权力的社会功能正在于它是上层建筑反作用于经济基础、掌权人物把握社会趋势的动力资源，给权力机构提供预见社会变革、从事社会管理的大思路。"[1]

　　新闻媒体（电视深度报道）主体性的建立与发展是一个渐进的过程，需要多方面的共同努力，"如尊重电视媒体发展的规律；在经济上慢慢获得独立，成为一个重要的利益主体；颁布《新闻法》，逐渐发展起一套职业规范和操作程序；电视台适当下放选题权和播出权，或更精确地说，适当放松对舆论监督类电视深度报道节目制作的控制程度，将这部分责任下放到电视工作人员的身上，让他们通过新闻法和新闻自律的方式来实现对节目社会效果的控制；鼓励与国外同行交流（开阔视野，更新观念，汲取经验）逐步建立竞争机制，提高工作效率等等"。[2]　其中有些方面需要特定的政策引导，有些方面在宽松的环境下，只要政策不禁止就会自然发展出来。但总的来说，媒体主体性的发展与政府的政策是分不开的。

　　同时，国外新闻业的一些基本准则在我国也同样适用，"对新闻报道的客观公正的强调、新闻人的敬业态度、记者精英意识和平民意识的结合……他们虔诚地相信自己的梦想、相信自己与众不

---

　　① 刘建明：《当代中国的舆论形态》，中国人民大学出版社1989年版，第85页。
　　② 景跃进：《如何扩大舆论监督的空间——〈焦点访谈〉的实践与新闻改革的思考》。

同、相信新闻理想的高贵性并坚忍不拔地努力着……有以事实为依据、敢于直抒胸臆的勇气"。①

（二）聚焦焦点,适当加大舆论监督力度

舆论监督疏离焦点导致舆论监督力度走低,不利于维护和促进社会公正。党的"十六大"报告提出要扩大群众的知情权和监督权,应将一切不涉及党内机密的活动向群众公开。十七大报告也明确提出:"落实党内监督条例,加强民主监督,发挥好舆论监督作用,增强舆论监督合力和实效。"②在新的历史条件下,正确开展强有力的舆论监督,是维护党和人民利益的需要,是推进社会主义民主政治建设的需要,也是实践立党为公、执政为民,提高党的执政能力的需要。因此,作为党和政府关注的对象,人民群众拥护的监督形式和推进改革开放和现代化事业的需要,舆论监督需要适当加大力度。

1. 开展高层次的舆论监督,是加大舆论监督力度的标志

舆论监督不应"只打苍蝇,难碰老虎"。党的十五大提出"三个加强",即"加强对宪法和法律实施的监督"、"加强对党和国家方针政策贯彻的监督"、"加强对各级干部特别是领导干部的监督"。

《党内监督条例》明确规定,当前加大舆论监督的力度要从以下三个方面努力:一是要明确舆论监督的重点——党和政府方针政策的落实情况,维护人民群众利益的情况,遵守和执行法律法规、党纪政纪的情况,遵守职业道德、社会公德的情况等。二是各级党组织要为舆论监督创造良好的条件——依据《党内监督条例》赋予舆论监督知情权、定期规定监督重点、定期公布监督内容、定期征求监督意见,让舆论监督在更加广泛的范围内进行。对于虚

---

①　展江:《中国社会转型的守望者:新世纪新闻舆论监督的语境与实践》,中国海关出版社 2002 年版,第 12 页。

②　胡锦涛:《在中国共产党第十七次全国代表大会上的报告》,第 33 页。

心接受舆论监督的党员领导干部,党组织要及时提出表扬;对于不能虚心接受舆论监督的党员领导干部,党组织要对其批评教育;对于刁难甚至打击报复舆论监督的党员领导干部,党组织要依据党纪政纪给予严肃处理。三是各级纪检监察机关要加强对舆论监督工作的检查与督导,确保舆论监督在公开、透明、民主的条件下顺利进行,从而使党内监督取得真正的实效。

这就为推进高层次舆论监督提供了依据和动力。舆论监督的范围包括整个社会,但首先应该是对重大决策、领导干部权力运用的高层监督,然后才是对一般公务员、普通公民社会行为的低层监督。舆论监督把各级权力的施政活动作为监督的重点,可增加政治生活的透明度,清除官僚主义,制止权力滥用,避免各种渎职行为。对一切不良现象有强大的震慑力,特别是对国家机关和执政活动有着巨大的监督作用。①

2. 对重大问题进行重点报道、连续报道,产生影响,及时反馈,促成问题的解决

舆论监督既要曝光存在的问题,也不能"顾头不顾尾",有效地防止和克服其破坏性和负面效应。对于重大新闻事件,电视深度报道要充分运用电视媒体的传播优势,对该事件的重要方面进行重点报道、连续报道,以事实信息适当的密集度引起和激发社会系统的关注、思考,造成舆论声势,促成问题的尽快解决。

报道还要及时反馈事件发展进度和社会系统对新闻事件的反应。从传播过程来说,受众最为关心事情是如何解决的。报道反馈,以使公众解除疑虑,增强对党和政府的信任。报道反馈不但是对政府工作的支持,同时也显示出了舆论监督的力度。电视深度报道可以通过追踪报道、现场电话热线、主持人与公众互联网交流

_____

① 参见孙旭培:《舆论监督与新闻法治》,来源于中华传媒网: www. academic. mediachina. net。

的方式及时向社会系统反馈事件发展进度及各界反应。

尽量让受众对整个新闻事件的全部事实有一个清晰、明确和完整的概念，不会因为片面、片断性事实而对事件本质作出错误判断。

3. 将"依靠领导关心解决"监督模式转换为制度监督模式

"揭露问题—批评责任人—领导关心—问题解决"的流程模式，把舆论监督报道的主题放在了"领导关心—问题解决"的环节上，这样的报道会误导社会公众在遇到问题时，只要求助媒体和某位相关领导便可以得到满意结果。这实际上是一种带有人治色彩的监督模式。①

在现代社会，公共权力部门是用制度这个载体来调节社会资源的合理分配，制度的完善与否直接关系到社会公正的实现与否。党的十六大以来，我们党坚持把制度建设摆在突出位置。"加强制度建设，是深刻总结历史经验得出的科学结论，是全面建设小康社会、推进中国特色社会主义事业的客观要求，是实现国家长治久安的重要保障，是落实科学发展观的现实需要。"②

在建设社会主义民主政治社会中，舆论监督不能将解决问题的方式仅仅放在问题引起某位领导人关心后，得到圆满解决的主题上，而要从国家制度这个根本点出发，在分析阐释问题的背景、原因时，着眼于揭露出来的问题到底反映出当前制度中的哪些问题？可以从哪些方面着手对制度进行修正？等等。前面也曾论述过，舆论监督作为信息平台，汇聚和传播信息，目的就是为了促进问题解决。而要彻底解决问题最好的办法莫过于推动制度建设。

① 邵道生：《网络民主十四论：传统媒体的"舆论监督缺失症"》，来源于光明网：www. guancha. gmw. cn。

② 杨军等：《中国共产党加强制度建设的重要意义》，《人民日报》2004 年 6 月 13 日。

制度建设才是社会健康发展的长效机制。

4. 建立"五位一体"的舆论监督机制

舆论监督是一种没有强制力的"软监督",在目前《舆论监督法》和《新闻法》尚未出台的情况下,建立一个电视媒体、公众、舆论监督中心、有关职能部门和被监督者五位一体的互动机制来加大舆论监督的力度十分必要。建立舆论监督互动机制的前提是各级党委宣传部门成立舆论监督中心,专门负责协调解决舆论监督报道揭露的问题。

五位一体的互动机制具体设想是:以电视媒体为核心,将公众反映的问题和记者发现的问题进行梳理,有新闻价值的播出,不宜公开的以内参形式报送有关部门,其余的统计归纳。

"电视媒体将这三方面的内容汇集整理后,每天汇报到同级党委的舆论监督中心。舆论监督中心将电视媒体反映的问题分类,通报给有关政府职能部门,职能部门责成有关单位或个人限期解决所反映的问题。对难以解决的问题由舆论监督中心提交给同级党委或政府进行研究。反映有问题的单位和个人在接到职能部门的通报后,必须件件在规定时间内答复。职能部门将处理结果上报到舆论监督中心,舆论监督中心通报给电视媒体。电视媒体再将处理结果向公众反馈。"①

社会公众可以在最短时间内看到问题上报、决策、解决的相对透明流程,就如启动了一个结构简洁、反应灵敏的机器,按下其中一个启动键后,其他反应链在规定时间内立刻开始运行。

二、理性认识我国舆论监督电视深度报道的作用

在"价值定位"和"相对主体性"内容里,笔者侧重于阐释了我国舆论监督电视深度报道对维护和促进整个社会系统的公正起到

---

① 周潇:《加大舆论监督力度的理性思考》,《新闻知识》2004 年第 5 期。

的重要作用,也提出要注重舆论监督的相对主体性,在政策、法律和新闻规律范围内独立进行舆论监督活动,独立调查、思考和得出结论。

但是,对于舆论监督类电视深度报道的社会作用绝不可以过分夸大和追捧,我们应该用理性的态度认真考量。

(一)舆论监督的作用:做一个事实信息的平台

从近几年的实际运作情况来看,在新闻单位内部材料上,我们总能看到这样一些工作汇报:某某栏目于某年某月某日报道了某问题之后,引起了有关方面的高度重视,某某领导对此专门作出批示,要求有关部门本着实事求是的原则依法办事、决不护短。接下去某些机关积极认真地调查,某犯错误单位知错即改,公众讨回了公道。我国舆论监督类电视深度报道对于维护和促进社会公正起到了重要的推动作用。①

但是,《中国青年报》记者卢跃刚认为,新闻媒体具有传播功能,不具有解决问题的功能。确实,舆论监督具有传播功能、促成问题解决、推动制度建设的功能,而不具有直接解决问题的功能。

舆论监督只是我国六大监督力量之一,从根本上说,党内监督、立法监督、行政监督、司法监督是一个社会最基本和最有保障的刚性监督手段,监督结果对于被监督者具有直接的法律效力,舆论监督(还有民主监督),只是辅助性的、软性的社会控制力量。除此之外,在舆论监督报道过程中,社会公众的重要地位也不容忽视。这不仅是因为新闻媒体的舆论监督权利是由公众委托或让渡而来,新闻媒体是公众舆论汇聚、交流、提炼的平台,新闻媒体是通过公众舆论对新闻事件进行监察和督促;还因为舆论监督的效力发挥必须通过公众舆论起到影响作用:如果一则舆论监督报道刊播后在公众中未形成舆论,或者未引起公众注意,那么这则监督报

---

① 参见胡黎明:《"焦点现象"研究》,新华出版社 2004 年版,第 201 页。

道就没有效力。反之,如果一则批评报道引起了公众的关注和评论,这种关注度的不断升级促使存在问题的相关部门纠正错误,解决问题,那么这则报道就发挥了舆论监督的效力。

在一个问题发生时,舆论监督的作用重点在于及时、准确、全面地向社会各系统通告有用的事实信息,包括对事实的客观描述和理性分析。当这些信息到达公共权力部门和社会公众领域中后,这两者对事件的反应和继后采取的措施才能真正解决问题。

也就是说,舆论监督所谓的"迅速解决问题",其实是因为公共权力部门(立法、行政、司法)和社会公众对报道事实加以关注重视和采取有效措施后,问题才得以解决,舆论监督本身不是解决问题的主体。如果舆论监督的报道由于种种原因没能促使上述两者关注重视和采取措施,问题就依然存在。

陈力丹认为:"舆论监督永远都是传媒的自身功能之一,而不是具备强制力,这就是它的社会角色。"[1]

李希光曾谈到,大部分中国记者在报道中国问题时,有一种道义上的责任,就是要帮助中国人说话,要让自己的新闻作品有助于中国人民过上幸福的生活。

《华盛顿邮报》驻京首席记者马棣文则持完全不同的看法:"有人问我,'你在为增进中美友谊做了些什么?'我回答,'那是你的问题。因为你是外交官,而我是记者。记者的使命是揭露中美关系中出现的问题,而这些问题将由你们去解决'。"日本报界资深记者千可子也表示赞同马的观点:"李先生说中国记者认为他们应该为人民的生活水平提高和国家的繁荣昌盛具备一个道德上的义务,这是一个中国记者义不容辞的正义事业。但是,从美国记者的角度来看,这种观点是非常不正常的。美国甚至日本记者都不会为

---

[1]　转引自郭镇之、赵丽芳:《对"焦点访谈"系列丛书批评性报道的内容分析·专家访谈》,第94页。

这种正义的事业工作。我认为,一个记者要做的工作就是正确报道正在发生的事。"①

在国际新闻界的新闻理念中,记者认为他们的新闻角色理念核心不是要当"新闻英雄",而是真实、客观、平衡的报道,是做一个事实信息平台。②

曾经做过"珍奥核酸"报道的舆论监督深度报道记者杨海鹏、首先披露"孙志刚事件"的《南方都市报》记者陈峰都谈到了类似观点——王克勤是调查性报道记者,他与徐有渔等一批学者 30 人联合向人大常委会提交 18 条建议,建议修改宪法有关人权方面规定。有人称之为"新闻英雄"。但杨陈都认为,就新闻职业理念来衡量的话,这属于"越位操作"。

"一个真正职业的记者是不应该参与新闻事件报道之外的事的,记者是一个时代的记录者、分析解释者,但他的职业操守里不包括社会活动家这一项。"③

目前,我国处在一个逐步建立并完善社会主义市场经济体制、由传统社会向现代社会转型的时期,体制、政策、利益关系、生活方式、价值观念等社会生活各个方面都在发生着前所未有的深刻变化。而中国的转型恰恰又是在对公共权力缺乏有效的监督机制的情况下进行的。权力不当运作导致的问题会影响到国家政治、经济和社会的稳定。中国社会越来越强烈要求新闻媒体承担的社会责任,实际上就是以现代新闻报道的力量去补充司法监督、立法监督、行政监督等的不足,为社会稳定、经济发展营造更好的舆论氛围,推动制度建设。④

---

① 转引自李希光:《中国有多坏?》,江苏人民出版社 1998 年版,第 78 页。

② 王利芬:《对话美国电视》,中信出版社 2006 年版,第 107 页。

③ 张志安:《报道如何深入》,南方日报出版社 2006 年版,第 189 页。

④ 展江:《中国社会转型的守望者:新世纪新闻舆论监督的语境与实践》,中国海关出版社 2002 年版,第 91 页。

舆论监督类电视深度报道不是"青天"，也不应该是"青天"，它的角色不应该是"某种权力的象征"，不应该是"新闻英雄"，而应该是运用电视媒体的传播优势提供最快、最真实、最全面、最立体、最深刻的信息，"为立法、行政、司法系统的顺利运作提供一个基础的信息平台"，以合理合法的意见表达方式，为人们提供一个常态化和制度化的信息交流平台，在民意表达通畅的前提下，督促相关机构积极履行本职，推动制度建设。舆论监督类电视深度报道应该着眼于提出问题、分析阐释问题而不是直接解决问题。诚然，记者在进行调查的过程中要负有使命感和责任感，但记者应该坚决摒弃使命感、责任感的异化，正确地行使舆论监督的职责。

（二）舆论监督的作用着力点：建设性警示（舆论引导）

舆论监督的作用不但是有限的，而且其作用的着力点也重在建设性警示，也就是在舆论引导上，而不是为揭露而揭露，为曝光而曝光。建设性警示指针对存在的问题，舆论监督报道在揭露、公布问题的核心事实过程中，应该以积极的态度着重关注问题产生的背景、辐射影响以及前瞻预测，把重点放在分析、阐释等报道环节上，着眼于向政治、经济、文化等社会系统发出警示信号，推动制度建设而非仅仅揭露问题本身。

首先，舆论监督的角色理念决定其作用着力点。有些对舆论监督的看法认为，舆论监督就是不断地曝光公务人员的不法行为，不断地揭露社会不良现象，让社会公众出气，让社会人心畅快。其实如果舆论监督着眼点只在于揭露违法违纪现象，不但偏离其维护和促进社会公正的价值追求，而且还会造成"国家、社会一片黑暗"的错误看法，不利于建设社会主义和谐社会。如前所述，舆论监督其实是充当事实信息平台的角色，重在以真实、全面、准确、客观的新闻事实警示社会系统，推动制度建设，从而维护和促进社会公正。

其次，社会主义的新闻媒体作为社会舆论机关，作为社会的群体性"守望者",是党、政府和社会公众的耳目喉舌,我们的舆论监督归属于社会主义新闻事业和新闻工作的阵地。当舆论监督所指违背社会公共利益的现象或行为时,通过建设性的警示将这些现象或行为引导到有利于社会公共利益的方向上来,是舆论监督的固有之责。不能为批评而批评,必须坚持建设性的警示,进行正确的舆论引导。

再次,舆论监督是代言社会舆论所进行的监督。社会舆论是公众心理、倾向、态度等一系列意识范畴内容通过意见表达形成的,是一个层次多样、结构繁杂的流动的复合体,是多样性与引导性的统一。一个走向民主法治的社会往往更为强调舆论的引导性。因为只有引导性才最终反映民心的皈依所向、政府的目标指向,也只有引导性才最终影响和决定舆论监督所涉问题能否得到及时有效解决。①

今天,我国正处于体制转轨的关键时刻,由利益冲突引发的观念冲突、舆论冲突在社会变迁的背景下更显复杂,更趋激烈。正如陈力丹所言:"由于急速的社会变迁,舆论呈现一时的迷茫状态;由于公众心态的浮躁,舆论呈现情绪化;由于社会群体的重新组合,舆论呈现分散化。"②不难理解,面对这种舆论的迷茫状态、情绪化和分散化,舆论监督通过建设性警示引导舆论方向将会更加迫切和重要。

警示包括事前的警示和事后的警示。

事前的警示指根据事物客观发展规律,根据党和政府发布的政策、法律法规文件、专家观点,经过科学推断或经验推断今后必然或非常可能出现的现象。如《国发委:发"非典"横财者将受到严厉制裁》中就国发委的文件内容向社会系统发出警示信号:如果公

① 李鹏:《新时期舆论监督的功能》,载于《采·写·编》2008 年第 5 期。
② 陈力丹:《在构建和谐社会中传媒的责任和作用》,《声屏世界》2006 年第 3 期。

民经济行为在"非典"肆虐期间不遵守经济、金融秩序,将会受到怎样的制裁。事前警示是社会预警机制中一个重要组成部分,其舆论警示功能有效地解决信息被截流的弊端,防止任何事故隐患被故意隐瞒或者被疏漏。特别是在对付由人为因素造成的问题中会起到重要的监测作用。

如煤矿事故方面,舆论监督电视深度报道可以长期追踪煤矿生产的审批程序和生产过程,监测煤矿生产中的不稳定因素,运用画面和声音的传播载体,及时收集日常工作中的问题或潜在隐患,并用生动简练的形式(如活动图表、FLASH 等)向政府和公众报告煤矿事故隐患,从而使矿难发生次数减少到最低。

事后的警示一般以事物客观发展规律,党和政府发布的政策、法律法规文件、专家观点和典型事件为根据,向社会系统发出警示信号。如在陈良宇案中,通过舆论监督对社保基金的保管、使用流程等制度的重要性、严密性的警示,引起了国家高度重视,此后,全国各地政府财政部门加强了对社保基金的保管、使用的监控。舆论监督介入不法、不良现象,令不法者曝光天下,令不法者所在组织或上级组织反思补救。如此循环往复,制度不断得到健全,社会运作不断得到修正,公务人员自律意识和法治观念不断得到强化,公众权利意识不断得到开发,形成一种良性循环。

在事后的警示中,电视深度报道应该用极具现场感的画面和声音着重揭示造成问题的制度性因素、社会心理或者文化因素,着重表现不法者受到党纪国法制裁后的表现,以儆后人。2006 年 12 月,云南省曲靖市副市长王喜良就"11·25"特大瓦斯爆炸事故,通过电视直播公开道歉。画面中其沉痛的面容和凝重的语调令人为之动容,为以后的安全生产工作做了一个典型的警示。

值得注意的是,警示要站在建设性立场上。建设性立场指以积极的态度,帮助被监督者认识问题、督促其解决问题,从存在的问题中挖掘出积极因素。这些积极因素可以从政治、经济、文化等领域的时代要求角度出发,体现出整个国家蓬勃发展的生机与活力,从而将社会舆论引导到健康正确的方向上来。

三、我国舆论监督类电视深度报道的监督尺度

我国舆论监督类电视深度报道走入的误区就是疏离监督焦点和监督规范失当。在政策和法律允许的空间内,舆论监督电视深度报道应该具有合理的相对主体性,适度化解一些来自生存环境的约束,加大舆论监督力度。要理性地认识舆论监督的作用和作用着力点,不能过分夸大和拔高其作用。

从哲学角度看,任何事物的发展都应该有"度"而行,也就是必须在一个可限定范围内发展,如果无视、忽视这个尺度,本来向着正确方向发展的事物就会逐渐走向自身的反面,有可能变成哲学家眼中的"利维坦"。舆论监督报道绝对不能一味强调自身的主体性,我行我素,无视媒体应该具备的社会责任感和对社会其他系统、群体的伤害。

因此,舆论监督必须保持清醒的头脑,除了行走在党的政策和法律允许的空间内之外,还必须坚持党管媒体的原则,以社会责任为己任,把握好舆论监督力度与重要关节点的协调关系。

如何协调舆论监督自身内部及其与环境的关系?最重要的是有尺度。

（一）坚持党管媒体的原则

值得注意的是,舆论监督的相对独立性和加大舆论监督力度都要以坚持党管媒体的原则为前提,着力提高舆论监督的效果。

在强调发挥舆论监督作用的同时,新一届中央领导集体明确坚持党管媒体的原则。胡锦涛指出,党管宣传、党管意识形态,是我们党在长期舆论监督实践中形成的重要原则和制度,是坚持党的领导的一个重要方面,必须始终牢牢坚持,任何时候都不能动

摇。党管媒体的关键是要增强引导舆论的本领,掌握舆论工作的主动权。胡锦涛对此有精辟的阐述:"现代社会,宣传舆论的社会影响力越来越大,能不能把宣传舆论工作抓在手上,关系人心向背,关系事业兴衰,关系党的执政地位。善于做好新形势下的宣传思想工作,是加强党的执政能力建设的重要内容,也是对我们党领导水平和执政水平的一个重要考验。"①

《中共中央关于加强党的执政能力建设的决定》中指出:"牢牢把握舆论导向,正确引导社会舆论。坚持党管媒体的原则,增强引导舆论的本领,掌握舆论工作的主动权。坚持团结稳定鼓劲、正面宣传为主,引导新闻媒体增强政治意识、大局意识和社会责任感,进一步改进报刊、广播、电视的宣传,把体现党的主张和反映人民心声统一起来,增强吸引力、感染力。重视对社会热点问题的引导,积极开展舆论监督,完善新闻发布制度和重大突发事件新闻报道快速反应机制。高度重视互联网等新型传媒对社会舆论的影响,加快建立法律规范、行政监管、行业自律、技术保障相结合的管理体制,加强互联网宣传队伍建设,形成网上正面舆论的强势。"②这应该说是对我国当前开展舆论监督的一个总体指导方针。"在新时期,应该改党和政府对新闻媒介的直接控制为间接监控,以法律的形式规定新闻媒介独立负责的地位和作用,确认新闻媒介传播事实、反映和整合舆论的法定权利和义务;同时也规定,新闻媒介的批评和监督仅仅具有信息和舆论的作用,而不具有行政和司法的功能。"③

此外,还应该扩大新闻工作者协会等行业组织在沟通政府与

---

① 《胡锦涛在全国宣传思想工作会议上发表重要讲话》,新华网2003年12月8日。

② 郭镇之:《关于当前舆论监督的结论和建议》,来源于中华传媒网:http://academic. mediachina. net。

③ 同上。

新闻界的关系及维护行业规范和职业操守方面的作用,提高新闻界的专业水平,从而克服当前我国舆论监督主要存在的问题。

(二)建设性舆论监督拒绝"揭丑"取向

舆论监督报道(有时被称为调查性报道)源于西方。在美国新闻史上,调查性报道起自20世纪初的"黑幕揭发运动"。调查性报道揭露了多起严重影响公共安全的问题,但焦点只集中在揭露问题上,表现出一种"揭丑"取向。罗斯福总统曾在记者招待会上不满地将这些专门揭丑的记者称为"扒粪者"(muckrakers),把他们比喻为著名的宗教小说班扬(Bunyan)的《天路历程》中的"扒粪者"。这位扒粪者手拿粪耙,目不旁视,只知道朝下看,因此看不到任何美好的事物,满目都是地上的秽物。

我国的舆论监督类电视深度报道由于对"真相"的理念和新闻体制原因,拒绝"揭丑"取向,拒绝为揭露而揭露,着力于促进问题解决,推动制度建设。

1. 正确认知"真相"

舆论监督报道活动在很大程度上与揭示事物真相有关。从中西方对真相概念的不同理解来看,西方调查性报道强调"揭黑幕"、"揭丑",就是认定只有被人掩盖的事物才可以称得上调查性报道要了解的"真相";而《新闻调查》则是这样认知真相的:"一种是属于通常所说的内幕和黑幕,那是被权力和利益遮蔽的真相;另一种是复杂事物的混沌状态,那是被道德观念和认识水平所遮蔽的真相。"①前一种可以说是人为制造的,后一种可以说是人们自身的认识偏差。另外还有一种是自然原因造成的,自然世界本身还不为人所知。发生在2003年的"非典型性肺炎"及相关报道以上三种情况或多或少都存在。西方媒体强调调查性报道显然忽略了自然原因和人们自身认识原因造成的不为人所知的真相。而《新闻调

---

① 张洁:《我们需要什么样的〈新闻调查〉》,中央电视台《电视批判》栏目。

查》的理念是："探寻事实真相,不但包括所谓的内幕调查,同时也包括对复杂问题的深层探究。"①在这个理念指导下,《新闻调查》不仅做出了像《透视运城渗灌工程》、《绛县的经验》、《药品回扣内幕》、《南丹矿难内幕》、《死亡名单》等被人为掩盖和遮蔽的揭露内幕、黑幕的节目,同时也做出了像《眼球丢失的背后》、《非常被告》、《婚礼后的诉讼》、《探秘紫茎泽兰》、《打工子弟学校》等揭示自然原因和人们自身认识原因造成复杂事态的节目。从这个意义上说,我国电视舆论监督报道对"真相"含义的拓宽,决定了它的选题关注着更为广阔的社会领域。②

　　2. 新闻体制拒绝"揭丑"取向

　　我们新闻媒体的地位和作用与西方不同。西方媒体大量关于官员腐败、政治丑闻的新闻调查,有一个很重要的原因就是为了制造轰动效应,以服务于其经济利益。与我们追求的"团结、稳定、鼓劲,正面宣传"不同,西方媒体的新闻理念偏重于负面报道,偏重于"冲突性",认为问题才是新闻。我国的电视媒体作为社会公共财产,其主要任务在于真实、客观、全面地记录和反映我们国家、我们所处时代的真实面貌,而不是用"揭丑"这种手段来吸引眼球。"电视台公有制的性质也决定了它不会像西方商业电视一样把获取高额利润放在首位,所以我国的舆论监督报道就不能只做或主要去做那些反映负面问题的报道。"③

　　从新闻体制上来说,我国的电视台是党、政府和公众的喉舌,代表最广大人民的根本利益。在我国社会转型时期,舆论监督类电视深度报道要对公共部门和社会所存在的问题进行监察和督促,必须具有全局观念、责任观念,遵守党和国家的相关纪律,在党

---

①　张洁:《我们需要什么样的〈新闻调查〉》,中央电视台《电视批判》栏目。

②　申琳:《电视调查性报道的本土取向》,载于《声屏世界》2004年第5期。

③　潘知常、林玮:《传媒批判理论》,新华出版社2002年版,第98页。

的领导下有理、有利、有节地开展舆论监督。

《焦点访谈》这类舆论监督节目要有良好发展,必须找到电视媒介与政治和社会协调发展的结合点,拒绝"揭丑"取向。

3. 建设性舆论监督

舆论监督实际上是一种话语权的授受与功能运用。媒体在行使监督权时,为了有利于社会的发展与稳定,必须把建设性摆在第一位,绝不能为了提高收听率、收视率和发行量,不顾一切地炒作,不计后果地抨击。因此,我们必须把建设性监督放在重要位置。

建设性监督,是指记者在采访中与被监督者平等交流,共同分析问题产生的原因,探讨解决问题的途径,为被监督者改进工作纠正错误,提出有益的建议,促成问题解决和制度建设。不能图一时痛快,就某个社会问题大张挞伐,而不管这个问题在现阶段是否具有解决的可能性。否则就如同把一盆水打翻在地,然后冷眼旁观社会付出多少倍的成本去补盆和收水。[①]

现阶段,建设性舆论监督除了监察和督促问题的解决外,还要多考虑怎样从负面事件中发现和反映时代潮流,让受众感悟正面现象,受到有益的启迪。

以建设性的思路进行舆论监督,契合了大众传媒社会代言人的正面功能。揭露不是为了破坏,而是要在病患处施以针药、挖掘出不为人所知的积极因素,还能有效地解决舆论监督采访难、刊播难、解决问题难的局面。

4. 非批评形式的舆论监督报道

在舆论监督实践中,很多人误认为对存在的问题只能用批评的形式加以揭露和鞭笞,才能向社会系统提供良好的警示信息,达到理想的警示效果。

从论文开篇对舆论监督类电视深度报道的定义来看,它的监

---

① 洪燕、宁峰:《建设性舆论监督》,载于《新闻前哨》2006 年第 8 期。

督范围主要是存在的问题，但绝不是全部。在其标准里也提到"热点"、"新点"等中性信息。即使是对存在问题的监察和督促，如果我们对舆论监督活动进行深入研究，把视野再放宽一些，就会发现，有很多以非批评形式出现的舆论监督报道。

（1）对党和政府的工作动态、公共政策实施过程、公务人员行为和社会现象的日常舆论监督。

舆论监督并不总是在问题出现之后才介入新闻事件，它还很重视对国家事务、公共政策实施过程和公务人员行为的日常监督，所谓"防微杜渐"、"预警"的功能描述便常用来指代日常监督。日常监督包括对党和政府的工作动态、公共政策实施、评估、公务人员日常行为、社会新现象进行监督等等。

日常舆论监督一般带有公告形式，在实践中运用得较多，如公开服务单位的服务承诺、公布政府机关的办事程序、组织部门将拟提拔的干部在新闻媒体上进行公示等等。这种形式的监督往往可形成一种无形的约束力和较强的震慑力，促使行为单位或人员按章行事，而不一定要到问题出来了才开始监督。

舆论监督对公共权力部门和社会领域日常监督的重要性与"出了问题再监督"相比，有过之而无不及。从哲学的观点来看，问题在萌芽之初的力度和扩张性是最微弱的，如果有外力在其萌芽之初便加以遏制，问题就不会再发展到恶化、蔓延之势。这实际上是一种事前监督，态度是善意的，容易为人们所接受和支持。日常监督对正处于社会转型期间的中国社会来说，是从源头上监察社会各系统运转状况，预防事故发生，更具"船头瞭望者"的角色意义。①

（2）"公开处理结果"的舆论监督。

舆论监督应该是建设性的监督，而不是破坏性的监督。舆论

---

① 展江：《舆论监督在中国》。

监督要与人为善,不是解恨、不是发泄,要给人以出路,最终目的是促进和推动问题的解决。实际工作中,有些问题按常理属不正当行为,或是违规违法行为,曝光批评也未尝不可。但是,一味地批评、曝光,其结果未必理想,不仅会加大问题的处理难度,而且曝光多了还会让受众产生"现在的社会就是这样"的感觉,不利于正确引导舆论。

此时,如果注意监督的技巧,先让事件发生的部门或上级主管部门对事件作出处理,然后以肯定其处理做法的形式进行报道,在"表扬下"对事件进行了监督。这看似是正面报道,实际上是一种"软化了"的舆论监督,使被监督者在公众中作出某种承诺,同时也对社会上同类现象起到一种警示作用。①

(三)慎用电视优势,把握好舆论监督力度与重要关节点

舆论一词演化到现在,其确切意思就是社会公众对于特定问题的议论与意见。但它不是许多人各种意见的简单堆砌,而是经过新闻媒体的互动与转化,扬弃了个人意见的集合意见。因此舆论监督必须真正代表公众的意愿和大多数人的要求。

另一方面,坚持党性和人民性的辩证统一。开展舆论监督,是党的需要,是人民的需要,服从于党和人民的最高利益的原则是舆论监督的出发点和归宿点。面对新的形势和任务,新闻媒介在行使舆论监督职能,尤其是对热点、难点问题的引导和批评、针砭时弊时,既能正确引导公众表达自己的意见、建议和愿望,又能准确地把落脚点放在党和政府的意志与社会公众呼声的契合点上,"要帮忙而不能添乱"。② 注重监督的社会效果,帮助党和政府改进工作,密切党和政府同人民群众的联系,使群众在看到困难和问题的

———————

① 参见王玉梅:《如何把握舆论监督的采写尺度》,载于《新闻传播》2009 年第8 期。

② 田大宪:《新闻舆论监督研究》,中国社会科学出版社 2002 年版,第 164 页。

同时,又看到前景和希望,增强公众建设社会主义现代化的信心和热情,这是新闻舆论监督的根本目的和最重要的社会责任。

鉴于电视深度报道的强大的影响力和权威度,在把握监督力度和重要关节点上需要更加谨慎的态度。

1. 曝光不应无理伤害

舆论监督的目的,在于帮助被监督的对象发现问题、分析问题的症结所在,促进问题的解决。舆论监督报道只能对违法违纪者工作中的错误进行分析和阐释,不能对其本人进行人身攻击,尤其不能使用侮辱性、歧视性语言。特别是在涉及一些无辜者时,必须在画面和语言上保障其合法权益,如肖像权、隐私权、名誉权等。

2. 曝光不应成为反面宣传

运用电视载体曝光问题是舆论监督的有效方式。它是把一些社会疾病,把一些扫帚未到的不良现象暴露于光天化日之下,以唤起社会关注,形成舆论压力,引起有关部门的重视,促使问题获得解决。

毫无疑问,这些平时不太为人所知的不良现象,经电视曝光后,其知晓度大大增加,如果把握不当,生动的电视画面就有可能为它们作反面宣传。如一些电视媒体对制售假文凭一条街的曝光,画面上出现这条街的名称地点,解说词介绍售假文凭的隐蔽方式,什么样的文凭可以制作,价格如何等等。这些虽然为治理部门提供了依据,但也有可能给一些求假文凭者提供了购买假文凭的信息,客观上给售假者作了广告。曝光固然能让丑恶公开于众目睽睽之下,但一定要注意,在问题尚未解决之前,电视报道只宜暴露其"嘴脸"而不应详细提供"出处";一些只宜在"内参"上披露的事实信息,在条件不成熟时,不宜在电视深度报道上全盘公开。

我们知道,揭露和批评只是舆论监督的手段而不是目的。必须有所超越,才能把舆论监督引向深入。如果只是简单地停留在揭露和批评的水平上,舆论监督就会简化为对阴暗面的暴露。而过多暴露阴暗面,就可能让人们看不到社会主流进步的这一面,从而产生悲观失望的情绪。这样,我们的舆论监督就会犯舆论导向上的错误。①

(四)事实信息平台——报道如何深入

"深度"指新闻执着于追求深刻性与全面性的思维方式,它并不要求新闻文本像社会科学论文一样做到观点和论证上的理论深刻和严谨,它只要求通过作者深刻而全面的视角与采编手法,帮助受众更深入地理解新闻事实:事件真相是什么样、直接间接原因是什么、制度上有什么缺陷、社会心理和文化现状以及如何应对等。

这也就是说,深度不是或不主要是因为记者所发表的对事实的深刻见解,而是深在以事实的讲述和事实中疑问的解开为核心,并由此引导受众进入到一种深度中去。"深度不是艰深的话语和生涩的表达,而是最终由观众来感受的深刻。"②

从新闻理论上来看,深度报道的"深"有着上述观点的抽象意义,那么在实践的深度报道中如何操作才能释疑解惑呢?"所谓深度,就是对事实的占有。作为记者,你获得事实越多,你离深度越近。"③电视深度报道如何实现"深度"呢?

1. 纵横交错的时空展现

(1)电视深度报道拓展纵向历史脉络,补充历史性事实。

提供有关历史背景资料,用来解释正在发生的新闻事实的来龙去脉,交代与它有关的事实之间的因果关系,有助于受众更清楚

---

① 胡晓:《新闻炒作与舆论监督:一种文化研究的视角》,载于《新闻传播》2009年第8期。

② 孙玉胜:《十年——从改变电视的语态开始》,第94页。

③ 同上,第100页。

地认识事物的真相和本质,把握事态发展的基本走向。即"以今天的事态,核对昨天的背景,从而说出明天的意义来"。电视深度报道由于传播的特性,在时空转换中游刃有余,可以实现流畅的时空转换。

(2)电视深度报道拓展横向联系和比较,用事实体现深度。

横向联系的视野和与周围事件的比较是深度报道的重要纬线。从横向联系的角度去考察和对比当前发生的新闻事实,因为任何事物都不是孤立存在的,展示事物间深层次的相互关系,不但有助于人们在一种"情景化的状态中"更为客观地了解事物的由来与意义,而且有助于人们在与其他事物的对比中更为真切、生动地把握这一新闻事实。

在展开横向的联系和比较时,特别要注意在挖掘新闻事件的发生原因和辐射影响时,不能就事论事,只挖掘到浅表层因素(如当事人行为失当、自然环境恶劣等因素),一定要充分运用电视媒体优势,用画面和声音来呈现深层次的机制、制度、个体心理和社会心理(如《从市长到囚犯》)、文化等宏大背景,多用事实而不是用理论、观点来呈现深度。

此外,在众多其他媒体一致众口铄金、口诛笔伐某些人物、事件和现象时,应该冷静地寻找别人没有报道过的新角度,尽量寻找新鲜独特的聚焦点以完整新闻事实或还原事件真相。

如在全国引起广泛关注的"嘉禾拆迁案",中央电视台和各媒体的报道基本上都认为是一起政府利用行政权力侵害老百姓权益的事件,官方始终以穷凶极恶的负面形象出现。但著名时政周刊《瞭望东方周刊》对此事进行报道时,选取的角度很新鲜很奇特:如果县委书记如此穷凶极恶、渎职犯法,如何能在这个地方当了这么多年的官员呢?记者通过现场调查发现,其实这个县委书记并非像媒体描述的那样,他特别想为地方百姓谋福利,想把地方经济搞上去。但由于长期以来奉行人治观念,导致政府工作在遇到阻力时,习惯于用强制权力来处理问题,因此和建设法治社会的要求产生了剧烈冲突。

这样的报道对县委书记进行了还原。记者对他进行专访时,他也认真剖析了自己的非法治观念以及造成的损失和恶果,并进行了反思。① 这样报道的"深度"才达到了新闻理念的要求。

定性的"深度"阐述太过笼统和抽象,有学者提出了对"深度"的量化测量标准之一:

> 深度指标:背景资料的覆盖率。这个深度指标的含义是,一个深度报道所报道的新闻事件在大多数专家和受众看来,应该有 N 条背景资料,然而在节目中只安排播出了 N 条中的 n 条,如果播出的某一条背景资料不在 N 条之内,应该被认为无效,那么 n/N 即是背景资料的覆盖率。
>
> 以《最后的保障线》为例,随机调查 200 人,问他们关于生活最低保障线的问题,他们想知道哪些信息,然后从调查结果中总结出比如 10 条,即 $N = 10$,然后统计实际播出的《最后的保障线》介绍了比如 8 条,即 $n=8$,那么背景资料的覆盖率这一深度指标的值即为 0.8。根据在探讨第一个深度指标中所遵循的原理,仍可以从此得出如下的简单统计数据:个案 10,总人数 200,$N(10)$,$n(8)$,覆盖率(0.8)等等。并由这些数据计算这一深度报道的信度和效度。
>
> 如果具备了良好的信度和效度,那么便可以说,0.8 的背景资料覆盖率说明从深度报道第一要素这个角度来讲,这是个优秀的深度报道,也可以说,在其他深度指标

---

① 参见张志安:《报道如何深入》,南方日报出版社 2006 年版,第 203 页。

相同或接近的条件下,背景资料覆盖率 0.8 的深度报道
要比背景资料覆盖率为 0.7 的另一深度报道要好,而且
也证明了背景资料的覆盖率是一个良好的深度指标。①

2. 准确到位的深刻评论

舆论监督类电视深度报道的评论是"深"的直接反映。一针见
血的点评是画面活起来的关键,尤其是当缺乏画外音的批注和转
译,画面本身还难以揭示深度时,评论就要及时起到引导作用。画
面和人物语言叙说的互补是充实图像意蕴的画龙点睛之笔。有人
说,深度报道是文字的特长,电视不适合评论。

但正是因为电视的交流、反馈的直观性、形象性,调查过程的
动态性,取证见证的观众参与性,使电视评论更具说服力、论证性,
而观众就有了判断的广阔空间。至于评论的手法则是多种多样
的,主要看记者、主持人想突出什么,由谁来说和怎么说。优秀的
评论要准确而犀利,点出因果联系。②

准确到位的深刻评论或质疑事件中的破绽,或道明最关键的
真相,或对制度的缺陷发出令人深省的呼吁等,评论不仅要有深
度,还应生动、犀利、简洁。

(五) 信息平台以新闻公正为主臬:用事实说话

21 世纪的中国,在逐步实现现代化的进程中,提出建立"社会
主义和谐社会"作为现实奋斗目标。从哲学上看,"和谐"是一种至
高的善,"和谐社会"所表达的既是对社会公正秩序的制度期待,也
是对美好安宁生活的伦理期待。③

---

① 　闫凯蕾:《深度测量——对电视深度报道分析之一种》,《海南广播电视大学学
报》2004 年第 2 期。

② 　参见闫凯蕾:《深度测量——对电视深度报道分析之一种》。

③ 　彭定安:《辩证互动发展:和谐文化与构建和谐社会》,来源于中国论文下载中
心:www.studa.net。

作为一种价值理性,公正并非只停留在人类的思维领域,它不断地外化为具有很强实践意味的现实追求,其表现凝聚在对社会公正的渴望和实现中,表现在舆论监督的新闻报道领域,很重要的一个维度即是对新闻公正性原则的弘扬。

新闻公正是媒体生存发展和社会正常运转的基础。公信力是媒体的生存之源。新闻公正原则本质上要求报道尊重事实,用事实说话。在本节中,参照前述章节内容,从"用事实说话"的角度着重探讨新闻真实、新闻平衡和新闻原生态(客观)的公正理念。

新闻公正是新闻专业操守里最为重要的标准之一,新闻报道得公正才能推动社会制度的公正,推动社会在正确的道路上走向和谐。

1. 注重新闻真实:用事实说话,摒弃电视新闻的"情境再现"

如前分析的"情境再现"的危害,电视深度报道记者千万不能忘记这样的事实:新闻,是用客观事实昭示真相而不是用合理想象炮制噱头。真实是新闻的生命。新闻的真实,是指新闻事实的客观真实,所以李大钊说:"新闻是现在新的、活的社会状况的写真。"[①]

中央有关部门前段时间也出台文件,明令禁止电视新闻中使用演员扮演过去时态的事件情节,以达到"情境再现"的目的。真实的新闻,是作者深入实际、深入现场、深入生活亲身体验来的,是用眼、用脑、用心去观察到的,绝非是靠合理想象、情境再现得来。

因此,无论多么逼真的"情境再现"与真实现场相比较,都是赝品,是假新闻。舆论监督记者要为社会留下真实的历史时刻。蔡元培先生曾经说:"新闻之内容,无异于史也。"[②]真实的事实是新闻的生命,也是舆论监督的力量所在。从新闻实践来看,舆论监督报

① 《李大钊文集》,人民出版社 1999 年版,第 45 页。
② 《蔡元培语言及文学论著》,河北人民出版社 1985 年版,第 213 页。

道的纠纷往往是由于报道不实，用词不当，内容违法所引起的。

舆论监督类电视深度报道要想取得应有的舆论监督效果、避免新闻纠纷和新闻诉讼，首先，即要做到新闻事实真实、准确。画面作为电视新闻的基础语言，电视新闻真实首先是画面必须真实，必须在新闻事件现场用追随摄影，以及挑、等、抢的手法捕捉、抓取鲜活的画面形象。① 在新闻事件发生现场抓拍，把新闻现场的环境、氛围细节，以及新闻事件变化过程展现在观众面前，使观众有身临其境之感。"国外学者研究发现，一个人说的话，只是他表达东西的 7％，38％通过讲话的态度表现出来，55％通过面部表情和身体动作表达。"②可见，电视新闻表现真实的情境对于广大电视观众是多么重要。"对观众来说，一部影片的真实性程度取决于他们能在多大程度上接受影片表现真实世界的方式。"③

电视深度报道也应该借鉴纪实电影经常运用的长镜头手法。作为纪实的标志，长镜头以其时空展现的相对完整性使画面上原来相对模糊的信息，产生有意义的关联，把它运用到电视新闻采制当中可以有效地强化电视深度报道独有的亲切感和贴近感。如《第二次生命》里，片子每一段实录都采用长镜头的方式，尽可能多地展现医院、家庭的小环境、病房里的全景，特别是胡同里悠长的背影，给简单的画面赋予了不同的意义。④

如果已经错过了与事实进度同步的镜头抓拍，应该如何保证电视深度报道的真实性呢？"情境再现"或许是电视新闻人一种求新的业务探索，但正如"人不可能两次踏入同一条河流"，新闻事实的客观流程也是不能够被两次实录的。因此，"情境再现"的口子

---

① 黄灵平：《纪录片伪纪实手法剖析》，载于《视听杂志》2006 年第 1 期。
② ［美］约翰·布雷迪：《采访技巧》，新华出版社 1986 年版，第 178 页。
③ 解欢："论艺术真实与客观真实"，《复旦大学学报》2006 年第 1 期。
④ 参见《调查〈新闻调查〉》，文化艺术出版社 2006 年版，第 131 页。

不能开,补拍最好还是采取当事者或知情人在现场讲述经过的方式。实际上,在绝大多数情况下,完全可以通过正常的补拍方式将事实说清楚。如果记者能够进行必要的引导,使对方在一些关键之处表述得细致一些,同时注重镜头的强调表现和细节捕捉,一样也可以具有较强的可视性。为几个镜头"出彩"而模糊真实性的界限是不值得的。

国外电视新闻界在没有现场镜头时较多使用的一种做法是,采用类似速写的绘画组合把当时大致的情景勾勒出来,与同期声访谈和有关空镜头有机穿插,以弥补画面上的不足,辅助观众接受。① 具体的操作方式当然是可以不断探索的,但一切都只能建立在不违背新闻真实性原则、不使观众产生任何误解的基础之上。

2. 注重新闻平衡:用事实说话,运用电视手段公平呈现事件全貌

舆论监督类电视深度报道的平衡是指在报道中同时具有认识的深度和表达的平衡,给予对立双方或者多方平等的话语权和证据链条,新闻平衡多用于有争议、有疑团的调查性报道,只有平衡的报道,其结论才能使受众真正信服,制度的推进才能进入良性循环。

但平衡并不意味着机械地以同等时长把事件的各个方面或争论中的各种意见均衡地记录下来,这等于是对舆论监督深度报道倾向性的否定,在新闻实践中也无法做到。

在一般情形下,报道应该突出相对主要的因素和意见,对相对次要的因素和意见弱化处理。如果追求绝对平衡,反而违背了客观事物的本来面目,也无法对事件的意义和发展趋势作出深入分析。

正如孙旭培先生所说:"平衡手法不是讲多种因素、多种意见

① 参见唐俊:《新媒体时代电视新闻的应对策略》,载于《新闻记者》2008年第5期。

均衡地、中庸地报道。平衡手法所追求的目标,是更准确地反映事物及其内外联系,是表现令受众更加信服的倾向性,是寓倾向性于全面、客观、公正之中。"①对立面比较、多侧面剖析、综合辩论、质疑公认观点等都是新闻报道中应该常用的保持报道平衡的具体做法。

(1) 对立面事实的比较。

现实生活中,人们对同一事物往往存在截然相反的看法,事件当事人之间利益冲突,或者事物本身就包含是与非、对与错、利与弊等相反因素。为了尽量客观、真实地呈现社会事件本来面目,记者就必须大胆而谨慎地运用平衡术,从不同的信息源获取事实,从相对的立场观察同一问题,并将对立面的事实和观点同时呈现出来加以比较,让受众从鲜明的对比中得出对事物的判断。这样做能避免记者明确表态时不恰当的倾向性可能造成的报道失误,也能防止对一方利益的忽略而造成伤害。

(2) 多侧面事实剖析。

激烈变动的现代社会中有很多事实仅仅看到其对立的两面还不够,还要重视各种非对立的相关事实的存在,这样才能在了解事实全貌的过程中得出准确认识。

(3) 回旋法。

指在报道中突出一种主要倾向时也点出已存在或可能出现的相反倾向,使报道留有余地,避免绝对化的判断。平衡并非排斥新闻的倾向性。舆论监督报道要发挥积极作用,就应当在必要的时候以适当的倾向性影响社会舆论。但倾向性不管强烈与否,都必须准确把握分寸。防止极端化绝对化——回旋法最能体现报道的分寸感。

(4) 辩论法。

为了引导受众全面深入地认识某种复杂现象,记者将社会各

---

① 孙旭培:《新闻平衡报道》,《浙江大学学报》1994 年第 3 期。

界人士的看法集中起来形成辩论，为不同观点提供交流碰撞的机会。辩论各方的见解并无绝对的对错之分，最终目的也并非为了形成某种定论，只是为受众提供不同的思路以便更全面更理智地认识社会现象。

（5）质疑法。

指记者在报道中针对社会上对某一问题的主要看法或其他媒体报道的主要倾向提出质疑，使人们注意到问题的另一面（如前所述的《东方瞭望周刊》报道的"嘉禾拆迁事件"）。这一手法能有效促进舆论监督报道宏观平衡的实现。媒介的批判精神对唤起公众的理性思考和保持社会机体的健康有重要意义，当某种社会现象引起人们的高度关注而且看法过于集中于问题的一面时，媒体有责任提出睿智的异见。①

在上述几种方法中，电视深度报道独有的传播优势都可以让对立双方或者多方各陈观点的画面交替、交叉出现，给予利益对立方同等的话语权，如让各对立方都有身份地位、权威度、表达能力基本同等的人在报道中表达自己的意见，在表达时长和顺序方面也基本平等公正。让受众身临其境地感受几方利益相互碰撞、交织的复杂程度，从而作出自己的判断。

3. 注重新闻原生态（客观）：把握"记者的主观"，用事实说话

和一般报道不同，舆论监督类电视深度报道的内容往往来自新闻报道主流之外的新闻事实素材，②这就需要记者凭借自身的敏感进行大量的调查和采访。展现调查过程时，不管是以"第一人称叙述情境"还是"客观叙述情境"，记者的主观因素占有重要地位。

---

① 孙旭培：《论新闻报道的平衡》，《新闻学新论》，当代中国出版社 1994 年版，第201 页。

② ［美］沃尔特·福克斯：《新闻写作——报刊记者指南》，李彬译，南方日报出版社 2001 年版，第 79 页。

因此把握舆论监督类电视深度报道"记者的主观"的关键便是记者在报道中只用事实说话。

2003年底《新闻调查》打算制作一期节目。这期节目要反映的是河南省南阳市公安局打击带有黑社会性质的集团,但这个集团买通了检察院的批捕处处长,结果公安"打黑"没有打下去,几名干警反而被批捕处处长利用手中的权力给抓走。

本来这是一个以"揭黑幕"为目的的节目。但是编导到南阳做了前期摸底,结果很快发现事件的真实情况和原来听说的有不小的出入。公安"打黑"是事实,"打黑者"反被受了贿赂的检察官所"黑"也是事实。但是,检察院在"打黑"进入关键时刻突然抓走几名干警并不是毫无法律依据,几名"打黑"的干警确实有自己不大"干净"的地方,这就造成了一个复杂的局面:英雄没有单纯的悲壮,受贿官员抓走公安干警也不是没有根据,记者一时陷入了尴尬。

在现实生活中,记者经常会发现真实的现实并非记者预想的是某方百分之百对,某方百分之百错,而是很有可能某方百分之三十是错的,有百分之七十是对的;有些事实还有可能是"五五开",一时无法判断对错。

面对这样的情况,舆论监督类电视深度报道应该与现实生活保持平行,运用电视手段"零距离"地把事实的"原生态"展示给受众,让他们首先感到记者的报道是真实客观的,就是发生在他们生活中的事实。深度报道真实地把问题提出来进行客观的分析,不急着下结论,是非对错先交给公众去思考,这样受众才有可能在"真实的事实"空间里去自己感知、把握、判断、认定,可能沉淀一段时间之后,就会达成共识。① 这才能使舆论监督电视深度报道制作与收看电视的行为产生积极的互动。

---

① 参见长江:《"新闻调查"能不能"灰"一点?》,《现代传播》2004年第2期。

　　现代传播学认为,新闻事件中,只有事实才能最终充当"法官"的角色。记者和媒体则始终代表"广大公众的利益",选取能够充分揭示事实真相、概括事实全貌的事件,尽量使用客观的词汇描述,在事实的基础上进行公正的评论。

　　舆论监督报道一直关注着农民、城市打工者等弱势群体,关注着他们的生存权、健康权,为他们奔走呼吁。在这样的情况下,有些电视人往往认为电视新闻中,必要的主观性渗入往往能够使新闻超越表面上的客观,使新闻报道更接近新闻事实的本来面貌。但是从新闻本质上来说,记者和媒体在舆论监督报道方式上的角色还应是忠实的"记录者"和"分析者",过于强烈浓厚的主观色彩反而会削弱报道的客观性和监督力度。

　　必须时刻警惕新闻人自身主观感情与新闻事实间保持适当的距离。在《60分钟》里,无论是记者还是编导,其秉持的新闻制作观念都偏向于社会主流价值观,如宽容、平等、公正、理性、创新等。特别是在涉及社会不公正问题时可以明显看出其对遭受了社会不公正待遇的弱势群体给予的深深关注和无限同情,但这些带记者个人主观色彩的倾向被冷静理智地控制在适当范围,不轻易流露出来,而是使观众在张力极大、反差极大的电视新闻事件叙事中受到强烈的感染。①

　　《焦点访谈》报道的《罚要依法》追求新闻客观性:在揭露309国道黎城、潞城交警乱罚款的问题之后,《焦点访谈》的记者与节目当中的交警苗义河等当事人进行了第二次交流,报道了他们正确面对批评,改进作风的情况,同时报道中也注意将山西黎城、潞城个别交警的所作所为与漳州110济南交通民警的行为形成对比,虽然提出了批评,却没有影响干警的整体形象。后续报道中,记者也注重将整个事件向着积极的方向转化。如果记者和媒体不是本

―――――――――

① 参见张东方:《新闻报道中的情感与理智》,载于《青年记者》2008年第7期。

着建设者的态度,而是为了制造卖点进行调查性报道,非但无助于问题的解决,反而会激化矛盾,同时也会严重损伤媒体的公信力。

从舆论监督类电视深度报道的传播效果上看,记者的角色还应该是"建设者"而并非"破坏者"。在报道时,记者和媒体就应本着"建设而非破坏"的原则,将注意力集中于过程的监控和制度性重建上来,而并非以主观情绪化判断来达到"为批评而批评"的目的。

（六）处理好五项辩证关系

舆论监督要把握好"度",必须处理好以下辩证关系:

一是处理好相对独立与服从大局的关系。舆论监督有其自身规律性和独立性的一面,但同时又必须在法律和规范的框架内活动。越是强调我国舆论监督的相对独立性,就越是要加强和改善党对新闻工作的领导。

二是处理好自由与自律的关系。言论自由是舆论监督对权利的要求,而新闻媒介自律,则是权利对义务的承诺。法治对社会关系的调整功能,使舆论监督的主客体双方处于一种规范化的生存方式中,因此,建立一支高素质的新闻从业队伍至关重要。

三是处理好协作与合力的关系。所谓协作,是指记者在舆论监督活动中应尽可能避免孤军作战,积极与纪检、监察及行政执法部门、司法机关等携手合作,寻求权威部门与执法机关的支持与配合,以获得舆论监督的准确性和科学性。

四是处理好监督与总量的关系。舆论监督在报道总量中所占比重要适量。事实证明,若舆论监督内容在报道总量中只占微乎其微、不疼不痒的比例,必然难以发挥其应有的作用;但如果批评性内容过多,又会扭曲社会真相,削减公众对于政府的信心。

五是处理好出发点与切入点的关系。我们的舆论监督报道不同于西方的"扒粪运动",舆论监督的目的不在于"揭丑"或"捅刀子",而在于惩前毖后、治病救人。出发点决定切入点,舆论监督的内容应该主要是政治问题、政策问题、社会问题等,而不是事无巨细的一般问题。此外,还要掌握科学的分析问题的方法。只有坚持马克思主义新闻观,并在实践中正确地运用辩证唯物主义分析方法,才能够准确把握问题的实质,选准舆论监督的出发点和切入点,最大限度地发挥舆论监督的正面效应。在报道的过程中,既要有对事实的客观叙述,又要有理性的分析思考,对负面问题进行否定或者鞭挞,倡导正面价值观,这也是从另一个方向维护和促进社会公正。①

如果我们的舆论监督无法促进社会健康有序发展、促进问题尽快妥善解决,反而帮倒忙和"添乱",使得问题更加复杂化,那就是失败的舆论监督。

(七)以法律法规为底线

舆论监督具有双重性,它既受法律保护,也受法律的制约,"法"是最后的底线。具体而言,舆论监督报道的合法,主要包括报道程序的合法、报道行为的合法、报道内容的合法三个方面:

一是报道程序合法。舆论监督报道程序合法包括采访报道主体的合法、采访报道范围的合法、采访对象的合法、采访报道手续的合法、传播主体的合法等等。

二是报道行为合法。无论是普通方式的采访还是隐性采访,如前所述,都要特别注意防止侵犯采访对象的名誉权、肖像权、隐私权等等,尤其是隐性采访,涉及有关法律的问题必须认真对待和注意,否则会造成负面效果,引起不必要的法律纠纷。

三是报道内容合法。舆论监督的基本方向必须符合宪法和法律要求,不能发表有悖于党和政府的路线、方针政策和法律规定的报道。新闻组织、新闻活动、新闻言论自由不能凌驾于法律之上,

---

① 参见任毅真:《舆论监督需要处理好的几个关系》,载于《新闻爱好者》2007年第24期。

舆论监督不是"第四种权力"，舆论监督记者也不是"法官"。新闻不能随意解释法律条文的含义，更不能进行歪曲法律的宣传。舆论监督报道不能违背法律规定泄露党和国家的有关机密，要遵守保密规定。① 监督报道的内容要真实、客观、平衡、公正，不能含有侮辱、诽谤他人，侵害名誉权与隐私权的内容。

第二节　舆论监督类电视深度报道
记者综合素质的提升

无论是我国舆论监督类电视深度报道存在问题，还是新闻理念的更新，都促使我们再次把视线投向舆论监督类电视深度报道记者的身上。

记者掌握着新闻信息的呈现状态，把持着新闻信息的流量、流向和覆盖面。舆论监督类电视深度报道要跨上一个又一个更高的台阶，需要新闻人、新闻体制和社会公众的共同作用，在这一系统工程中，记者可以说是报道"出生"的最直接的助产士，他们综合素质的提升对舆论监督报道本身的质量提升来说具有重要意义。

一、舆论监督记者应树立的基本角色观念

舆论监督是我国监督体系中一种独特的公共权力监督机制，不仅是新闻媒介舆论传播的重要功能之一，也是社会公众和公共权力部门委托记者的一项必要职责。

这对电视记者的综合角色观念提出了很高的要求。电视记者在整个舆论监督活动中既需要准确地定位自己在活动中的位置、脑中时刻有大局观念，又需要在法治和道德的框架内缜密周到、灵

---

① 参见阚敬侠：《略论新闻报道程序、方法和语言的合法性》，载于《新闻战线》2001年第7期。

活敏捷地完成采编任务。

要增强舆论监督的正面效力，取得良好的社会传播效果，记者必须提高思想认识，加强自身修养，树立四个基本角色观念。

一是定位观念。所谓定位观念，就是要找准记者在舆论监督中的位置。首先是明确记者在舆论监督活动中充当的只是"记录者"、"分析解释者"角色，在政策、法律和新闻规律范围内运用电视手段纪录和传播真实、客观、平衡、全面的警示信息是记者最重要的工作。其次是明确舆论监督记者的社会责任感。面对权力和经济的压力时，应该以社会公众利益为重，尽量排除环境的干扰，向社会系统通告阻碍社会健康运行的负面因素。

缺乏定位观念，记者在舆论监督实践中就会出现"越位"、"缺位"现象。

二是全局观念。全局观念要求记者对待实施监督的部门、个人和新闻事件，不能单纯就事论事，而应该放眼全局，从社会时势出发，着眼全局考虑问题。具备政治素质是树立全局观念的重要着力点。政治素质指坚强的党性和正确的政治方向，高度的敬业精神和责任感，坚持全心全意为人民服务的宗旨，坚持正确的政治方向。

其主要内容包括：首先是坚持正确的舆论导向，旗帜鲜明地宣传党的政治主张和政治观点，宣传党的路线、方针和政策。其次是要努力使党的路线、方针和政策及时准确地通过新闻报道与广大读者见面，以激发社会公众积极投入全面建设社会主义和谐社会，不断开创现代化建设新局面的热情。再次是热情讴歌社会公众在建设和谐社会中的业绩，正确反映公众的迫切愿望、呼声和要求。最后是勇于揭露和批评违背、损害公众利益的错误认识和行为。

三是法治观念。电视舆论监督记者要树立法治观念，在舆论监督中严格遵守国家宪法和法律。充分重视和发挥法律在舆论监督中的重要任务和功能，揭露、制止违法现象，维护和促进社会公正。在这种情况下，对被监督对象作出公正的、符合实际的评判是实施监督的前提。除了研究相关政策和行业知识外，记者也需要深入研究相关法律，多从法律角度看问题。因为我国社会正朝向法治社会大步迈进，法律在社会生活中的作用和影响越来越大。法律提供了是与非、合法与非法的辨别标准，提供了对违法性质、程度的评判方法，提供了惩戒、处置的程序和标准。舆论监督记者必须具有法治观念，才能自觉摆正"人"与"事"的关系，在监督的内容上尽量采取"对事不对人"的监督策略。这样才能注意避免在监督过程中出现对被监督对象或其他个体的名誉权、隐私权造成侵害的新闻官司。依法监督才能减少监督的随意性、盲目性，才能增强监督的准确性、权威性、战斗性。

四是道德观念。每一种职业活动都有对其从业人员的职业道德要求，舆论监督记者同样也要在新闻职业道德制约下工作。舆论监督的基本准则是用事实说话，舆论监督的力量来自事实。可以说，事实准确详尽是舆论监督的生命所在。记者不仅要对事实本身负责，而且要对事实使用的准确性负责，不能夸大，也不能缩小。舆论监督记者要认真遵守新闻纪律，严格履行职业道德规范。新闻纪律和职业道德都是保证新闻记者正确履行监督职责的外部规范，要使之发挥积极作用，必须要舆论监督记者把它们转化为自己的内心信念。①

总之，舆论监督是一项复杂的系统工程，需要客观因素和主观因素以及社会各个方面的共同努力、理解配合。舆论监督记者作为舆论监督的主体，作为推动舆论监督工作的内因，更需要真正树立起进行舆论监督所必需的角色观念，舆论监督工作才会有原动力，才会健康、顺利、有效、正确地进行。

---

① 参见黎三华：《记者在舆论监督中的角色定位》，载于《新闻与写作》2004年第9期。

二、舆论监督类电视深度报道记者应实现与法律的良性互动

从前面的章节来看,在记者权利方面出现了两种现象:一方面,重大新闻事件发生时,记者由于受到权力或其他力量的约束而放弃介入新闻事件;另一方面,记者过多使用隐性采访和媒体审判现象都表明,记者有违反法律法规的行为出现。

如何才能让记者既能化解环境约束报道重大事件,又能恪守规范,不做越界之举?

要进行舆论监督,记者有没有新闻报道权? 该权的适用范围有多大? 遇到采访对象拒绝受访时怎样维护记者的新闻报道权?

记者可能在有意或无意之中侵犯了新闻当事人及其亲属的合法权益,违反了国家相关法律法规和政策规定,记者应该怎么办才是正确的?

记者在进行舆论监督报道活动时,如何实现与司法公正的平衡,达到双赢的目的?

众多学者的答案即是记者的报道活动必须实现与法律的良性互动。

(一) 记者拥有的新闻报道权

我国没有专门的法律法规对记者的新闻报道权进行规范,很多记者在采访和报道中遭遇阻拦采访时一筹莫展。在现代社会,公众享有知情权。当新闻成为一种事业,由专业机构从事这一事业时,人们"知的权利"在相当意义上便通过这些新闻机构来满足。公众的知情权之于新闻媒体自然就是指新闻报道权。新闻报道权指新闻媒体及记者自由地搜集新闻信息并将它们报道出来的权利,从而让受众享受"知晓"的权利。

新闻报道权包括采访和报道两个环节。采访是新闻报道的基础环节,也是新闻记者的最基础性权利。采访权指新闻工作者有权通过法律允许的手段对一切可公开报道的新闻事实获取材料的权利(但涉及国家秘密、个人隐私、未成年人犯罪的新闻事实

除外）。① 报道是采访权在出版、播出环节的实现形式。新闻报道可以是信息的通告、消息的披露，也可以是深度报道的陈述和评论。

1. 新闻报道权的法律渊源

新闻报道权作为传媒所拥有的主要权利，是公民权利的延伸。其法律渊源在于公民依照宪法享有的公民的言论自由，通过传媒的新闻自由权获得表达和知晓的渠道。总之，新闻报道权是实现公民知情权的具体化。

（1）言论自由。

新闻报道权是公民言论自由权利的延伸。《公民权利和政治权利国际公约》第 19 条第 2 款规定："人人享有表达自由：该权利应当包括以口头、书面或印刷物，艺术或自己选择之其他方式，不分国界地寻求、接受和传播各种信息和思想的自由。"②我国政府于1998 年 10 月签署了《公民权利和政治权利国际公约》，承认言论自由是基本人权。在大众传播时代，公民言论自由权的实现越来越借助于新闻媒体：公民有权通过新闻媒体获得和传播国内外的信息，并借此参与国家政治生活和社会生活；公民有权通过新闻媒体对国家重大事务、国家机关及工作人员进行监督；国家应当保护新闻记者采访、报道和评论等权利。

因此，新闻报道权来源于公民的言论自由权利，国家以法律形式充分保护传媒这一为公民提供的行使言论自由的平台。

（2）新闻自由。

1980 年，联合国教科文组织"国际交流问题研究委员会"的调查报告《多种声音，一个世界》，把原有的新闻自由的含义进一步深

---

① 刘昆岭：《论新闻报道权的法律渊源》，载于《新闻爱好者》2007 年第 8 期。

② 朱晓青：《公民权利和政治权利国际公约及其实施机制》，中国社会科学出版社2003 年版，第 107 页。

化,提出了"交流权"的概念,认为任一公民都应该拥有获知新闻和传播新闻的自由权。报告强调:"人人都应该享有搜集和传播新闻信息,以及发表意见的权利。但是,新闻人员需要行使这些权利作为他们有效地进行工作的基本条件。"①这便是国际新闻界公认的关于"新闻自由"的界定。新闻自由是言论自由在新闻传播领域的延伸,或是透过新闻传播媒介实现的言论自由。它是指公民和新闻媒体在法律规定或认可的情况下,搜集、采访、写作、传递、发表、印制、发行、播出新闻或其他作品的自主性状态,是宪法规定的公民言论出版自由在新闻活动中的体现。在我国,"新闻自由虽然也未见诸于宪法文字,但它应该是表达自由的必然延伸,确切地说,它由上述言论和出版(播出)自由、批评和建议权延伸而来,是后者借助于报刊(广电)媒体的实现"。②

(3) 知情权。

表达自由是国际公认的一项基本人权,保障表达自由必须同时保障表达者获取外界信息特别是国家和社会公共事务信息的权利。基于这样的推论,知情权就被认为是从表达自由中引申的一项潜在的权利。知情权,指公民了解政府和行政机关的各种公共信息的权利。根据国际新闻理论,"知情权"源于公民的言论自由权,而传媒的新闻报道权正是源于公民的言论自由权和知情权。传媒成为公民实现知情权的主要渠道。传媒使公民言论自由和知情权获得了实现上的统一。

新闻报道权服务并从属于公民的新闻权利,但不是记者作为公民的一般权利,而是履行职务所具有的特殊权利。它属于权利而不是权力。权力体现的是支配与被支配、管理与被管理的关系;权利体现的是平等的关系;权力是一种强制力,权利则是在习惯、

---

① 廖永亮:《舆论调控学》,新华出版社 2003 年版,第 59 页。
② 同上,第 67 页。

道德或者法律范围内行为不受侵扰的自主状态；权力大小是同主体的等级高低成正比的；权利则是普遍的、具有同等条件的人们同等享有的。①

2. 新闻报道权的内涵

(1) 记者的采访权。

采访是一种带有目的的观察、聆听、谈话、询问、体验、记录、查阅、录音、录像等的行为。记者行使采访权，从一定意义上说就是代表人民行使民主权利，是为了满足公众的知情权而进行的信息采集。采访权并不意味着任何人必须接受采访。上海社会科学院新闻研究所研究员魏永征将媒体的采访权分为消极采访权、积极采访权、约定采访权三种。

"消极采访权"是指在公开场合的采访权利。记者作为公众的一员，可以自主地以各种手段采集信息。这时的采访权是一种绝对权，权利的义务方是一切人。如果强行干预、阻碍，则构成对采访权的侵犯。但是这种场合的采访在信息采集手段上、信息采集对象上都要合乎法律要求，受到一定的限制。

"积极采访权"是指对负有特定的信息公开义务的主体的采访权利。这种权利的核心是向政府索取信息的权利。在法律上，主要是以规定政府有公开特定信息的义务的条款加以保障。此外，其他面向社会的公共组织，也负有公开特定信息的义务，如企业公开有关商品和服务的真实信息的义务。积极采访权属于相对权，权利的义务方只限于特定主体。当有关信息应予公开而尚未公开时，记者有向有关部门、机构索取的权利，后者必须提供。拒不提供，就是对采访权的妨碍。

"约定采访权"是指记者采访要经被采访人同意。在一些情况下，记者所要采集的信息为他人所控制，而他人又没有必须提供的

---

① 刘昆岭：《论新闻报道权的法律渊源》，载于《新闻爱好者》2007年第8期。

义务,这就需要征得他人同意,这时记者的采访权就表现为一种约定权利。这里的采访包括对各种机关、团体、企业、事业单位的采访,还包括对特定人的采访。①

(2) 记者的舆论监督权——报道权的核心内容。

舆论监督权是新闻报道权的核心内容,体现新闻的重要功能,是法治社会正义、自由和公正的象征。舆论监督权不具有公共权力的性质,没有强制力,是一种软监督,但这种权利常常起到社会其他组织无法替代的作用。

此外,新闻记者享有人身不受侵害、人格尊严受到尊重的权利。每一个新闻记者都享有民法上一切自然人所享有的人格权。其中包括生命权、健康权、身体权以及人身自由权。在新闻记者行使采访权,进行新闻报道的时候,作为记者,其采访权受到保护,作为自然人,其生命权、健康权和身体权也受到与其他民事主体一样的严密保护。任何侵害记者人格权的行为,都是法律制裁的对象。②

现代民主国家或明示或默示,均承认新闻报道权为新闻机构的一项基本权。许多国家的新闻专门法规定了记者报道自由的权利。舆论监督类电视深度报道记者在进行新闻制作时应该充分利用新闻报道权以获取尽可能多的素材和报道空间。

3. 遭遇不合理的阻力时,如何实现新闻报道权

新闻报道特别是舆论监督,其宗旨是与违规、违法等现象对立的,因此记者在行使新闻报道权时往往会遇到各种各样的阻力。在国家尚未出台《新闻法》之前,记者、媒体在遇到阻力时应该如何实现新闻报道权呢?

---

① 参见魏永征:《论采访权》,来源于中华传媒网:www. academic. mediachina. net。

② 周甲禄:《舆论监督权论》,山东人民出版社 2006 年版,第 201 页。

（1）在遇到政府工作人员无理拒绝采访时。

政府工作人员主要指在政府各职能部门的工作人员。根据《中华人民共和国信息公开条例》，政府工作人员在公务时间、在其工作状态下，针对其职务范围内的采访，不能拒绝采访，应该如实回答记者所提出的有关其工作职权范围内的问题。因为此时他所代表的不是他个人而是政府相关部门。政府部门作为为公众服务的机构，有政务公开的义务。即有将除国家机密以外的信息公之于众的法定义务。而记者采访政府官员时，所代表的也不仅仅是媒体，而是媒体背后的公众需求。

如果政府官员针对其职务范围内的问题拒绝接受记者的采访，新闻媒体可以根据《中华人民共和国信息公开条例》如实地报道其拒绝采访的情形，并作出分析阐释。

（2）在遇到检察人员无理拒绝新闻采访报道时。

1999 年 1 月，最高检发布《人民检察院"检务公开"具体实施办法》。检务公开就是除法律规定必须保守秘密的事项外，依法可以公开的检察活动都要公开，包括向当事人公开和向社会公开两个方面，而向社会公开主要就是通过新闻媒介进行报道。

对于记者来说，一定要树立起尊重司法、尊重法庭的意识，本着客观报道的态度对待司法报道和庭审报道，切忌对案情主观判断以及在不了解全面情况时随意评论。但如果遭遇无理拒绝采访时，记者在采访检察事务时可用上述法规作为依据。

（3）在遇到企业拒绝新闻采访报道时。

一是公共企事业单位。教育、供水、供电、供气、供热、环保、医疗卫生、计划生育、公共交通等与群众利益密切相关的公共企事业单位在提供社会公共服务过程中也制作、获取了大量社会公共信息。公开这些与人民群众生产、生活密切相关的社会公共信息，有利于更好地保障广大人民群众获取信息、利用信息的合法权益。为此，《中华人民共和国信息公开条例》也将这部分公共企事业单位纳入了调整范围。这些单位应当参照《条例》,公开其在提供社会公共服务过程中制作、获取的信息。

二是私人企业。

我国《刑法》、《反不正当竞争法》认定商业秘密主要依靠三个方面:秘密性——一旦商业秘密被他人非法公开,就再也不可能恢复到秘密状态,从而使权利人失去抵制竞争对手的能力。价值性——商业秘密能为权利人带来经济利益。不具有经济性的信息,不属于商业秘密。保密性——权利人主动对技术信息和经营信息采取了合理的保护措施。这些措施包括订立保密协议、建立保密制度、采用保密技术、运用适当的保密设施装置以及采用其他合理的保护方法。

只要不同时具有三个特性的商业信息,就不算商业秘密,记者就有权要求公司予以披露。另外,有经验的记者还可以在遭到拒绝采访之后根据公开的数据报表推断出自己想要得到的信息。[①]"2002 年业内著名的'世纪星源'案就是《财经》记者浦少平根据世纪星源公布的财务报表数据和作者的现场观察所写出的。《财经》的表现得到了法学界、经济学界以及新闻界绝大多数的支持。"[②]

2000 年 1 月,最高人民法院院长肖扬对人民法院支持舆论监督、为新闻单位提供司法保护提出了六条要求,就是司法机关对新闻传媒及新闻工作者行使新闻批评权利、履行舆论监督责任的有效保护措施。这对于那些无视新闻单位的批评监督权利,侵害记者合法权益和人身自由者,则起到了一定的限制作用。

深圳市人民检察院起草的《深圳市预防职务犯罪条例》初稿以法规的形式规定,新闻记者享有无过错合理怀疑权。该条例规定,

---

① 王军:《"拒绝采访"初探》,来源于中华传媒网:www. academic. mediachina. net.

② 顾理平:《新闻法学》,中国广播电视出版社 2007 年版,第 90 页。

新闻记者在预防职务犯罪采访工作过程中享有知情权、无过错合理怀疑权、批评建议权和人身安全保障权，任何单位和履行职务的人员应当配合、支持，自觉接受新闻媒体的监督。

2000年，珠海市出台了《珠海市新闻舆论监督办法（试行）》和《珠海市新闻舆论监督采访报道的若干规定》，"首次用一种明确的方式确定了对记者的保护性措施，规定公职人员不得拒绝采访"。①

另外一些地方也采取行政规定的方法保护记者的新闻报道权，例如云南省高级人民法院2005年6月宣布，今后记者在采访中遇到围攻、殴打、伤及人身权利时，人民法院应对违法者依法惩处，坚决为记者提供司法保护。新疆伊宁市《关于不得拒绝新闻媒体采访的若干规定》中规定，对新闻采访实行首问负责制，面对记者不得"无可奉告"，"各部门、各单位应积极配合记者进行采访报道和舆论监督，不得以任何借口拒绝新闻采访，更不得出现辱骂、推搡记者及没收、损坏采访器材等不文明的过激行为"。这项《规定》从2003年4月1日起正式实施。②

但是，我们也要清醒地认识到，上述要求、规定、条例对新闻采访权的保护是不够的，因为这些保护措施仅仅是地方的或行业的。因此，解决对新闻采访权保护的根本在于尽快制定《中华人民共和国新闻法》，用法律的形式明确新闻报道权的性质、范围、方法、手段，将新闻报道纳入法治的轨道，使新闻报道真正有法可依。

（二）舆论监督记者在进行隐性采访时应遵循的原则

面对舆论监督类电视深度报道中一个有争议的话题——隐性

---

① 喻国明：《舆论监督：已经做的和应该做的》，《电视研究》2001年第2期。

② 胡志龙：《立法保护记者采访权初探》，来源于人民网：www. media. people. com. cn。

采访,记者要把握好自身的社会角色内涵,既发挥隐性采访的积极作用,又能避免公众合法权益受到侵害。具体说来应做到以下几点:

1. 明确隐性采访的地位

隐性采访只是显性采访的补充,并非新闻采访活动的主流,能不使用隐性采访就尽量不要使用。若必须采取隐性方式,应严格遵守两个原则:被采访的对象或事件是与公共利益密切相关的;非使用隐性采访不能获取事实真相。

2. 明确隐性采访的目的

作为舆论监督类电视深度报道记者,首先必须明确所有采访包括隐性采访的目的是为了真实地反映问题。通过批评监督,解决政府重视的、公众关心的问题。不是为了吸引受众、提高收视率,更不是为了搜集证据、抓人把柄,如果记者抱着这样的目的,就很有可能窥探他人隐私,侵扰他人私生活。

3. 把握好隐性采访的度

世界上没有绝对的事物,只有合适的度。"度"的把握恰当与否决定着事物的性质。合理使用隐性采访,就要求记者把握好两个度。首先是隐性采访的手段必须合法。"偷拍偷录"要有一定的度,不能以非法侵扰、窃听、监视等手段侵害他人私人领域。其次,隐性采访的内容必须是关系绝大多数人的利益而不是少数人的利益。如果公共利益涉及了个人隐私,则被波及的隐私就有被采访的必要。此时记者应将涉及公共利益的隐私和不涉及公共利益的隐私区分开来。

4. 新闻机构要严格审查

包括事前和事后审查。事前审查指在实施隐性采访前,应判断被采访的事件和人物是否与公共利益密切相关。非重大新闻事件、非发生在公开场合的与公共利益无关的事件和人物不应采用隐性采访。事后审查,即在新闻节目制作时,如果发现有涉及与报道无关的公民隐私的部分,应予以删除;与报道有关的,需要做适当处理的,应对被采访对象的形象、声音做适当处理,避免发生权利冲突。①

（三）舆论监督类电视深度报道侵权构成要件

舆论监督类电视深度报道记者在拥有新闻报道权的同时,应该清醒地认识到要真正实现舆论监督报道的价值,除了运用手中的报道权在社会这个大舞台上尽情挥洒才情、维护公平正义外,还必须认识到舆论监督报道是一柄"双刃剑",如果不行走在法律规定的"圈子"之内,非但无法达到推动社会良性运作的目的,反而会给无辜的公众带来不必要的伤害。这就要求电视记者在实施舆论监督时,"多一点依法之心,少一点'无冕之王'之气;多一些法律冷静,少一点偏激浮躁;多一些技巧性、专业性,少一点简单草率"。② 这就是下文要谈到的关于电视深度报道侵权问题。

关于电视新闻侵权民事责任构成要件的学说,我国采用的是"四元说",即由违法行为、损害事实、因果关系和主观过错这四个要件构成。这种学说最初借鉴于苏联的民法理论,是我国法学界的主流意见,并且被最高人民法院《关于审理名誉权案件若干问题的解答》这一司法解释所采用,被广泛地应用于理论研究和司法实践。本书采用这一观点。

1. 电视媒体已播出含有侵权内容的电视新闻作品

电视新闻作品是否已经报道,是区别损害事实存在与否的关键。只有含侵犯民事主体正当权益内容的电视新闻作品报道以后,才能认定电视新闻侵权的客观事实存在。如果电视新闻作品处于采集、编辑阶段,即使作品里包含有侵害民事主体正当权益的

---

① 宋洁冰:《隐性采访的法律限制和道德原则》,载于《青年记者》2009 年第 6 期。

② 杨涵舒:《新闻舆论监督之我见》,载于《新闻爱好者》2005 年第 7 期。

内容,这种损害事实上并未发生。假如有损害事实的存在,但不是通过电视新闻这种形式对受害人的合法权益加以侵害,而是通过口头、书面的形式来散布侵权性的消息,这同样不构成电视新闻侵权,而仅仅是一般的民事侵权行为。①

2. 电视新闻作品的违法性

指电视新闻媒体实施了侵害他人人格权、财产权或其他权益的违法性行为。表现为以下几种形式:

(1)虚假报道。

指电视新闻报道内容与事实不符,包括歪曲和编造,从而构成侵害他人合法权益的行为。在电视新闻侵权中出现纠纷较多的是歪曲报道、虚假报道,通常是贬低、侮辱被报道主体,但对某主体进行夸大性吹捧的报道也应该构成虚假报道,也应当承担侵权责任。

(2)电视新闻报道中不当用语。

不当用语是指虽然报道事实是真实的,但是使用语言不恰当,从而侵害了他人的合法权利。这种情况多指在电视新闻报道中出现的侮辱、歧视以及人身攻击性质的言辞。这种情况在电视新闻侵权事件中较少发生。

(3)电视新闻报道不正当公开、揭露行为。

指在电视新闻报道中侵害他人的隐私权或者商业秘密。电视新闻媒体在履行自己的义务时,不得侵犯公民的隐私权、法人商业秘密,不得违反社会公共道德。在公法上,还不得侵害国家利益。诸多有价值的新闻处于保密状态和不愿为人所知状态,一旦电视媒体加以报道,有可能超越了合法之界限,形成不正当公开、披露行为,就构成了电视新闻侵权。

----

① 魏永征、张咏华、林琳:《西方传媒的法制、管理和自律》,中国人民大学 2003 年版,第 77 页。

（4）错误评论。

由于电视传播的强大作用，一旦评论作出，会在社会上产生极大的影响，尤其是错误地评论他人的行为动机、行为后果、行为性质，会影响当事人的社会评价、社会活动和生产；侵害当事人的人格权、财产权，从而构成电视新闻侵权。但应该注意的是，错误评论和学术争鸣的区别。学术争鸣是对他人的学术观点的不赞同、反驳或批评，这种争论和评价不同于侵犯其他民事主体正当权益的错误评论，它是对社会有益的，能够促进社会学识和社会事务的合理化，即使这些争论在合理的范围内出现了过激言词，也不能认定为错误评论，构成电视新闻侵权，承担侵权责任。①

3. 电视新闻侵权作品有可指认的对象

电视新闻侵权与一般民事侵权行为相比，有自身的特殊性：受害人必须能够被指认。这种"被指认"包含两层含义：一是可以运用因果关系理论来检验分析；含有侵权内容的电视新闻作品的发表或报道是导致受害主体精神损害和物质利益损失的诱因和可能性。反之，若这种新闻作品没有发表或报道则贬损不会发生。二是被指认的对象既可以是被指名道姓地出现在电视新闻作品中，又可以是虽然没有出现受害主体的姓名，但人们可以通过特定的时空关系，如被害人的家庭住址、单位名称、自身特征等要素而被确认。

4. 电视媒体及工作人员主观上存有过错

在电视新闻侵权行为中，存在"故意的过错"和"过失的过错"这两种情形。当记者、主持人、播音员、解说员等明知其报道与事实不符，可能出于某种目的，报道后会给民事主体人格权、财产权或其他合法权益造成损害，而仍希望或听任这种损害结果的发生，

---

① 张西明：《新闻法治与自律的比较研究》，重庆出版社 2002 年版，第 88 页。

这就被认为对损害的发生存有故意的过错。①

在这种情况下,"电视媒体和其工作人员除承担侵权民事责任外,还可能构成诽谤罪,承担必要的刑事责任。当然,在我国的新闻实践中,这种故意侵害他人合法权益的行为是极少见的。过失的侵权行为在电视新闻侵权行为中比较常见。主要表现为电视媒体及其工作人员缺乏高度的责任,对电视新闻报道中涉及的他人权利漠视,对有关信息未认真调查、核实就匆忙报道,或偏听偏信,以主观臆断代替严肃查证,从而导致侵害他人的正当权益"。②

在电视新闻报道中,必然涉及具体的人物或事件,由于受各方面条件的限制和影响,电视新闻报道对人物或事件的报道可能并不完全准确,经常会出现一定的差异,严重的会给被报道者的名誉等合法权益造成一定的影响,电视媒体及工作人员经常面临着被诉侵害公民或法人的名誉权、隐私权、肖像权、信用权等的危险,由此而引起的纠纷在我国也逐渐多了起来。

(四)寻找舆论监督与司法公正的平衡点

司法公正要求最终的结果公正,即认定事实准确,适用法律正确,实体处理得当。要求司法过程公正,诉讼程序民主,即严格遵照正当法律程序进行诉讼,尊重和保障当事人和其他诉讼参与人的合法权益——这不仅是审判公开的法理根源,也是媒体监督司法的有力依据。从某种意义上来说,公开是司法民主的本身要求之一,同时也是实现司法公正的有力保障,而舆论监督类电视深度报道的介入增加了司法活动的公开性和透明度。

但是,新闻媒体追求自由表达、客观报道、及时披露的特性对司法独立具有天然的侵犯性。当新闻用于监督司法活动时,从事

---

① 方志:《电视新闻侵权若干法律问题研究》,福建师范大学 2006 年硕士毕业论文,第 10 页。

② 张西明:《新闻法治与自律的比较研究》,重庆出版社 2002 年版,第 90 页。

司法监督的新闻记者应比一般记者承担更重的责任,对他们来说,新闻的客观真实性原则应置于自由性原则之前予以优先考虑。然而事实上,由于舆论监督在我国尚处于初级阶段,相应的法律法规还不健全,因此新闻记者对司法活动的报道常常逾越了应有的自由界限,而对司法独立造成不同程度的损害。新闻追求典型性的特征要求媒体从公众心理考虑,抓重大、疑难、复杂的案件进行报道,引起公众关心和共鸣,形成舆论热点,从而造成万人瞩目的轰动效应。而新闻媒体对司法活动的监督可通过揭露司法腐败和司法不公引起公众注意,容易形成舆论热点,获得社会效益和经济效益。

　　在上述利益的驱动下,新闻媒体可能不惜代价追逐司法问题,从而自觉或不自觉地对司法独立构成侵害。新闻的时新性特征虽然有利于对被监督者产生最大限度的威慑,收到明显的监督效果,但对司法活动的舆论监督不同于一般的新闻报道,应当根据当时、当地的客观情况选择最合适的时机。否则如果在审判尚未终结时过早报道,就可能对法官形成舆论压力,影响法官独立公正地做出裁决。因为任何一种对法官施加的外在压力,无非是要法官在认定事实或适用法律方面确立一种预先决断的结论,这种结论要么来自一种预断、偏见,要么来自一种非理性的猜测,这些都违反程序理性原则的要求,不符合认识活动的客观要求和规律。舆论本身就是一股强大的力量,往往会在一定程度上影响法官的正常判断,因此新闻监督对司法独立具有不可避免的侵犯性。①

　　虽然传媒本质上也是公共选择理论上的"经济人",有自己特定的利益(经济利益和政治利益),并必然会依据其利益基点发表

---

①　参见王广辉:《新闻监督影响司法独立之研究》,载于《安徽警官职业学院学报》2005年第3期。

自己的社会见解,包括对司法审判活动的见解,但新闻传媒对司法的评论与法庭审判具有明显的差异性:

一是事实认定不同。传媒评论中所谓的事实,是记者通过采访了解到的事件,它缺少技术性的证实或证伪,并不是司法所言的那种以法律规定,能够以确凿证据来证实的事实。

二是事实表述不同。传媒为了吸引读者,扩大传播范围,在叙述事实的过程中,其语言表达一般带有浓厚的感情色彩,容易对受众造成先入为主的误导。

三是评判标准不同。如前所述,传媒主要是唤起公众内心的道德准则进行评判,而不是依法律程序来审判,它有时能够恰当地过滤公众所宣泄的与法治要求并不完全一致的社会情绪,理性地得出法律意义上的正确认识。但当传媒评论做出的结果与法庭审判的判决结果不相符时,就把道德与法律的内在矛盾具体展示为公众与司法机构之间的现实冲突,进而造成司法机构不可信的错觉,损害法律的权威性。

"在对司法监督问题上,传媒不仅需要从一般性的职业标准出发约束自己的行为,而且基于司法在政治框架和社会生活中的特殊地位,传媒更需要审慎地处理同司法之间的关系,特别是需要在公众社会要求与司法立场之间寻求恰当的平衡点。"①

司法公正的最关键点源于司法制度本身。媒体的监督终极目的是帮助、警示司法制度中的漏洞、缺陷得到尽早、尽快、完善的改进。司法是第一位,媒体是第二位,媒体对司法的报道必须服从司法程序的要求。

"司法与新闻媒体都没有权利单给对方指定规则,相反都应该加强自律。新闻媒体代表公众监督司法,在监督过程中应当严格规范自身的行为,给自己的角色作准确的定位,做独立、公正、超脱

---

① 王利明:《司法改革研究》,法律出版社 2001 年版,第 165 页。

的旁观者,树立距离意识,保持足够冷静的头脑,不要急于做主观评断、轻易下结论。新闻媒体只能充当信息传递员、监督员,而不能充当法官、裁判员。司法的民主性是司法的现代化内容,然而,加强司法的民主监督,必须要充分尊重司法的独立和权威性,任何社会组织和机构对司法进行监督都应当依法进行,且不得损害司法的独立性和权威性。"①

为避免损害司法公正,舆论监督类电视深度报道对司法进行监督时,应当遵循以下原则:

1. 罪刑法定和无罪推定原则

即法无明文规定不为罪,法无明文规定不处罚;未经法院依法判决,任何犯罪嫌疑人和被告人都应当被推定为无罪,舆论监督报道绝不能在法院判决出来之前妄下裁判。

2006 年 9 月 12 日,最高人民法院副院长曹建明在全国法院新闻宣传工作会议上强调,媒体对案件的报道,不得超越司法程序预测审判结果,发表评论或结论性意见;对案件的报道,所依据的事实、证据和引用的法律必须准确,对可能产生消极影响和负面效应的内容不得报道。②

2. 尊重法律事实、客观真实和当事人权利,平等和公正

媒体必须熟悉司法的证明规则,尊重法律意义上的程序真实,防止无谓地对社会公众进行煽情。对于涉及国家安全和国家秘密不公开审理的案件,媒体应不作报道或不作具体的报道。对于涉及商业秘密的案件,媒体不得作任何报道。对涉及当事人隐私的案件媒体也不得进行报道。要防止情绪化和道德化的新闻报道,并且在许多时候单纯的道德分析不仅不具备说服力,反而会误导公众,影响法院的审判。

---

① 王利明:《司法改革研究》,法律出版社 2001 年版,第 165 页。
② 《新京报》2006 年 9 月 13 日。

3. 事实与评论分离原则

新闻报道总是存在着事实与评论两个部分。1993 年最高人民法院《关于审理名誉权案件若干问题的解答》第 8 条规定："因撰写、发表批评文章引起的名誉纠纷，人民法院应根据不同情况处理：文章反映的问题基本真实，没有侮辱他人人格的内容，使他人名誉受到损害的，应认定为侵害他人名誉权。文章的基本内容失实，使他人名誉受到侵害的，应认定为侵害他人名誉权。"①对于事实部分，最高人民法院只是要求其报道达到"基本属实"即可。同时，落脚点还是在"文章反映的问题"上，而并没有明确扩大为评论部分。② 对于评论部分，笔者以为，可以借鉴美国的做法，将私人事务与公共事务加以区别。对于公共事务，应当允许新闻媒体的评论、批评出现相对不严重的差错，措词也可以犀利一点；而对于私人事务，媒体必须谨遵法律法规和新闻职业道德要求。

总之，舆论监督记者必须行走在法律的疆界之内，既不侵犯私人权益和公共权益，又要维护新闻媒体及记者本人合法权益，这是新闻人要时刻铭记的行为规范。

三、提升舆论监督记者的新闻业务素质

（一）着力培养舆论监督记者的创造性思维

新闻敏感是记者在进行新闻生产时最重要的一步。需要记者有灵敏的"新闻鼻"，在获取新闻线索时能够迅速、正确判断众多线索中的新闻亮点、热点。

中国人民大学喻国明也曾从思维方式的角度谈到对深度报道的理解，他提出："我们完全有必要强调一点：深度报道，不仅仅只

---

① 　转引自陈志武：《从诉讼案例看媒体言论的法律困境》，《媒体、法律与市场》，中国政法大学出版社 2005 年版，第 154 页。

② 　来源于中华普法网：www.hi.baidu.com。

是一种报道形式,更应该成为电视从业者在制作节目中的一种思维方式。"①

记者在舆论监督报道采编中,不仅要有所有记者都必须具有的坚实的新闻理论基础、扎实的采访功底、娴熟高超的编辑能力和新闻平衡意识,还因为舆论监督类电视深度报道的题材和内容关乎国家、社会领域出现的重大问题,如何能够一方面及时敏锐发现新问题、建构新观点,高效传播带有一定负面成分的客观信息;另一方面,又能够使国家管理者和社会普通公众从信息中汲取积极正面的启示和激励,这就需要舆论监督记者的创造性思维。

创造性思维是思维活动的高级过程,其内涵是指在个人已有经验的基础上发现新事物、创造新方法、解决新问题的思维过程。如果说平衡意识强调的是"全",那么创造性思维强调的就是"新"。只有发挥记者的创造性思维,深度报道才会有新意、有创见,才能"多侧面、多角度、超时空、深层次"地"反映和剖析重大社会现象和社会问题","发起和引导社会公众舆论"。② 心理学家认为创造性思维特有的形式应包括两个基本部分:发散性思维和统摄性思维,两者的有机结合构成了创造性思维。

1. 发散性思维的运用

美国心理学家吉尔福特曾说:"正是在发散思维中,我们看到了创造性最明显的标志。"③吉尔福特提出:"所谓发散思维,就是以一个目标为中心,把思路向四面扩散,沿着不同方向、不同的角度思考问题,从而寻找解决问题答案的思维方法。"④吉氏认为发散性思维是创造力的表现,与创造力有直接关系。

---

① 喻国明:《试议深度报道》,《电视研究》1997年第6期。
② 杨蓝:《调查性报道思维》,《新闻爱好者》2005年第2期。
③ 申丹:《叙事学》,《外国文学》2003年第3期。
④ 同上。

　　舆论监督深度报道之所以广受公众关注,在于它不是仅向受众提供简单的新闻事实,而是在于一方面剖析新闻内部的种种事态,另一方面又展现新闻事实的宏观背景,从总体联系上把握真实性。深度报道突破了"一人一地"、"一事一时"的模式,要求对新闻事实进行跨时空的、由里到外的综合反映;要求说明事情的来龙去脉、本质意义、影响及发展趋势。

　　由此可见,舆论监督类电视深度报道的主要思维方式是发散性思维。在电视舆论监督报道的实践操作中,我们可以从以下几个方面进行思维的发散:

　　(1)从既有观念和常用报道角度的对立面进行思维。

　　大多数媒体都习惯照固有的社会价值观采编新闻报道,这就往往把人们的思维固定在一定的模式之内,久而久之,思维就会因固化而停滞不前。"发展是硬道理",但如果为发展而发展,不顾环境、资源及可持续发展,这种发展就会后患无穷。

　　遵循这种思路,希望推陈出新的记者不能随波逐流,人云亦云,相反应该反其道而思之,或许会有意想不到的收获。

　　正如德国哲学家尼采所说:"创造性并不是首次观察某种事物,而是把旧的、很早就已知的,或者人们都视而不见的事物当新事物观察,这才证明是有真正的创新头脑。"①我们可以看出,在人们的头脑中,过分规律性、过分僵化的惯性思维几乎比比皆是。媒体透过对惯常的事物和做法提出新的观念和思想,不仅有巨大的发挥空间,而且是媒体推动社会不断进步的一种重要实践形式和重要社会责任。

　　从对立面进行思维的方式常用于报道同一主题的新闻事件。例如:某小女孩为了养活生病的母亲而在9岁就辍学以捡垃圾卖钱来维持两人的生活。大多数电视新闻媒体报道角度多集中在以

――――――――

　　① 转引自金和:《名人格言录》,中央编译出版社2001年版,第35页。

情动人,阐述小女孩为什么会落到如此境地,呼吁社会各界伸出援助之手帮助小女孩和她垂死的母亲。这时,有着发散思维的记者就可以从以下对立角度进行报道:在这些向小女孩提供物质、生活帮助的群体中多数是什么身份的人和组织?有没有本应第一时间出现的组织却一直缺位?这些"援助"在精神和物质方面有没有负面影响?小女孩在 10 岁左右的年龄有什么样的分辨能力?面对铺天盖地的"援助",她应该用什么样的心态来面对?除了她自己,有没有其他力量为她正确处理这些"援助"提供援助?在"援助"逐渐减少、冷却之际,小女孩及母亲应该怎样面对?今后的生活应该怎样继续?社会上层出不穷的类似事件是否每次都需要发动社会大规模的爱心募捐?那些没机会得到募捐的、处于相同困境的人又应该怎么办?他们能得到社会公正的对待吗?

这些新颖、理性、远视的声音肯定是受众在一片"请伸出你的手吧,爱心是一个人最时尚的标志"的情绪化声浪中最愿意听到的声音。这种在众人观点基础上来一个 180 度转弯、又合情合理的思维方式,给人一种耳目一新的感觉,同时也极具说服力、针对性和建设性。

(2)记者多进行"相关联想",从多方面、多层次、多渠道挖掘新闻事实。

丰富新闻的信息量、传播信息是新闻的最基本职能。富含信息量的新闻,人们可以从中获得更多的知识和启发,受到更大的感染。信息量越大的新闻,越能帮助人们认识世界、改造世界。世间事物都是相互联系、相互影响的,从甲想到乙,从东想到西,横串纵联,把思路扩散出去,这样就容易打开思考的闸门。发散思维不只是有单面、单线的联想走向,而且要从多方面、多层次、多渠道去挖掘新闻事实,从非黑即白的二元思维扩展到网状多元思维。因此,它是记者采写出富含信息量新闻作品的有效途径。

"要看到矛盾的多维性,尽量避免偏执、片面和极端,这样报道才会有公信力、说服力。世界上的事物是多元共生共存的。现存事物就有一定的合理性和存在的依据。在新闻报道中，要多些视角，多些宽容，正视多重现实，尊重多种存在、分析多种可能性，进行多种选择，作出最佳抉择。"①

（3）前瞻预测：记者"以今天的事实推测未来的发展"。

受众既需要通过新闻报道了解今天，更渴望了解事物发展的趋向与对前景的预告。要满足受众的这种要求，记者就必须具备前瞻预测的思维能力。能预见到形势的发展、变化，及时地在报道中进行前瞻性判断和分析趋势，进行前瞻思维、超前引导。

例如："储蓄利率再次降低后存款依然大幅度上升，与此同时，消费市场相对清淡，两者形成鲜明对比，带来种种问题，如何引导人们消费？目前民众手中相当的资金迟迟不能投入消费，原因之一是没有可供群众消费的大件商品，在城市彩电热、冰箱热过去后，我们用什么商品来吸引群众适度消费，启动过于冷清的市场呢？住房消费。解放以来，在解决温饱和大件生活娱乐品消费刺激之后，群众现在需要改善居住条件，国家也需要摆脱福利性住房修建的重负。住房改革吸引资金投入住房消费。"②

这种前瞻预测既理性又实在，能为观众提供真正的指导。凡事皆有规律。舆论监督类电视深度报道的责任之一就是揭示这种规律性，及时提出社会预警，使事物发展尽可能避免规律性的惩罚。总之，人无远虑，必有近忧。风起于青萍之末。优秀的媒体应是敏感的，应能见微知著，应能站在事物和思想的前沿，领着实践走，而非跟着实践行。优秀的新闻报道不仅能及时向人们展示美

---

① 张振华：《科学思维与思想媒体》，见《求是与求实》，中国国际广播出版社 2007 年版，第 222 页。

② 来源于中央电视台网站：www.cctv.com。

好的前景,而且能发出某种提示性预警。这样的媒体才最具引导力和影响力。

总之,发散性思维不局限于一种模式,思维方式由封闭型变为开放型、单一型变为立体型。记者的思路活跃,采写的角度多姿多彩。既可以从尽可能多的方面去思考同一个问题,也可以从同一思维起点出发,让思路呈辐射状,形成诸多报道系列。记者如果缺乏创新求异这种动力,就不能突破旧思维框架,创造出社会和公众欢迎的优秀作品。

2. 统摄性思维的运用

统摄性思维的内涵是指既要占有尽可能多的材料,又能从一定高度全面审视这些材料,从中得出正确的或特别的结论。在舆论监督报道中,记者只有利用统摄性思维,才能从纷繁复杂的材料中发现规律、发现亮点,才能发现问题,形成认识。

3. 发散性思维和统摄性思维的综合运用

"在创造性思维过程中,发散性思维和统摄性思维往往通过问题(统摄)—发散—统摄—发散—结论(统摄)这样一种思维模式"①交互作用。

首先,统摄性思维是发散性思维的基础。因为在选题、策划、采访和编辑各阶段,新闻报道者面对的问题和现象首先都是以纷繁复杂、纠结不清的面目呈现,这时就需要记者使用统摄性思维,综合已获得的各种材料才能发现问题的本质与症结,找出一团乱麻中的切入点,找出发散性思维的出发点。

其次,发散性思维是统摄性思维的延展与升华。如果说通过统摄性思维将问题分门别类、划定区域,找到了现象、问题的症结所在,那么发散性思维则在于找到该问题影响的辐射面积,找到解决问题的办法,从而推导出理性、公正、深刻的结论。

①　杨蓝:《调查性报道思维》。

　　如在优秀的舆论监督类的电视深度报道中,分成几个过渡自然、连接流畅的板块可综合运用统摄性思维和发散性思维。第一个板块:对社会关注的热点、焦点事件进行回溯,以重重悬念吸引受众探究的兴趣;第二个板块:在介绍完该事件发生的背景之后,开始运用统摄性思维调查该事件发生的直接原因和间接原因。如煤矿生产事故,可从该煤矿工人在事故当天的工作流程、安全设施安装、煤矿安全操作规则、煤矿合法资格、相关监管部门的职责等方面调查,尤其要注重行为、动机背后的制度原因;第三个板块:运用方式,以事实为基础分析该事件对多方利益群体的辐射影响。如高校学者抄袭并发表论文,其影响在本人所属院系(教师、学生)、本人学术圈、本人生活圈、地方乃至全国学术圈、我国关于学术作品的制度和规定等方面的体现。在影响方面还可运用比较的思维方式,将发达国家对高校学者学术作品的制度与我国进行对比,找出其中的差距和漏洞;第四个板块:可综合运用统摄性思维和发散性思维,针对上述原因和影响,以媒体的立场、专家的立场或政府的立场,提出切实可行的对策办法,且应将这些对策办法按重要性和现实可行性严格排序。

　　无论是发散思维对新闻信息的流畅、变通和独特处理作用,还是统摄思维对新闻信息的归纳、整理和凝练作用,对从事舆论监督报道的记者来说都是不可或缺的思维要求。面对网络传播的挑战与冲击,传统媒体的新闻从业者亟需扬长避短巩固优势,熟练巧妙地运用多种思维,采写报道出精益求精的深度报道作品。记者在深度报道中如果综合使用发散性思维和统摄性思维两种方式,舆论监督报道的深度与力度将大大增加。

　　正如我国著名传媒学者蔡雯所说,对于创造性思维来说,最有价值的信息组合方式主要有:类比组合方式、矛盾组合方式、因果组合方式、嫁接组合方式、多因组合方式、随机组合方式等。报道思路创新需要灵活地运用以上这些信息组合方式,引发灵感,再通过系统思维方法,从整体的、动态的角度,对微观意义上的广义灵感进行有序化的编排、组合,产生更高层次上的报道设计方案。最后,还要运用系统最优化原理,对方案进行优化处理。

（二）舆论监督记者必须善于借助各方之力

进行电视深度报道舆论监督时,面对自身力量的不足、体制的约束、地方保护主义的阻挠等"拦路虎",报道的难度就如同打一场"攻坚战",光靠一家媒体的力量是不够的,舆论监督类电视深度报道必须巧借各方的力量。

1. 要借各级党组织和政府机构之力

在进行舆论监督报道时,争取被监督者上一级党政领导或有关职能部门的支持非常重要。他们的支持不但可以增强记者采访的勇气和信心,还因为他们最熟悉本地区本部门的情况、同当地民众联系密切,可以给记者提供较为全面的情况;他们也可以调动当地各个职能部门配合记者的调查采访。比如一些专业性较强的问题,需要有关部门的专业人员参与调查,他们提出的某些鉴定材料,具有权威性,可以使记者对问题作出更为准确的判断。再如借助纪检、监察或公安等部门的力量进行调查,记者获取的素材就更具有证据的价值和效力。在某些可能危害到记者人身安全的采访现场,有执法人员的保护,可以使记者安全地完成采访任务等等。有了他们的支持,记者的采访阻力会相应减少,能够比较顺利地获得真实的情况。

2. 要借社会公众之力

记者无论是以公开身份采访还是进行隐性采访,都离不开公众所提供的帮助。舆论监督,与其说是作为舆论工具的新闻媒体在起作用,不如说是借助新闻媒体所造成的社会公众舆论在起作用。[①] 舆论监督的主体就是社会公众。仅仅有领导倡导、支持,未

---

①　王强华:《新闻舆论监督理论与实践》,复旦大学出版社 2007 年版,第 79 页。

必就能形成有足够影响力的社会公众舆论,也就必定无法有效地实施新闻监督。公众的身份结构复杂,群体规模巨大,其中就有很多能提供新闻线索和事实的人,如当地信息灵通人士、人大代表、政协委员、律师、某些退居二线的官员等等。从电视深度报道形成舆论效果的角度看,报道公开播出后,仍然离不开社会公众的支持。光有传媒的"传",而无数量众多的受众的"受"和积极参与、踊跃发表意见,形成某种有利于问题解决的舆论压力,舆论监督依然是没有力量的。

3. 要借法律法规之力

新闻传媒是制约权力体系的组成部分和评价者。在我国权力监督体系里,六大监督力量互为作用、相互影响、相互制约,保障公共政策符合人民的根本利益。法律监督是强制力最大的监督形式,对于社会丑恶势力和腐败现象具有巨大的威慑力。舆论监督与法律监督形成合力,可以更有效地消除社会丑恶势力和腐败现象。另外,记者要依法进行舆论监督,规范自己的行动,并借助法律保护自己。关于舆论监督类电视深度报道记者与法律的互动关系,前面已经有详细论述,此不赘言。

4. 借助其他媒体之力

即各个媒体团结协作,围绕一个问题和现象,从不同角度、不同层次全方位进行报道。

现在,当电视等传统媒体无法对某一事件开展报道时,往往会把消息透露给互联网,在网民中迅速产生巨大反响,引来无数跟帖和评论,在网络积聚影响力后,对新闻事件的报道会回归传统媒体,最终对各当事方和政府部门形成强大舆论压力,导致对事件的处理方式和结果顺应民意,这几乎成了近年来互联网与传统媒体的合作模式。①

---

① 　参见胡黎明:《"焦点现象"研究》,新华出版社 2004 年版,第 273 页。

（三）舆论监督记者必须善于质疑

舆论监督类电视深度报道记者一个很明显的特点即是敢于质疑。但是，就像先哲所言：缺点是优点不适当的延伸。理想主义是可贵的，但它一旦无节制地延伸，最容易出现的问题就像前面章节中谈到的过度质疑和话语非平衡报道现象出现。因此，作为一个舆论监督类电视深度报道记者，既要敢于质疑，又必须善于质疑。

1. 首先必须积极收集和了解相关材料

报道质疑的许多问题往往会牵涉到相关的一些法规文件，牵涉到一些具体的历史背景和地理环境，一知半解或是一无所知，到了采访调查现场，要么一头雾水要么信口开河，甚至无法把握需要质疑的根本问题。所以，作为调查记者在采访调查之始，熟悉相关情况，准备翔实的材料，是一个非常重要的环节。

2. 处理好采访调查过程中与人的关系

质疑是一种询问探秘式的采访，人与人之间的接触是直接的，甚至很多时候是"零距离"的。调查过程中，记者的态度、言行，直接影响到被采访人的反应。电视的传播特性会将记者和采访对象的采访过程最真实地呈现在受众眼前。所以，针对事件的当事人，更多的是需要平实的态度、平和的语气。

3. 注意采访调查的提问方式

是直入正题，步步紧逼；还是旁敲侧击，厉害相陈，针对不同的事不同的人，需要有不同的选择。这个选择一般是在现场的了解中，通过感受和体会来确定。这也是一个最难把握的方面，需要调查记者在经验的积累中加以完善。

4. 注意采访调查过程中的细节

细节是最为生动也最能使人信服的语言。采访质疑时，对方游离的眼神表情、不自然的姿态动作，用电视手段表现出来都是一种无声的语言，是一种文字语言不能穷尽的表意方式。同时，现场的物件细节、蛛丝马迹,也能起到意想不到的作用。对于电视深度报道来说,采用双机拍摄更利于抓取人物和环境的细节。

5. 处理好采访过程中感性与理性的关系

用资深电视深度报道记者的话来说,就是"用感性的方式传达理性的新闻信息"。今天,调查质疑出现了多种多样的方法技巧:伏击采访、追踪拍摄、隐蔽摄影,甚至涎皮厚脸、扮演角色。借用美国《60分钟》制片人休伊特说过的一句话,不管用什么方式,对调查记者来说,行为是否公正的唯一标准是他是否公正地表达了他所调查到的事实。

6. 将质疑提升到哲理层面

质疑解疑,质疑是为了解决心存的疑惑。但是,质疑的结果又不应当仅仅停留在解决疑惑上面,还应当向公众传达一个事理,昭示一种内涵,将质疑的精神上升到哲理的层面。通过具体事件的采访探询梳理,公众对事情的前因后果有了清晰的认识,可以知晓真相,明断是非。而通过多角度的剖析思考,深层次的质疑思辨,受众又留下了深刻的印象和无尽的想象。①

是否敢于、善于质疑以及监督报道的活力与记者心态状况有很大关系。做新闻时间久了,新鲜感没了,热情也在消退,事业的激情不但没有日益高涨,挫折感反倒增加不少。这样就会出现所谓的"职业倦怠",出现疲惫麻木的心态。敬一丹说:"很容易让人产生一种戴灰色眼镜的感觉,似乎满眼都是不如意,满眼都是不平,满眼都是肮脏,人的心情也很容易灰下去。我极力调整自己的心情,让自己在沉重面前,不受伤,不麻木,不灰心。"②

---

① 《"质疑"的精神》,来源于中央电视台网站:www. cctv. com。

② 付兴华:《风格与心境　敬一丹在大连与年轻"广播人"谈主持》,大连天健网:http://dalian. runsky. com/homepage/dl/edu/userobject1ai592985. html。

四、记者要有中国立场和全球视野

(一) 记者要有中国立场

最近一段时间,美国等西方国家大肆炒作中国的所谓"问题产品"。从食品、牙膏、宠物饲料到玩具,它们把"中国制造"同危险和不安全等概念等同起来,抹黑"中国制造",对中国进行"食品诽谤",把个别和普通的产品质量问题渲染和演绎成一股新的"中国制造威胁论"。《朝日新闻》7 月 29 日报道,美国在给中国产品涂上"政治色彩"。《华盛顿邮报》7 月 15 日载文,题目是《对中国食品的恐慌中有种族主义的味道》。文章说:"中国现在被描述成一个对食品卫生毫不在意的国家。这一点令人担心,因为它强化了一种观点,即肮脏的食品源于肮脏的文化。""这种可以称之为'食品诽谤'的现象是对中国一种更大恐惧的一部分。"

但事实上呢? 中国出口美国食品去年被退回的货物不到总量的 1‰,大大低于美国出口中国产品的不合格率。与此同时,国家质检总局不久前组织 10 个地方出入境检验检疫机构对进口婴儿服装和内衣进行专项抽查,不合格率竟然超过 50%。

从中我们应得到这样一种启示:随着经济全球化及中国的持续开放,使得中国与世界的关联度越来越深,互动性越来越强,在这种情势下,与世界无关的纯国内问题越来越少,与中国无关的纯国际问题也越来越少。国内、国际问题彼此互为背景、相互渗透、相互影响的时代已经到来。中国电视媒体要塑造中国的世界形象、挑战西方媒体的舆论导向,最终是靠真正有分量、有影响的新闻报道。在国际传播中,中国电视媒体的国际可信度来自及时、全面、真实、客观、多观点地报道中国重大新闻事件。

在舆论监督类电视深度报道中,记者要坚持中国立场。

所谓"中国立场",首先是指舆论监督报道服务服从于国家利益,服务服从于改革、发展、稳定的大局,服务服从于我国内政、外交的路线、方针。

其次,"中国立场"还指在国内、国际报道上要坚持实事求是的思想路线。坚持中国立场的一个重要之点就是通过电视深度报道清楚明白地告知世人中国的真实状况。

中国目前正处于社会转型期,各种制度建设还不完善、各种矛盾冲突还没能得到妥善有效的解决和清理。但我国是一个拥有13亿优秀华夏儿女、潜力巨大的文明古国,有机会、有动力也有能力在新世纪进行文化复兴和重新崛起。既要避免近代以前形成的习惯于威震八方、万邦来朝的"帝国心态",也要避免近代遭受列强欺侮后形成的走向另一个极端的"弱国心态"、"小国心态"和"悲情意识",还要避免20世纪五六十年代形成的非黑即白、非敌即友的"革命心态",要有"大国心态"、"大国情怀"、"大国气度"、"君子心态"、"平等心态"、"包容心态",要具备大国公民意识和世界公民意识。重大新闻事件发生后,中国电视媒体在国内或国际公众舆论形成定论前,要及时、全面地发出中国的声音,自制自播,在国际国内重大新闻题材上不做"传媒的传媒"。用中国的议程引发和主导舆论,用中国的分析解读塑造和强化我国国际形象。掌握了这样的主动权,中国的声音将会在国际舞台上越来越响亮。

(二)记者要有全球视野

一个优秀的舆论监督类电视深度报道记者应该具有宽广的全球视野,把中国及与中国相关的问题放在世界这个大背景中做恰当的定位和恰当的表述。

一方面是防止坐井观天、自吹自播、意气用事。

另一方面,"全球视野"还指尽可能用世界公认的语言和思维来进行舆论监督报道,将世界公认的新闻理念和主流价值观(即自由意志、社会责任感、民众知情权、诚信、监督权、社会正义与同情心等)渗透到自己制作的报道中。

首先,记者要时常关注国际上新出现的新闻理念和新闻制作手法,比如电视深度报道到底是表现在观念的深,还是事实的深?

在感性传播的同时需要把煽情做到何种程度——比如当事人为自己所遭遇的新闻事件而哭泣或者愤怒时,记者有没有必要每次都赶紧把镜头摇向当事人的脸部,并做长时间的特写? 用对比的方式来增强新闻本身的张力,什么类型的对比、怎样安排这样的对比才能达到最理想的张力效果? 等等。用这些国外率先研究出来的成果来丰富和修正自己的深度报道。

其次,记者在采编国内舆论监督报道时,始终要意识到作品的出台是受到全世界瞩目的。作品中包含的新闻理念、新闻制作方法、新闻里的意识形态、新闻与法律、政策、道德的认定有无重大冲突? 与世界各国都认同的主流价值观有无明显差异? 等等。最后,记者还要意识到自己正在采编制作的新闻报道是发生在国内的重大事件,但更是地球村的一部分。

因此,新闻要传播的思想、使用的语言符号和非语言符号都要具有一种文化上的共通性,尤其是画面和音响这些与语言没有直接关系的符号,要做到最大限度地清晰地传递深度报道要表达的对这个世界的看法。

当前的中国与世界都处在一个"速变"的时代,不仅变化的速度,而且变化的深度、广度、力度都是前所未有的。

在这个"速变"的时代,有大量的新问题需要解读,大量的新矛盾需要梳理,大量的传统观念需要重新审视、修正甚至摒弃。迅速发展变化的时代不仅为中国舆论监督类电视深度报道提供了广阔天地,也提出了新的时代要求。我国的舆论监督类电视深度报道在近 20 年的发展中有了长足的进步,推进了社会公正,获得了国家高层和社会公众的赞誉,但从整体上来说与国际电视深度报道还有不小的差距。

路漫漫其修远兮,我们祝福中国的舆论监督类电视深度报道越走越好。

参 考 文 献

一、著作

北京广播学院电视系学术委员会编著：《中国应用电视学》，北京师范大学出版社 1996 年版

陈力丹：《舆论学——舆论导向研究》，中国广播电视出版社 1999 年版

陈力丹：《精神交往论——马克思恩格斯的传播观》，开明出版社 1999 年版

陈崇山、弭秀玲：《中国传播效果透视》，沈阳出版社 2004 年版

陈振明：《政治学》，中国社会科学出版社 1999 年版

陈卫东：《走在追求权利与制约权力之间》，《权利的缺陷——中国司法亟待解决的问题》，经济日报出版社 2004 年版

陈志武：《从诉讼案例看媒体言论的法律困境》，中国政法大学出版社 2005 年版

陈嘉映：《海德格尔哲学概论》，三联书店出版社 1995 年版

程燎：《从法制到法治》，法律出版社 1999 年版

慈继伟：《正义的两面》，三联书店 2001 年版

蔡元培：《蔡元培语言及文学论著》，河北人民出版社 1985 年版

范敬宜：《总编辑手记》，人民日报出版社 1997 年版

复旦大学新闻系编：《新闻学概论》，福建人民出版社 1999 年版

　　郭镇之、赵丽芳主编：《聚焦〈焦点访谈〉》，清华大学出版社2004年版

　　郭镇之、赵丽芳：《对"焦点访谈"系列丛书批评性报道的内容分析·专家访谈》，南方日报出版社2000年版

　　郭庆光：《传播学教程》，中国人民大学出版社2001年版

　　耿志民：《主流体会》，《目击历史——〈新闻调查〉幕后的故事》，新华出版社2003年版

　　顾理平：《新闻法学》，中国广播电视出版社1999年版

　　甘惜分：《新闻学大辞典》，河南人民出版社1993年版

　　侯健：《舆论监督与名誉权问题研究》，北京大学出版社2002年版

　　胡黎明：《"焦点现象"研究》，新华出版社2004年版

　　胡文龙：《中国新闻评论发展研究》，中国人民大学出版社2002年版

　　洪伟：《大众传媒与人格权保护》，华东师范大学出版社2005年版

　　黄风：《贝卡利亚及其刑法思想》，中国政法大学出版社1987年版

　　金和：《名人格言录》，中央编译出版社2001年版

　　刘建明：《天理民心——当代中国的舆论形态》，中国人民大学出版社1989年版

　　刘建明：《当代新闻学原理》，清华大学出版社2005年版

　　刘吉文等：《交锋——当代中国三次思想解放实录》，今日中国出版社1998年版

　　刘华蓉：《大众传媒与政治》，北京大学出版社2001年版

　　刘斌、王春福：《政策科学研究》，人民出版社2000年版

　　刘军宁：《政治中国》，今日中国出版社1998年版

　　刘祖云：《从传统到现代——当代中国社会转型研究》，湖北人

民出版社 2000 年版

　　刘瑞宁:《新闻写作学》,新华出版社 2002 年版

　　廖永亮:《舆论调控学》,新华出版社 2003 年版

　　李东生:《焦点访谈》精粹,中国人民大学出版社 1998 年版

　　李德顺:《价值论》,中国人民大学出版社 2007 年版

　　梁建增:《〈焦点访谈〉红皮书》,文化艺术出版社 2002 年版

　　娄成武、魏淑艳:《公共政策学》,东北大学出版社 2003 年版

　　罗豪才:《行政法学》,中国政法大学出版社 2002 年版

　　罗哲宇:《广播电视深度报道》,中国广播电视出版社 2004 年版

　　李希光:《中国有多坏?》,江苏人民出版社 1998 年版

　　李希光:《畸变的媒体》,复旦大学出版社 2003 年版

　　李方:《笨拙的自由》,青海人民出版社 2002 年版

　　陆晔:《电视时代——中国电视新闻传播》,复旦大学出版社 1997 年版

　　骆汉城:《我带着偷拍机》,江苏文艺出版社 2003 年版

　　卢跃刚:《本报今日出击》,南方日报出版社 2000 年版

　　孟小平:《揭示公共关系的奥妙——舆论学》,中国新闻出版社 1998 年版

　　孟繁华:《众神狂欢》,今日中国出版社 1997 年版

　　穆青:《新闻散论》,新华出版社 1996 年版

　　马元和:《国外广播电视见闻及国际交往》,国际文化出版公司 1998 年版

　　潘知常、林玮:《传媒批判理论》,新华出版社 2002 年版

　　邱少全:《人及其世界——马克思主义哲学与现代西方哲学思想比较研究》,上海人民出版社 2000 年版

　　秦志希等:《舆论学教程》,武汉大学出版社 1994 年版

　　汝信:《1999 年中国社会形势分析与预测》,社会科学文献出

版社 1999 年版

任中平、乔晓毅:《维护社会公正,构建和谐社会》,四川人民出版社 2005 年版

孙玉胜:《我们一同走过 1997》,《焦点访谈——从理念到运作》,学习出版社 1998 年版

孙玉胜:《十年——从改变电视的语态开始》,三联书店出版社 2003 年版

孙立平:《失衡:断裂社会的运作逻辑》,社会科学文献出版社 2004 年版

孙家正:《努力办好新闻评论性节目　提高舆论引导水平》,《电视新闻文集》,北京出版社 1998 年版

时统宇:《深度报道范文评析》,新华出版社 2001 年版

施天权:《广播电视概论》,复旦大学出版社 1995 年版

田大宪:《新闻舆论监督研究》, 中国社会科学出版社 2002 年版

童兵:《主体与喉舌——共和国新闻传播轨迹审视》,河南人民出版社 1994 年版

童兵:《马克思新闻经典教程》,复旦大学出版社 2002 年版

童兵:《比较新闻传播学》,中国人民大学出版社 2002 年版

童兵:《理论新闻传播学导论》,中国人民大学出版社 2000 年版

王雄:《新闻舆论研究》,新华出版社 2002 年版

王强华、魏永征:《舆论监督与新闻纠纷——复旦版新闻业务丛书》,复旦大学出版社 2000 年版

王强华:《新闻舆论监督理论与实践》,复旦大学出版社 2007 年版

王梅芳:《舆论监督与社会正义》,武汉大学出版社 2006 年版

王利芬:《对话美国电视》,中信出版社 2006 年版

王利明：《司法改革研究》，法律出版社 2001 年版

王盼：《审判独立与司法公正》，中国人民公安大学出版社 2002 年版

王纬：《镜头里的"第四势力"》，北京广播学院出版社 2000 年版

魏永征：《新闻法新论》，中国海关出版社 2002 年版

魏永征、张咏华、林琳：《西方传媒的法制、管理和自律》，中国人民大学出版社 2003 年版

谢庆奎：《政治改革与政府创新》，中信出版社 2003 年版

夏勇：《谈谈当代西方宪法中的了解权》，新华出版社 2003 年版

许加彪：《法治与自律——新闻采访权的边界与结构分析》，山东人民出版社 2004 年版

新闻事业与现代化课题组：《新闻事业与中国现代化》，新华出版社 1992 年版

余杰：《第四种权力——从舆论监督到新闻法治》，民族出版社 1999 年版

杨明品：《新闻舆论监督/新闻与传播理论丛书》，中国广播电视出版社 2005 年版

袁正明：《聚焦"焦点访谈"》，中国大百科全书出版社 1999 年版

袁正明、梁建增主编：《用事实说话——中国电视焦点节目透视》，上海人民出版社 2000 年版

喻国明：《变革传媒——解析中国传媒转型问题》，华夏出版社 2005 年版

喻国明：《中国新闻业透视》，河南人民出版社 1993 年版

喻国明：《媒介的市场定位——一个传播学者的实证研究》，北京广播学院出版社 2000 年版

喻国明：《解析传媒变局》，南方日报出版社 2002 年版

叶子：《电视新闻学》，北京广播学院出版社 1997 年版

展江：《新闻舆论监督年度报告 2003—2004》，社会科学文献出版社 2006 年版

展江：《新闻舆论监督与全球政治文明：一种公民社会的进路》，社会科学文献出版社 2007 年版

展江：《中国社会转型的守望者：新世纪新闻舆论监督的语境与实践》，中国海关出版社 2002 年版

周甲禄：《舆论监督权论》，山东人民出版社 2006 年版

周天玮：《法治理想国——苏格拉底与孟子的虚拟对话》，商务印书馆 2001 年版

周传基：《电影·电视·广播中的声音》，中国电影出版社 2001 年版

张洁：《调查〈新闻调查〉》，文化艺术出版社 2006 年版

张威：《比较新闻学：方法与考证》，南方日报出版社 2003 年版

张之华：《中国新闻事业史文选》，中国人民大学出版社 1999 年版

张明杰：《开放的政府》，中国政法大学 2003 年版

张西明：《新闻法治与自律的比较研究》，重庆出版社 2002 年版

张志安：《报道如何深入》，南方日报出版社 2006 年版

朱晓青：《公民权利和政治权利国际公约及其实施机制》，中国社会科学出版社 2003 年版

朱菁：《电视新闻学》，杭州大学出版社 1999 年版

朱苏力：《送法下乡》，中国政法大学出版社 2000 年版

朱苏力：《法治及其本土资源》，中国政法大学出版社 1996 年版

左卫民、周长军：《刑事诉讼的理念》,法律出版社 1999 年版

郑兴东：《受众心理与传媒引导》,新华出版社 1999 年版

郑保卫：《当代新闻理论》,新华出版社 2003 年版

中国社会科学院"农村外出务工女性"课题组：《农民流动与性别》,中原农民出版社 2000 年版

中国社会科学院"中国记者法治观念"课题组：《中国记者法治观念》,中国法制出版社 2004 年版

中央电视台研究室主编：《中央电视台年鉴》1994 年卷,人民出版社 1995 年版

中国社会科学院"农村外出务工女性"课题组：《农民流动与性别》,中原农民出版社 2000 年版

《马克思恩格斯全集》第 1 卷,人民出版社 1956 年版

《马克思恩格斯全集》第 46 卷,人民出版社 1979 年版

《列宁全集》第 23 卷,人民出版社 2001 年版

《李大钊文集》,人民出版社 1999 年版

毛泽东：《关于在报纸刊物上开展批评与自我批评的决定》,新华社新闻研究所选编：《新闻工作文献选编》,新华出版社 1990 年版

毛泽东：《为编辑〈关于胡风反革命集团的材料〉一书写的按语》,《毛泽东选集》第 5 卷,人民出版社 1997 年版

邓小平：《目前的形势和任务》,《邓小平文选》第 2 卷,人民出版社 1994 年版

邓小平：《贯彻调整方针,保证安定团结》,《邓小平文选》第 2 卷,人民出版社 1994 年版

江泽民：《关于党的新闻工作的几个问题》,《新闻工作文献选编》,新华出版社 1990 年版

［古希腊］亚里士多德：《政治学》,颜一译,中国人民大学出版社 1997 年版

［古罗马］西赛罗：《论共和国论法律》，王焕生译，中国政法大学出版社，1997 年版

［美］罗尔斯：《正义论》，何怀宏译，中国社会科学出版社 1988 年版

［美］戴维·米勒：《社会正义原则》，应奇译，江苏人民出版社 2001 年版

［美］赫伯特·阿尔休尔：《权力的媒介》，黄煜译，华夏出版社 1983 年版

［美］西塞拉·博克：《撒谎、公共和私人生活中的道德选择》，纽约众神出版公司 1978 年版

［美］唐纳德·吉尔摩等：《美国大众传播法：判例评析》，梁宁等译，清华大学出版社 2002 年版

［美］韦尔伯·施拉姆：《大众传播媒介与社会发展》，车文新译，华夏出版社 1990 年版

［美］威廉·哈森：《世界新闻多棱镜——变化中的国际传媒》，张苏译，新华出版社 2000 年版

［美］米克·巴尔：《叙述学：叙事理论导论》，谭君强译，中国社会科学出版社 1995 年版

［美］新闻自由委员会编：《一个自由而负责任的新闻界》，展江等译，中国人民大学出版社 2004 年版

［美］恰耶夫斯基：《电视的故事：从戏剧化的影像中汲取力量》，吴峰译，北京邮电学院出版社 2004 年版

［美］约翰·费斯克等：《关键概念·传播与文化研究词典》，李彬译，新华出版社 2004 年版

［美］沃尔特·福克斯：《新闻写作——报刊记者指南》，李彬译，南方日报出版社 2001 年版

［美］海曼、韦斯廷：《最佳方案：公平报道的美国经验》，郭虹译，汕头大学出版社 2003 年版

〔美〕E. R. 克鲁斯克、B. M. 杰克逊主编:《公共政策词典》,唐理斌译,上海远东出版社 1992 年版

〔美〕约翰·布雷迪:《采访技巧》,范东生译,新华出版社 1986 年版

〔英〕培根:《培根论说文集》,韩明译,商务印书馆 1983 年版

〔英〕欧纳斯特·林格伦:《论电影艺术》,何力等译,中国电影出版社 1994 年版

〔英〕科特威尔:《法律社会学导论》,潘大松译,华夏出版社 1989 年版

〔法〕迪尔凯姆:《论自杀》,冯韵文译,浙江人民出版社 1991 年版

〔法〕卢梭:《社会契约论》,何兆武译,商务印书馆 1980 年版

〔德〕黑格尔:《法哲学原理》,范扬译,商务印书馆 1982 年版

〔德〕哈贝马斯:《交往与社会进化》,张博树译,重庆出版社 1989 年版

〔德〕卡拉考尔:《电影的本性》,邵牧君译,中国电影出版社 1980 年版

〔澳〕约翰·哈特利:《创意产业读本》,曹书乐译,清华大学出版社 2007 年版

〔苏〕多宾:《电影艺术诗学》,罗慧生译,中国电影出版社 1963 年版

二、文件

《中国共产党第十四次全国代表大会报告》,人民出版社 1992 年版

《关于进一步加强和改进舆论监督工作的意见》,人民出版社

2005 年版

《中国共产党党内监督条例（试行）》，人民出版社 2004 年版

《中国新闻工作者职业道德准则》，新华出版社 1991 年版

《建立健全教育、制度、监督并重的惩治和预防腐败体系实施纲要》，中国方正出版社 2005 年版

《十四大以来重要文献选编》上册，人民出版社 1996 年 2 月第 1 版

《十六大报告辅导读本》，人民出版社 2003 年版

《在中国共产党第十七次全国代表大会上的报告》，人民出版社 2007 年版

三、论文

陈兴良：《中国刑事司法改革的考察》，《浙江社会科学》2006 年第 6 期

陈力丹、徐迅：《关于记者暗访和偷拍问题的访谈》，《现代传播》2003 年第 4 期

陈力丹：《在构建和谐社会中传媒的责任和作用》，《声屏世界》2006 年第 3 期

陈志华：《〈孙志刚之死〉的报道技巧及"孙志刚事件"的意义》，《南方新闻研究》2003 年第 2 期

蔡海龙：《在新闻理想与现实之间——〈新闻调查〉被边缘化原因探究》，《现代传播》2007 年第 3 期

戴晓蓉：《媒体角色功能性错位》，《新闻知识》2005 年第 11 期

丁煌：《提高政策执行效率的关键在于完善监督机制》，《公共行政》2003 年第 5 期

丁柏铨：《论新闻活动的内在规律》，《南京大学学报》1998 年第 1 期

邓正来：《中国法学向何处去》，《政法论坛》2005 年第 1 期

邓剑峰：《实现社会公正是中国共产党人的奋斗目标》，《风范》2007 年第 2 期

傅泽宇：《浅议电视新闻深度报道》，《中国广播电视学刊》1999 年第 12 期

傅昌波：《表达自由与参政权利的实现——新闻舆论监督的几个基本问题研究》，中国人民大学 2000 年博士论文，藏于国家图书馆

冯莉：《试论记者滥用暗访的负面影响》，《新闻知识》2002 年第 12 期

高传智：《电视调查性报道研究》，山东师范大学 2003 年硕士论文，藏于国家图书馆

管前程：《社会公正与构建社会主义和谐社会》，郑州大学2006 年硕士学位论文，藏于国家图书馆

郭镇之：《从"焦点访谈"类专题报道看舆论监督作用报告》，《电视研究》2003 年第 5 期

黄灵平：《纪录片伪纪实手法剖析》，《视听杂志》2006 年第1 期

胡鞍钢：《不同人群如何看待我国当前的社会形势》，《党政干部文摘》2006 年第 4 期

胡晓：《新闻炒作与舆论监督：一种文化研究的视角》，《新闻传播》2009 年第 3 期

胡连利：《河北省新闻舆论监督状况调查报告》，《新华文摘》2000 年第 4 期

侯庆奇：《关于司法腐败的法社会学思考》，《理论观察》2006 年第 2 期

阚敬侠：《略论新闻报道程序、方法和语言的合法性》，《新闻战线》2001 年第 7 期

洪黎：《新闻舆论监督与司法审判的冲突与协调》，南昌大学

2006 年硕士论文第 20—23 页,藏于国家图书馆

洪燕、宁峰:《建设性舆论监督》,《新闻前哨》2006 年第 8 期

景跃进:《如何扩大舆论监督的空间——〈焦点访谈〉的实践与新闻改革的思考》,《开放时代》2004 年第 2 期

黄忠敬:《教育决策科学性的标准》,《教育理论与实践》2000 年第 2 期

姜玮:《悬念与冲突——电视深度报道中内聚力的构建》,《军事记者》2007 年第 10 期

林克:《记者专业素质一席谈》,《新闻记者》2006 年第 2 期

刘昆岭:《论新闻报道权的法律渊源》,《新闻爱好者》2007 年第 8 期

林晖:《市场经济与新闻娱乐化》,《新闻传播研究》2001 年第 2 期

黎三华:《记者在舆论监督中的角色定位》,《新闻与写作》2004 年第 9 期

兰岚:《新闻娱乐化探微》,《新闻窗》2007 年第 2 期

刘景河:《浅议舆论监督的误区》,《新闻爱好者》2003 年第 4 期

刘洋:《论当代中国司法公正的实现》,黑龙江大学 2004 年硕士论文,藏于国家图书馆

李良荣:《浅谈新闻规律》,《新闻大学》1997 年第 4 期

李鹏翔:《浅谈司法独立与新闻舆论监督的矛盾及平衡》,《消费导刊》2009 年第 8 期

彭小鸣:《论我国新闻理论的演变》,《新闻爱好者》2000 年第 5 期

任毅真:《舆论监督需要处理好几个关系》,《新闻爱好者》2007 年第 24 期

乔云霞等:《中国新闻舆论监督现状调查报告》,《新闻与传播》

2003 年第 5 期

　　钱丽萍：《论转型期的新闻舆论监督》，华中师范大学 2002 年硕士论文，藏于国家图书馆

　　申丹：《叙事学》，《外国文学》2003 年第 3 期

　　申琳：《电视调查性报道的本土取向》，《声屏世界》2004 年第 5 期

　　邵培仁：《论当前中国媒体的身份危机》，《新闻传播研究》2005 年第 3 期

　　《始终居安思危》，《瞭望新闻周刊》2006 年第 3 期

　　孙旭培：《新闻平衡报道》，《浙江大学学报》1994 年第 3 期

　　唐俊：《新媒体时代电视新闻的应对策略》，《新闻记者》2008 年第 5 期

　　孙旭培：《从五个量化研究看加强舆论监督的必要性》，《湖南大众传媒技术学院学报》2004 年第 2 期

　　孙聚成：《新闻传播与国家发展理论研究》，中国人民大学 2005 年博士论文，藏于国家图书馆

　　沈子扬：《大众传媒在公共政策制订执行中的作用》，华中科技大学 2005 年硕士论文，藏于国家图书馆

　　宋新：《试论我国电视法制节目的特点和发展趋势》第 13 页，郑州大学 2004 年硕士论文

　　宋洁冰：《隐性采访的法律限制和道德原则》，《青年记者》2009 年第 6 期

　　屠忠俊：《网络多媒体传播——媒介进化史上新的里程碑》，《新闻大学》1999 春

　　王耀：《试论舆论监督》，《新闻界》，2005 年第 3 期

　　王起名：《中国记者的新闻理念》，《新闻记者》2005 年第 4 期

　　王珊：《从繁峙事件看我国记者的专业素质》，《新闻记者》2006 年第 1 期

王立梅：《如何把握舆论监督的采写尺度》，《新闻传播》2009 年第 8 期

王甫：《视觉传播优势与电视新闻的崛起》，中国人民大学 1995 年博士论文，藏于国家图书馆

王立梅：《隐性采访：利器需慎用》，《青年记者》2009 年第 4 期

吴忠民：《从平均到公正：中国社会政策的演进》，《社会学研究》2004 年第 1 期

吴志文：《新时期我国舆论监督的新发展及其动因探悉》，湖南师范大学 2005 年硕士论文，第 20—25 页，藏于国家图书馆

文雨：《浅议电视新闻评论》，《新闻界》2003 年第 2 期

王建均：《以人为本建设社会主义核心价值体系》，《中央社会主义学院学报》2008 年第 6 期

王晴川：《电视深度报道》，复旦大学 1999 年博士论文，藏于国家图书馆

王仲云：《司法体制存在的"四化"问题及其解决》，《山东警察学院学报》2003 年第 6 期

王娟：《新闻舆论监督：力度 VS 尺度》，《中国新闻研究中心》2006 年第 6 期

汪振城：《视觉思维中的意象及其功能——鲁道夫·阿恩海姆视觉思维理论解读》，《学术论坛》2008 年第 4 期

解欢：《论艺术真实与客观真实》，《复旦大学学报》2006 年第 1 期

谢普：《舆论的发展历程》，《新闻爱好者》2002 年第 3 期

徐琛：《社会公正与初级阶段的社会主义》，中国人民大学 2006 年博士论文，藏于国家图书馆

辛望：《中外调查记者职业生涯现状》，《青年记者》2006 年第 12 期

许向东：《社会转型期弱势群体新闻报道研究》，中国人民大学

2005 年博士论文,藏于国家图书馆

谢琦珍:《隐性采访的法律探析——以偷拍偷录为视点》,《福建取法干部管理学报》2007 年第 4 期

喻国明:《试议深度报道》,《电视研究》1997 年第 6 期

喻国明:《舆论监督:已经做的和应该做的》,《电视研究》2001 年第 2 期

余华:《新闻要素的缺失与电视栏目的影响》,浙江大学 2004 年硕士论文,藏于国家图书馆

杨蓝:《调查性报道思维》,《新闻爱好者》2005 年第 2 期

杨海洋:《试论我国弱势群体现状》,《新闻采编》2005 年第 2 期

杨涵舒:《新闻舆论监督之我见》,《新闻爱好者》2005 年第 7 期

闫凯蕾:《深度测量——对电视深度报道分析之一种》,《海南广播电视大学学报》2004 年第 4 期

余伟利:《焦点访谈舆论监督的传播艺术》,《中国广播电视学刊》2003 年第 7 期

尹超:《新闻舆论监督的法律依据》,《青年记者》2006 年第 9 期

张洁:《我们需要什么样的〈新闻调查〉》,《电视批判》2006 年第 3 期

张威:《调查性报道:对西方和中国的透视》,《国际新闻界》1999 年第 2 期

张邦松:《为民工讨钱　政府隐现欠款链条》,《新闻周刊》2003 年第 12 期

张振华:《科学思维与思想媒体》,《求是与求实》,中国国际广播出版社 2007 年版

张晓明:《〈焦点访谈〉监督类节目采访初探》,中国人民大学

2004 年硕士论文,藏于国家图书馆

张磊:《电视文本中的权力关系与社会观念》,北京广播学院 2002 年硕士学位论文第 59 页,藏于国家图书馆

张威:《中国调查性报道的困境与挑战》,《青年记者》2006 年第 12 期

展江:《第五届新世纪新闻舆论监督研讨会在京举行》,《国际新闻界》2006 年第 1 期

詹玉光:《什么是正面报道》,《采写编》2004 年第 2 期

詹绪武:《构建和谐社会与新闻传播舆论监督的基本路径》,《新闻传播》2007 年第 10 期

郑迎光:《从〈中原焦点〉的实践看舆论监督的理论定位和现实突破》,郑州大学 2005 年硕士论文,藏于国家图书馆

朱苏力:《面对中国的法学》,《法制与社会发展》2004 年第 3 期

周泽:《"媒体审判"、"舆论审判"检讨》,《中国青年政治学院学报》2005 年第 3 期

周潇:《加大舆论监督力度的理性思考》,《新闻知识》2004 年第 5 期

郑保卫:《十六大以来我国新闻传媒的政策调整与改革创新》,《现代传播》2005 年第 6 期

赵儒倩:《记者在新闻采访中的情感介入》,《青年记者》2009 年第 3 期

赵金:《〈新闻法〉为何至今悬而未决》,《青年记者》2008 年第 12 期

张爱凤:《让电视庭审直播走向"深度报道"》,《电影评介》2006 年第 14 期

展江:《舆论监督在中国》,《青年记者》2009 年第 3 期

张东方:《新闻报道中的情感与理智》,《青年记者》2008 年第 7 期

后　　记

终于到掩卷搁笔的时候。

"我之所爱为我天职",写作的过程中,深深体会到了这句话的哲理。三年磨一剑,其中的经历真是如人饮水,冷暖自知。

管理学出身,上了博士生以后才真正开始系统接触新闻学与法学,风雨晴日,一路走来滋味无穷。在此,要特别感谢这一路上所有曾经陪伴过我、扶持过我的人。

感谢我的家人,他们用尽所有的爱助我一路前行,在我疲累不堪、灰心沮丧、几近放弃的时候,永远坚定地推我向前。

感谢我的导师张振华,一位宽厚睿智的长者,他的豁达严谨、大气率真以及三年来他对我的无私帮助和默默关怀都让我铭刻于心,时常惶恐于辜负他的期望。

感谢在攻读博士生时指导过我的曹璐老师、成美老师、刘建明老师、雷跃捷老师、吴风老师等,他们严谨的学风、深厚的专业素养和儒雅的风范都是我在学术研究道路上一盏盏明亮耀眼的路灯。

感谢我的同学和朋友们,在跟他们的唇枪舌剑、玩笑嬉闹中,我的思想开始了前所未有的飞翔。

感谢上海政法学院。正是在这个轻逸秀雅的园子里,我再次坚定了前行的方向和脚步,在成长、事业、友情方面都收获满满。

要走过的只是人生的一个驿站,未来正在前方恭候。正是有了你们的支持和关爱,我才能轻灵蓬勃,快乐前行。也许明天真的就像是盒子里的巧克力糖,因为不知道是什么味道而充满想象,我愿意一直这样幸福地生活下去。

是为记。

杨嘉嵋

图书在版编目(CIP)数据

我国舆论监督类电视深度报道研究/杨嘉嵋著. —上海：
上海社会科学院出版社，2009
ISBN 978 - 7 - 80745 - 539 - 4

Ⅰ. 我… Ⅱ. 杨… Ⅲ. 电视新闻-新闻报道-研究-中
国 Ⅳ. G229.2

中国版本图书馆 CIP 数据核字(2009)第 098412 号

我国舆论监督类电视深度报道研究

作　　者：杨嘉嵋
责任编辑：张晓栋
封面设计：闵　敏
出版发行：上海社会科学院出版社
　　　　　上海淮海中路 622 弄 7 号　　电话 63875741　　邮编 200020
　　　　　http://www.sassp.com　E-mail:sassp@sass.org.cn
经　　销：新华书店
印　　刷：上海社会科学院印刷厂
开　　本：890×1240 毫米　1/32 开
印　　张：9.125
插　　页：2
字　　数：229 千字
版　　次：2010 年 4 月第 1 版　2010 年 4 月第 1 次印刷

ISBN 978 - 7 - 80745 - 539 - 4/D・088　　　　　定价：28.00 元